不道离情正苦

波城冬日 著

DIXIE W PUBLISHING CORPORATION U.S.A.
美国南方出版社

不道离情正苦/波城冬日著

责任编辑：夏　婳
封面设计：张　蕾

Published by
Dixie W Publishing Corporation
Montgomery, Alabama, U.S.A.
http://www.dixiewpublishing.com

本书由美国南方出版社出版

2021年6月DWPC第一版

开本：229mm x 152mm
字数：153千字
Library of Congress Control Number: 2021939893
美国国会图书馆编目号码：2021939893

国际标准书号ISBN-13：978-1-68372-351-6

作者简介

作者波城冬日，另有笔名阿尘。华东师大政教系本科毕业，后获美国堪州州大金融、会计双学位，麻州州大工商管理硕士学位。现居美国马萨诸塞州，喜爱文学创作，作品曾在《世界日报》，《侨报》发表。

内容简介：

本书由短篇《闻君有两意》和中篇《不道离情正苦》两部小说组成。主要描写海归和分居两地对家庭和婚姻带来的冲击和考验。两个故事中的人物有重叠交叉，主要人物何青，阿良，欧阳蓁，张鸿涛的感情线从他们的青少年开始一直延续到中年。小说情节跌宕起伏，人物描写栩栩如生，背景铺垫细致到位，最触动人心的是对于人物情感的精彩诠释。作者以细腻生动的笔触为读者呈现了两个扣人心弦的爱情故事。

序

——顾伟丽

“一段路，走了很久，依然看不到希望，那就改变方向；一件事，想了很久，依然纠结于心，那就选择放下；一些人，交了很久，却感觉不到真诚，那就选择离开。一种活法，坚持了很久，依然感觉不到快乐，那就选择改变。”

陈明珠的小说《闻君有两意》和《不道离情正苦》讲述了同样时空下两个女人跌宕起伏的前半生。何青从少女时期的明媚耀眼，到婚后经历挫磨的黯然失色，最后面对丈夫出轨后的重拾自我。正如一块蒙尘的水晶石，生活的一地鸡毛掩盖住她的光华璀璨，但在时间的冲刷下她仍然会恢复光芒，独自美丽。欧阳蓁自称为爱情的朝圣者，她前半生里的两段爱情耗尽了她作为女人的所有爱与包容。同张鸿涛年少时的一眼万年，却在经历剧变后灰飞烟灭，死守一段感情十五年后换得的只是物是人非。同夏进鹏的八年婚姻美满知足，孩子成为躲不过的遗憾，出轨葬送过往一切岁月静好，忠诚于一段婚姻八年换得只是冷冽刺骨的财产纠纷。

何青和欧阳蓁，她们出身殷实家庭，拥有过人才华、性情纯良。作者用充满诗意的笔触描绘了她们少女时期的懵懂灿烂，她们在追爱的路上义无反顾，向她们所幻想的完美爱情、完美婚姻奔赴而去。而经历现实的残忍打磨，生活的八九不如意，看似完美的关系最终都溃不成军。有人要笑说，这不是现下流行的说法，恋爱脑吗？作者要向我们展现的并非两个没有自我意识，在爱情和婚姻里无法自拔的女性。相反的，欧阳蓁为爱坚守，何青重拾自我，勇敢之花在荆棘里盛开，她们都具有强烈的女性自我意识。面对婚姻失败没有歇斯底里和死缠烂打，而是挥别过去，翻开人生新篇章。

作者对现代女性处境的关切跃然纸上，何青和欧阳蓁在婚姻里的被动正是现实社会中千万女性的写照。是什么让她们失去了婚姻的主动权？欧阳蓁是医学行业的翘楚，和夏进鹏的结合使得夏的事业更进了一个台阶。相濡以沫，情谊交融，在经历前一段感情的心力交瘁后，欧阳蓁找到了新的情感归宿和心灵治愈。而两人的婚姻在生育问题上进入瓶颈，作者借此对“婚姻为繁衍而存在”这个问题表示质疑。也许何青更能代表现代女性的处境，在异乡承受着家庭矛盾和生活琐碎带给她的桎梏，生育二子后，“母亲”、“妻子”成为她的首要身份，她的自我在凡俗日子里逐渐被掩埋。欧阳蓁和何青，两个性情纯良，坚信唯有爱才能成就婚姻的女性却都沦为被出轨、被离婚的下场。让她们失去婚姻主动权的也许是她们天性的善良和包容，对爱的珍视与维护，而这些美好的品质却成为了变质婚姻的牺牲品。

将两个故事联系起来的另一位女性——沈冬梅，她是何青和欧阳蓁共同的闺中密友，一个为好友两肋插刀的女侠。相比何青和欧阳蓁是出身殷实家庭的天之骄女，沈冬梅出身寒门，与母亲相依为命，在欧阳家的扶持下，和欧阳蓁拥有同样能掌握人生的机会。如果说欧阳蓁是大宅门院墙里扶藤而上的蔷薇，那沈冬梅便是在寒冬雪地不畏冰霜的腊梅。作者描写沈冬梅前半生的几点笔墨几乎都是因何青或欧阳蓁而出现，但丝毫掩盖不住她作为独立女性的神采，利落果敢，义字当先。何青和欧阳蓁也正因有沈冬梅这样一位挚友的存在，女性之间的相互扶持，才使得二人没在失败婚姻的漩涡中沦陷太久。

“在我们寻找，伤害，背离之后，还能一如既往的相信爱情，这是一种勇气。”

故事中的每一个人，年少时把爱情当成是必需品，是与青春年岁共奏乐章的美妙遐想。但无论是何青、欧阳蓁，还是秦玉良、张鸿涛，中年再提起爱情，似乎已经成了没有勇气再动念的奢望。

默默守望何青的秦玉良，见证了他心中珍视的女孩儿从少不经事、勇敢追爱到为人糟糠，光华不再。秦玉良何尝不是遍体鳞伤，从何青嫁给李锐远赴美国他便将心中最柔软的部分封锁起来。数十年如一日对何青的守护成为他唯一的慰藉，也是他为曾经的退缩而付出的代价。如若不是失败的婚姻让何青身心俱伤，秦玉良怎么都想不到自己还有机会重拾勇气，面对那份尘封多年的爱。相比秦玉良的爱而不得，张鸿涛则是忍痛割爱，为了不连累心爱的人宁可将她推到千里之外，即便知道欧阳蓁会为此肝肠寸断。这份爱于张鸿涛而言是软肋，是遗憾，而于欧阳蓁而言是心底无法愈合的伤口。

人到中年的无力和胆怯，使得这两对男女再次面对爱情时，都难以重新鼓起勇气。何青的逃避，欧阳蓁的犹疑，秦玉良的不安，张鸿涛的谨慎。不复年少，不复激情，经历沧桑，看尽冷暖。但鼓起相信爱情的勇气何尝不是一种考验，战胜了时光的爱情有着足以击败一切的力量。

作者陈明珠极具悲悯之心，她笔下的女性人物皆心善纯良，她以细腻流畅的笔触和独特的视角塑造出这些个性鲜明的女性形象，并给予她们极大的共情，以此传达出对生活最温柔的善意。

2021年5月10日于上海

目录 contents

闻君有两意

第一章

何青在飞机上毫无睡意。担惊受怕加恼怒无奈，一颗心七上八下的，怎么都静不下来。

这是何青一年里第二次回国了。上一次是暑假的时候带即将上大学的小儿子去看望外公外婆。回国三个星期后，丈夫李锐也请假带小儿子去北京那条线转了一圈儿。

何青原本想等两个儿子都离家上大学了，不用再每天照顾他们，那么平时就可以休假回国陪陪年迈的父母了。而且，这时孩子们也大了，心理上相对成熟，承受力也强了，自己可以着手把和李锐两个人的事情处理了，然后等春节的时候就回去陪父母过年。谁知道人算不如天算，这才一个月呢，爸爸竟然进了医院。当电话里传来妈妈哭声的时候，何青的心都要碎了，当即就订了第二天回华海的机票。

想到爸爸一个月前和自己的那次交谈，何青的眼角不由自主地流下了眼泪。

“小青，爸爸妈妈一直很愧疚。当初是我们考虑不周，让你这些年受苦了。这次无论你做什么决定，我们都支持，只要你幸福。”何青清楚地记得爸爸当时那痛苦且担忧的眼神，还有一边的妈妈那不停往下掉的泪水。

爸爸是在菜场买菜的时候突然倒下的，谁也没有想到一向身体很好的爸爸会因为高血压而中风，一倒下就陷入了昏迷。幸亏当时周围有不少熟识的邻居，马上打了120，人被及时送到了医院。上飞机前得到的最新消息让何青一直悬着的心稍稍放下了些。发小阿良告诉她，爸爸已经脱离危险，人也醒了，但目前半边身子还是麻木，医生说没有把握可以完全恢复。

“对不起，爸爸，是我的事让你操心了。”何青一边用手擦去眼角的泪水，一边暗暗自责。

上飞机没多久，窗外便从晴空万里变成了灰蒙蒙的无际夜空。何青此时的心情，也笼罩在一片灰暗之中。周围的乘客都已经休息了，整个机舱只有过道上的灯亮着。人在伤心孤独的时候时间也过得特别慢，何青感觉自己都能听到时间静静流淌的声音。黑夜似乎没有尽头，心和身体都特别累，但脑神经紧绷着无法入睡。眼前一会儿是爸爸躺在病床的画面，一会儿是李锐平静地看着自己却斩钉截铁地说“我不离，坚决不离”。何青双手按着太阳穴，痛苦得只想逃离，可是没有办法，那些细节在此时都被放大了。很多以为已经遗忘或者再也不会想起的过往如潮水般涌来，已经止住的泪水又流了下来。

何青和李锐结婚二十三年了，大儿子和小儿子差了四岁。大儿子今年五月大学毕业，小儿子暑假过后上大学。三年前李锐只身海归，和他的两位朋友创立了一家生物科技公司。如今公司运作已基本走入正轨，还计划要融资上市。

在别人眼里，何青是个有福气的人。丈夫能干又帅气，两个孩子虽谈不上是牛娃，但也都进了不错的大学。最让人羡慕的是，她才四十出头，年纪轻轻，孩子就这么大了。每逢有人这样说她，何青总是淡淡笑着，将心底的那份酸涩掩藏得很深很深。

有些东西，有人有，有人没有；有人求而不得，有人弃若敝屣。何青觉得这世上的男女情感就是这样，都是命。

三年前李锐打算海归的时候，圈里朋友都直接或间接地劝她不能放丈夫回国。关系远点的举了一堆海龟离婚的例子试图提醒她，关系近的就直接冲着她喊：“你家那位年轻又长得好，还有几个专利在手。你放他一个人去白骨精剩女扎堆的地方，这不是直接将他打包送人吗？”何青给丈夫转达这些话时，丈夫信誓旦旦：“我回国是想在事业上有更多的发展空间。我做的一切都是为了这个家，我绝对不会背叛家庭和你。”任谁说啥，何青总是静静地听着，淡淡地应对，礼貌地感谢。她懂，她什么都明白，但她什么都做不了，也不想做。

第二章

“一段路走了很久，依然看不到希望，那就改变方向；一件事想了很久，依然纠结于心，那就选择放下；一些人交了很久，却感觉不到真诚，那就选择离开；一种活法，坚持了很久，依然感觉不到快乐，那就选择改变。”

何青一年前开始写日记。这一段话，是她在网上读到后摘录的，放在了她第一篇日记里作为开场白。也是在那一刻，何青决定下半辈子要为自己而活。

李锐海归的时候，他们的老二进高中没多久。在她家附近的州立大学，何青有一份薪水不高但福利很好的工作。和很多海归家庭一样，她留下照顾孩子。一开始的计划是等老二进了大学，如果李锐在国内发展好的话，何青就提出退休申请，然后也回华海。

现代社会夫妻聚散离合正常，正如古人说的，“月有阴晴圆缺，人有悲欢离合”。但和别人不一样的是，何青在和李锐分别的日子里，并没有感觉时间漫长难捱，也没有思念成疾般的牵挂。相反，从原来照顾两个人到只要用汉堡披萨就可以轻松搞定儿子，从婆婆小姑时不时来指手画脚到门庭冷落安然清净，何青很适应现在的状态，甚至很享受这样的孤单。她并不觉得孤独，她有更多自己支配的时间，每个周末去附近的中文学校学国画、练大字。反倒是李锐回来的那些日子，请客赴宴帮助采购之类的事情，总把她累得精疲力尽心力交瘁。

这样的日子过了快两年。随着公司业务的扩展，李锐从一开始三个月返回一次美国，到后来半年多才回一趟。暑假期间何青也会回华海看望父母、陪伴李锐。因为儿子有假期活动而且没有间隙，每次只能趁儿子在夏令营期间，她在国内待个十天半个月就得匆匆返美。

原来以为再有一年多情况就可以改变了，聚少离多的日子会在小儿子进大学后结束。谁知在去年暑假前，几张突然出现的照片让何青猝不及防，彷徨失措。

何青的手机几乎只用在与家人的联系上。她的微信通讯录上只有两个儿子、李锐、华海的父母，国内朋友也只有发小阿良和冬梅。她什么群都不加入，这些年把自己隔离在了社交网络的外围，不和以前的同学有任何交集。即使在美国，她也只参加一些和孩子有关的活动。当她看见一个陌生微信号发来的加好友申请，她觉得很奇怪，点开一看，顿时如遭雷击。

那个微信号发朋友圈的内容单一，全是不加文字描述的照片，且照片中的人物也很单一，全是李锐和同一个女人的合影：在饭局上喝交杯酒时的亲密互动；两个人在咖啡馆临窗座位上的深情对视；李锐陪着那个女人在商场购物时的侧影；深夜两人牵着手一同走进公寓大楼……照片里的李锐拍得特别清晰，而那个女人的脸似乎被马赛克了，但何青还是可以看出那是一个年轻高挑的漂亮女人。

心痛流泪呆坐半夜，何青渐渐地冷静下来。她和李锐中学就认识，结婚也二十多年了。这二十多年里发生了太多的事，彼此早已失去了呵护对方的心情，生活中的一地鸡毛也已将男女之间的激情消磨殆尽。要再细究，也不是说激情消亡，而是引爆激情的导火索丢了。然而，何青在看到这些照片的时候还是被深深地伤害了。二十多年里有爱有痛有想过放弃，但在这一刻，她不得不承认，她还是在乎李锐的，她对李锐还是有着深厚的感情和自己都没有意识到的信任。发送照片的人目的达到了，这些照片刺痛了她的心。

长夜漫漫，无心睡眠，安静的二层小楼静得能听到自己的呼吸。深呼吸三次后，何青拨通了华海的号码。

“喂，哪位？”深沉的男声响起。

“照片是你传我的？”何青开门见山。

“什么照片，何青，怎么这时候打电话？发生什么事了？”声音里透着关切。

“我的微信只有你和冬梅知道，肯定不是她。你为什么不和我直说？怕我承受不了？”

何青忍不住委屈哭了出来。

“小青，你怎么啦？什么照片，我真的不知道，到底发生什么啦？你别哭啊！”这边的语气也着急了。

“只有你和冬梅知道他在华海，为什么…为什么要这样做？”

“小青，小青……”

何青感觉全身的力气已用尽了，挂了电话嚎啕大哭。

第三章

“我见不得你受伤，更见不得你受委屈，无论那个人是谁，都不可以。”

有一天阿良去看望何青父母的时候，不经意地听到电视里这句狗血台词，不禁苦涩地笑了。他对何青不就是这样的吗？

何青一通没头没脑的电话和十万八千里外依然清晰的哭声，让阿良一下子失去了平时在众人眼里的沉稳内敛，按了结束键就想马上打回去，再一想还是忍住了。这些年的律师生涯练就了他独特的职业素养，凡事三思而后行。办任何一个案子，都必须先对双方的情况研究得又深又透，在这个基础上再进行条理分析，抓住事物的核心和本质，最大限度地履行职责，进而维护当事人的合法权益。在何青挂了电话后，阿良仔细回想了刚才何青的每一句话，感觉是李锐那边发生了什么，而那个“什么”伤害到何青了！

阿良是他小时候院子里邻居们对他的称呼，至于是谁一开始叫上的，他没有记忆。后来因为大学里何青还这样叫他，他的同学以及后来的朋友便一直这样叫他，反而很少人知道他的原名是秦玉良。

阿良和何青都是在H大的教师职工家属区长大的。何青的爸爸是文史系教授，妈妈在学校财务科工作。阿良的爸爸是学校后勤部门的工人。阿良对他自己的亲生妈妈没有印象，因为妈妈在他三岁的时候就病逝了。从姥姥姥爷的回忆里得知，他的妈妈原是大学高材生，才貌双全，毕业后留校任教，因为出生大资本家，属于“黑五类”身份，由当时的工宣队做媒，嫁给了他爸爸。

阿良从记事起就有了后妈，一个他若掉一个调羹在地上也会将他往死里打的凶恶女人。在那物质贫瘠的年代，吃饱穿暖对他而言是天方夜谭。因为缺乏营养，他从小就比同龄的何青矮小瘦弱很多。总是破衣烂衫的他，更是被院子里的其他小孩嫌弃。又黑又脏还老挂着两条鼻涕，谁也不愿和他玩，“鼻涕虫”就是家属区其他小孩给他取的外号。那个时候，何青就是他眼里的小公主。何青是家里的独生女儿，每天都被她妈妈打扮得干干净净漂漂亮亮，口袋里总有孩子们羡慕的糖果饼干。她单纯大方，孩子们都喜欢她，每天都有小孩在楼下冲着三楼喊她名字。那个时候阿良孤单懦弱敏感自卑，总是远远地看着院子里其他小孩子无忧无虑地疯着笑着，何青是笑得最好看的。

他这一辈子最感激的是何青一家，特别是何青。如果没有何青，没有何教授何伯母，就没有他的今天。坐在市中心摩天高楼的靠窗办公室里，阿良幽幽地点燃了一支烟，往事如眼前的烟雾在心里缭绕。

他有个继母带来的妹妹，只小他两岁。那天因为他不小心弄脏了妹妹的衣服，被继母堵住嘴巴按在凳子上拿皮带抽。和往常被打时一样，阿良紧闭眼睛咬紧牙关，痛得心都在抽搐，但还是强忍着不让泪水掉下来。正经历生死劫难时，突然窗外面传来了撕心裂肺般的哭声，伴着哭声还有惊慌失措的小女孩的喊叫：“阿良要被打死啦，妈妈快来呀……”

阿良家在一楼的一个单元，老式的房子窗子都很低。那天何青下楼想去找其他小孩玩，经过阿良家窗口不经意看了一眼，看到那一下一下抡起的皮带，忍不住好奇停下来想看个清楚，却看见了阿良在被暴打。何青的父母是出了名的好性子，她家里人讲话都是轻声轻气。从小乖巧听话的她从来没被妈妈爸爸大声训斥过，哪里看过这样的暴力场面，当场吓得哭了出来。等周围邻居闻声围拢后，早就看不惯他继母虐待他的邻居们便围在外面议论纷纷。胆子大点的忍不住大声嚷嚷：“作孽啊，阿良还是个小孩呀，这样子往死里打，难道不怕报应吗？”

后来还是何青那德高望重的小脚外婆进了阿良家打圆场，一边拉着阿良往外走，一边对他继母说：“我先带他出去，你消消气。”

何青的外婆和何青一家住在一起，特别擅长烹饪，每天他们家晚饭的香味，整栋楼都能闻到。那天阿良打记事起吃得最美味最饱。何青坐在他的边上，一直用充满同情的眼神看着他，然后望着她爸爸妈妈问："爸爸妈妈，阿良以后每天可以来我们家吃饭吗？"阿良的人生走过了四十二年。流年似水，时光不待，很多童年的记忆模糊了，但那天何青清脆的声音，何伯伯何伯母那慈祥的眼神，他永远也不会忘！

之后好几年，在学校他都是被何青"罩"着的。那几年国内变化翻天覆地，在不知不觉中，他个头超过了何青，成绩超过了何青。他的外祖父家被落实政策后，他家里的经济条件也优越过了何青家。但何青对他一如既往，仍像是一开始对待一个需要照顾的小弟弟。那个时候，他常常不知道是该感激还是该生气，明明他都是一米八二的大个子了，用死党冬梅的话说，"长得人神共愤祸国殃民"，可偏偏何青看不见。高考填志愿的时候，他不去北大，选择和何青一个学校。何青竟然相信他编的理由：北方太冷不适应。然后看着他说："看你，冷都怕，一点男人的气魄都没有。"末了，还加一句："侬脑子坏忒了！"

指尖的烟燃到了尽头，可阿良毫无知觉，看着桌上那个压纸的水晶兔子，思绪回到了二十岁的那个夏季……

第四章

“如果我们之间有一千步距离，你只要跨出第一步，那剩余的九百九十九步就由我来走向你。”

这些年里，在寂寥的夜晚，阿良总会想起何青，想到她的好，她的白玉般清澈的眼睛，她不食人间烟火般的单纯，她无忧无虑的笑容，她的善良，她的善解人意……每每那时，深深的悔恨就会像利剑般地刺痛他的心，他痛恨自己为什么当初不先走那九百九十九步。

上学时他们在同一个附小、初中。就是后来他搬到外祖父母家住了，也选择在附中住读，高中毕业后又和何青上了同一所大学。何家当他如儿子一般，去了加一双碗筷，一段时间不去就会惦记。小时候受的苦让他心态上比同龄孩子早熟。从哪一天开始对何青产生男女之情的，他说不清，但那一天的场景他记得清清楚楚。

那是一个春风拂面、梨花飘雪的四月天，课后打完球的他满头大汗去找等他一起回家的何青。教室里静静的，只有何青一个人。她在桌上轻睡，没有压住的半边脸白皙如玉。窗外的风吹来，吹起了她耳际的一缕细发。他呆呆地站在教室门口望着，望着睡梦中的少女，望着少女的眉眼、鼻端、肉嘟嘟的双唇……那一刻，他似乎听见了心中花开的声音，时光永远在那一瞬间凝固，从此此生痴守为一人。

在自己喜欢的人面前，每个情窦初开的少年心里都是矛盾的：一方面小心翼翼地守护着自己喜欢的女孩，生怕别人接近，一方面是自卑的。这种自卑就像一把双刃剑，让人不断努力，不断地让自己强大变得足够好，有足够的能力守护她或者有资格站在她的身边，同时也会让你跌入尘埃，看轻自己，以至于不敢表白，生怕被拒绝后朋友都不是了。那时的阿良就是这样，好在中学时除了何青谁都知道他是何青的守护神，没人敢追。原来以为只要他有耐心，对外高调守护，对内防盗防火防所有雄性动物，总有一天何青会明白他的心意，谁知在大一下半学期，情况有了变化。

那一阵子何青老往校外跑，同寝室的同学也不知她去了哪里，问何青中学闺蜜冬梅也不知道。有一天他好不容易逮到行色匆匆的何青，她的一句话似晴天霹雳，让他浑身震颤。她脸憋得红红的，说："阿良，我喜欢上了一个人，以后和你说。现在我有事，要出去了。"

那几天阿良茶饭不思寝食难安，最后决定不能再等，要先迈出第一步。正好六月是何青的生日，阿良将托外公从德国带回来的水晶兔子书镇包装好去找何青。他和何青都属兔子，他记得以前何青在她爸爸的书房拿着一块玉石镇纸说过，以后要买一块有自己生肖的镇纸。外公买的一对水晶兔子晶莹剔透生动可爱，一个大一点，一个小一点。如果放在一起，可以看出两个兔子是在深情款款地对视。外公给他的时候还笑着说："何家丫头一定会喜欢的。"

正当他在女生寝室楼下登记的时候，看到了一脸悲戚、双眼通红、失魂落魄的何青从外面回来。

"我和他结束了。"在学校咖啡馆静坐了半小时后，何青终于擦干了泪水，说了第一句话。阿良心中有十万个为什么，可他不敢问，生怕一个词用错无意中伤害到何青。可话憋在心里实在难过，他双手紧握骨节咯咯作响。"他，你们……？"他弱弱的声音还没讲完，何青红着眼睛摇了摇头说"他已经有喜欢的人了"，然后站起来就走了。

那个水晶兔子自然没有送出去，第二天何青似乎恢复了往日模样。阿良知道不是真的没事了，何青是在强颜欢笑。在她安静的时候，他能看见她眉宇间恍惚而过的忧伤。后来他又去冬梅那边旁敲侧击，何青喜欢的是城市另一端工科名校的一位研究生，其他冬梅也不知道了。

阿良想这时他能做的就是陪伴，等何青真的快乐起来再迈出那第一步。可命运弄人，人算不如天算。没多久就放假了，外公建议他暑期去香港的自家公司实习历练，他舍不得离开何青。但他是外公家第三代唯一的男孩，他明白自己肩上的责任。走之前他特意去何家告别，离开时拉着她让她送送自己。在楼下他认真地对何青说："小青，我两个月回来后有重要的事和你说，你等我啊。"

"去吧去吧，小屁孩哪来那么多重要的事？"何青一边说还一边将他往外推，嘻嘻哈哈地就上楼了。

张爱玲写过：有些人，一转身或许就是一辈子。阿良想到这句话，心中满是苦涩，因为两个月后他回来时，何青要结婚了！

第五章

所有婚外情的欢乐都有代价，不是你付，就是她付。

十多平方米的客厅里，没有开灯，孤独清冷。李锐斜躺在沙发上，眼睛上压着一块冰袋，腰火辣辣的痛。阿良，你下手也太狠了！李锐一边想一边艰难地挪了一下身体，试图让身体的重心往没受伤的左边移一点，可这些痛都抵不过此刻他心里的惶恐不安，担心牵挂。

刚才他和琳达在公寓门口停车下来，就看见何青的义弟阿良站在大门口，面色阴沉，双眼冷冷地看着他们。他一下子失去了平时在社交场合的机智冷静，竟然忘记了这时琳达的手还挽着他的胳膊。阿良一步一步地从台阶上走下来，每一步都像重锤狠狠地击打着他的神经。

“阿良，你怎么在这里？找我有事？”李锐强作镇定。

“琳达，原来是你？照片是你送的？”阿良没理李锐，看着琳达沉着声问道。

琳达看着眼前这位传闻中的大律师毫不退让，平静地说道：“秦律师，你好，这个是我的私事，我想我没必要和你解释吧？”

阿良轻蔑地扫了两个人一眼：“换了别人是没有，但你们伤害到了何青就有了。”

“阿良，我可以……”还没等李锐那个“解释”说出来，阿良已经一把抓住琳达的手臂像老鹰捉小鸡一样将她提到了一边，然后一拳就朝李锐的脸上招呼了过去。李锐虽说也经常跑步，但哪里会是从小坚信强大才能不挨打、常年练拳击的阿良的对手。他躲避不及，在挨了第二拳后就倒下了，身子摔在台阶上，正好卡在腰上。要不是琳达扑在李锐身上，说不准他会在急诊间接骨头。

“你最好给何青一个满意的交代，还有你，琳达，婚外情有代价的，希望你记住这句话。”阿良走之前那利刃般的眼神，直逼李锐。

房间里越来越黑，李锐的心情也变得越来越复杂，越来越不安。他打发走琳达后，马上就拨打何青的电话，可那边一直都不接电话，发微信也不回。最后他想到阿良提到的照片，脑子一转就明白了，马上又发了一条信息：“小青，你看到的并不一定是你想象的，我们谈谈好吗？”信息发出一个多小时了，还是没有回应。

李锐从小聪明过人，一路走来都是学校和家长的骄傲。有一段日子，他觉得他还是很幸运的。除了学业，他在恰好的年岁，遇见了恰好的人。想到这里，刚翘起的嘴唇马上又沉了下来。他想，他虽然遇见了恰好的人，但并没有给她如意的爱情和她要的生活。

因为他爸爸作为访问学者到美国的身份解决后，李锐在高中的最后一年随全家去了美国。他三年就念完了大学，然后师从名师读研究生。暑期，导师派他到华海和著名学府的同类系科一起做一个课题。那天他在H大的职工生活区找号码，正一栋一栋地看门牌呢，突然被转弯过来的自行车狠狠地撞了一下。他回头看向那个一叠声地说着对不起的人，胳膊上的疼痛立马被心中的惊喜替代了。

“何青？是你！”

何青嘴里咬着冰棍，一手扶着自行车的龙头，转弯后才突然看见前面有人，没能及时刹车撞着了。她赶忙道歉，就听见被撞者喊她名字，让她一下子懵了。

“你怎么知道我名字？”

“我是李锐啊，我们一个中学的，你采访过我的，不记得了？”

“哦，你就是那个物理比赛得奖的，想起来了，你变得认不出了。”

真是无巧不成书，李锐要找的就是何青家。原来他爸爸让他去拜访的老同学就是何青的父亲。

“我爸爸就在家里，你上去直接敲门。”何青看着李锐笑了，“那个，我现在有急事出去一下，你一定要等我回来再走啊，一定啊！”说完急速地转身骑着车飞也似的离开了。

刚才还因为何青没有认出他，心里有点小小受伤的李锐，被何青走之前的那种眼神一下子激发得自信心爆棚。再一想，何青离开时看着他的神态，怎么有点像是猎人看猎物的眼神啊。

十五分钟后，满头大汗的何青开门进来，身后还站着沈冬梅。李锐哭笑不得，为自己刚才的自作多情暗自尴尬，一向被女孩子倒追得怕的他心灵第一次受到打击。

李锐和何青相差三届，他读高二的时候，何青读初三。他们的认识源于何青对他的一次采访。那天中午，他正和同班同学一起吃饭，就见一个沉着淡定的小女生微笑地走过来，站在他们桌前。一起的男生哈哈笑着说："又是一个。"

在他们这个重点高中，李锐是数理化学霸。最近他在全国物理比赛中又得高分，学校又是张榜表扬又是物质奖励，一时风头正劲，圈粉无数。爱慕他的女生变着法子接近他，让他烦不胜烦。他看都没看何青，以为又是个花痴。

"李锐学长好，我是校广播站的何青，我正在写一篇关于你的广播稿，可不可以问你几个问题？"

见李锐冷冷地看着她，何青又说："这是站长交给我的任务，请学长帮帮忙，就两个问题。"何青就问了两个问题：你觉得天赋和勤奋哪个重要？你心中有没有喜欢的女生？

广播稿第二天中午休息时按时播出，李锐正站在回教室的路上听呢，身后响起了何青的声音："李锐……"只见何青笑眯眯地朝他跑来，镇定自若地递给他一个小信封，"你一定要去哦，拜托了！"说完，她双手合十上下晃了晃一溜烟地跑走了。

李锐不看也知道信封里是什么，但还是禁不住好奇打开看了一下，里面除了一张电影票什么也没有。按照他的个性，要是以前，他是绝不会搭理这张票子的，可第二天晚上他神差鬼使地去了校外不远的电影院。也许是何青那单纯自然的眼神让他疑惑，也许是何青那充满自信落落大方的气质吸引了他，开场五分钟后他坐在了电影院里，而身边，不是何青。

第六章

“只有婚姻，才是鉴定真爱的金刚石，别无其它。”

李锐是一个做事决断的人，心动后马上行动是他一贯的风格。十多分钟后，何青故意给他和沈冬梅创造在一起的机会。他开门见山地告诉这个曾被设计一起看电影的学妹，他喜欢何青，他要追她，并请沈冬梅帮忙。

沈冬梅被何青火急火燎地拉来见“天大的惊喜”，进门就看见这个没有礼貌的家伙。她可没有忘记，当初在电影院里的那张臭脸和看见她后起身离开时说的那句话：“告诉何青，让她少管闲事。”害得她好没面子，回去都不好意思告诉何青真相，心中那点暗恋的小火苗，也被猝不及防地浇得连渣儿都灭了。

沈冬梅似笑非笑地看着李锐：“我为什么要帮你？”

“因为我是认真的，我会给她幸福的！”李锐努力要表达他的诚意。

“你不是在美国吗？怎么给？哼！”沈冬梅一向泼辣干练，问得李锐一时不知如何回答。

“我会和她结婚，带她去美国。”当这句话从李锐嘴里说出来的时候，他自己都惊呆了，但又有一种好似在实验室里看到所期待结果的轻松感。

后来他在请求何青父母与他成为联合战线时说：“我喜欢何青，现在最可以证明我心意的，就是婚姻。我想娶她，和她一生一世。”可能也正是他这样的坚决态度，本人又是响当当的青年才俊，再加上和他父亲是知根知底的老同学的关系，何青的父母竟然被他说服了。

何青一开始是完全反对的，可在李锐一三五报到、二四六陪伴的强大攻势下，何青开始动摇了。父母和冬梅也一直不断提醒她：错过了这个大好青年，哪里去找第二个？更何况何青那时心里还有初恋失败想逃避的潜意识。就这样，在暑期结束李锐回美国之前，他们领证结婚了。

李锐想到这里，重重地叹了口气。年轻时总觉得，两个人在一起，只要有爱情就可以了。经年之后，才发觉，人们可以用一分钟的时间去认识一个人，用一小时的时间去喜欢一个人，用一天的时间去爱上一个人，可在一起后，你却要用一辈子的时间去学会怎么维持这份爱。

到美国没多久，他们之间的矛盾就出来了。首先何青和李锐的妈妈相处不融洽。当时因为李锐和他父亲在同一所学校，为了节省开支，他和父母一起住，而他的妈妈对这个一下子冒出来的媳妇很不喜欢。原因之一，何青不会做家务，也没有做家务的眼力见儿。虽然后来家务基本被何青包了，但他妈对她干活还是看不顺眼。还有他的妹妹，从小被宠惯了的，突然哥哥的容让呵护被另一个女人夺去了，心理落差太大，有时难免会表现出来。何青从一开始的委屈生气到后来的隐忍沉默，李锐是有感觉的，但他也只是一个二十出头的大男孩，他不知道怎么去安慰协调。再一方面，他从小习惯了自己母亲的强势和干练。就这样，他看着何青从一开始见着时的活泼可爱，慢慢变得沉默寡言冷清疏离。

这样的摩擦什么时候开始的呢？他每天早出晚归平时也不怎么注意。记得来美没多久，一个周末的早上，新婚的他正缠着何青不让她起床，楼下传来了她妈妈大声训斥他爸的声音。他妈唠叨着他爸把家里当旅馆饭馆，锅碗瓢盆敲得嘭嘭响。他妈的这套山海经，他从小到大听得耳朵生茧子了，可何青一下子红了眼睛，挣脱了他的纠缠马上起床下楼帮着做饭去了。

当天晚上何青怎么也不愿意与他温存。他一时脱口而出：“你这么不愿意就去睡沙发！”结果何青跳下床就出了房间。他以为何青一会儿冷了累了自然会回房间，自己翻个身就睡着了。他醒来时已是第二天早上，身边不见何青便马上冲下楼去。只见何青斜靠在沙发上，眼角的泪痕未干，脸红得异常。他心痛自责，暗暗发誓再也不会让何青受任何委屈。他想他曾努力的，可何青从那天起再也没了以前他们在一起时的激情和活力。

夹在何青和妈妈、妹妹之间，李锐有时候觉得很难，里外不是。他从心底里希望何青能够多体谅他一点，可何青较劲起来也很不可理喻。有一天，他妹妹看见何青书桌上的一个水晶兔子，爱不释手，问何青要。没想到平时很大方的何青，这次任凭他妹妹软磨硬泡，就是不肯给。她妹妹平时被宠坏了，一气之下就把那个水晶兔子摔在了地上，掉了一个耳朵。当时何青的脸唰地变了，为了这事很长时间都不和他妹妹讲话。

一年后他毕业找到工作马上搬了出去，可他的何青再也不是他当初认识的那个何青了！

月华朗照，夜深微凉。李锐看着闪烁的手机瞄了一眼来电号码却不接通。这个时候他最不想要琳达的问候，因为他真的不知道该怎么面对。

刚才他对阿良说他可以和何青解释，他自己知道那是一急之下的托词，他怎么解释？他对不起何青，因为他背弃了当初的誓言；他也对不起琳达，因为他给不起她要的承诺。他享受和琳达在一起时的欢愉，又常常会满心愧疚怕被发现后遭何青和孩子们的唾弃。他矛盾，他挣扎……

身边的手机又闪了，他想一定又是琳达。他知道琳达是真的喜欢他，真心对他的。他清楚地记得第一次看见琳达时的震惊状态。琳达的眼睛和何青太像了，弯弯的杏眼特别有灵气。但接触后他知道她们是完全不同的两个人，何青单纯善良，琳达干练精明。

他早就知道琳达喜欢他，但是他一直严守着自己的心和身。他爱何青，爱两个孩子。他一直告诉自己，自己之所以要回国创业，就是想要给何青和孩子们更好的生活。他看不起自己认识的一些海归朋友，回国没多久就有了小三，更有甚者抛弃家庭另娶他人。可他也是有血有肉有情感的人。繁忙了一天后，一个人青灯照壁也会孤独寂寞，也会渴望在清冷的半夜醒来时有温暖的爱人相伴。

应该是两个月前吧，他破天荒十点还没到办公室。前一天感冒发烧到后半夜才睡着，因为吃了药，琳达给他打电话也没听见。着急的琳达直接就来到他的住处，敲开门才发现他生病了。人生病的时候特别脆弱，细微的关心陪伴都可以像干渴时的潺潺清泉、寒冷时的红泥小炉，让人沦陷。那一天，他忘记了他是一个女人的丈夫，忘记了大洋彼岸的家庭，忘记了离开时对妻子的誓言。

第七章

有一句台词是这么说的："人心是慢慢变冷，树叶是渐渐变黄，故事是缓缓写到结局。而爱，是因为失望太多，才变成不爱。"

收到照片后的第三天，何青终于接了李锐的电话。

"小青，我很担心你，你没事吧？阿良找我了，我都知道了，我可以给你解释。你不要多想，你给我点时间，我一定会处理好的。"何青一直不接他的电话，李锐只能通过儿子简单了解何青的情况。今天何青突然接了电话，他有点惊慌失措，一时语无伦次急迫地想表达自己也说不清楚的内心。

"我没事，你安心工作吧，没事我挂了。"何青淡然地挂了电话。回头看见小儿子站在过道上神情紧张地看着她。她朝儿子笑了笑："看啥呢，宝贝，没作业了？"

见儿子进了书房，何青也走到客厅斜躺在沙发上。这三天对何青来说仿佛走过了一生，梦逝，心碎，常常沉浸在回忆中。白天因为有工作还能分散些煎熬的苦痛，一到晚上，前尘往事纷纷飘落。时间可以让人淡忘一切，也可以在某一刻让某些记忆更加深刻。

何青撸了一下前额的散发，看见右手虎口上的一块疤痕。她的视线停在那里，思绪回到了刚来美国的那几个星期。

记得刚到美国没几天，李锐的妈妈就开始明里暗里话里有话地抱怨何青"吃现成"、"小姐的命"。何青不是不愿干活，而是真的不会干，因为从小受着家里的宠爱，也没有干家务的眼力。她一开始和李锐婉转地提了提，李锐还没等她说完就轻描淡写地说："我妈干家务是挺辛苦的，你就帮着干点吧。家务有什么难的，学学不就会了？"

手上这个伤疤是第一次煎鱼烫的。因为害怕，她将鱼一把扔进油锅，油嗤地炸了出来，伤着了手。她尖叫了一声。听到动静赶到厨房的李锐妈妈，首先注意的是灶台后地板上的油腻，然后就是“我像你这个年纪哪有这么娇气”之类的话儿，巴拉巴拉……何青手上的大水泡，还是晚上李锐回来后给处理的，因为第二天洗菜做饭又碰到了水，发炎后留下了疤痕。

何青一开始是有点怕这个婆婆，到后来发展成了完全的排斥。

李锐原本向她父母保证让何青出国后尽快继续学业。因为没有钱付学费，何青准备先去打工挣钱，可没多久怀孕了，打工上学全因此耽搁了。何青孕吐吃不下东西。有天她和李锐说想吃甜圈圈，李锐的妹妹见哥哥买了一盒甜圈圈回来，打开盒子将每一个都尝了一块。何青在楼上听到楼下的争吵声，才知道自己又无辜中枪。

“你每个都吃一下叫别人怎么吃啊？”李锐的语气听起来挺生气。

“我就吃了怎样？你现在心中只有她，早就没有我这个妹妹了。”李锐妹妹毫不示弱大声反驳。

“好了好了，自己兄妹吵什么！不就是几个甜圈圈么，你做哥哥的也别总是只想着自己的老婆，妹妹也要多关心关心！”

“妈……”

何青在楼上听着不禁暗暗红了眼眶，想到了在华海的爸爸妈妈和带她长大的外婆，泪水流了下来。

虽说人的感情不是水闸，不能说关就关，但可以像电池，如果只是消耗没有充电，哪怕是慢慢消耗，总有一天会耗尽。

何青说不出来自己是什么时候开始对婚姻和爱情失望的，但第一次身心疲惫记得分明。那是老大还小的时候。孩子日夜颠倒，她晚上睡不好，白天一个恍惚，踩空一节楼梯，摔下来脚腕骨裂。那时他们已经搬出来住了，她脚上戴着固定骨头的连着鞋的架子，行动很不方便。周末公婆、小姑照例来看孙子侄子，李锐陪着他们闲聊逗孩子。她一瘸一拐地洗菜做饭安排他们吃饭，当中还要给孩子喂奶。有一刻她在厨房看向客厅里的李锐一家，神情恍惚，第一次生出了“这是我要的生活吗”的感叹。

“Jonny，奶奶来看你啦！”

开门关门的招呼声打断了何青的思绪。

“妈，你怎么今天来了？”何青起身问道。

“我自己儿子家，想来就来了呗！”

这是何青住过的第三处房子。从第一处房子开始，李锐就给他妈配了钥匙。当时何青不是没有想法的，可李锐说了一句，“我妈说她有了钥匙，来看我们方便。”后来每次搬家，给他妈钥匙就成了必然。

“我看见你们边上那家在卖房子，我拿了张广告看了，这个区的房子升得可真快啊！”

“你看，你就是好命啊，李锐能干挣得多，这日子过得多好。你看我家丫头，工资比你高，可老公没嫁好，到现在还住在十年前买的那个小房子里。”婆婆这些话，何青听得都能背了。

“妈，你在这吃饭的话，我叫外卖。”何青今天实在没有做饭的精神。

“叫什么外卖呀？老公再能挣钱也不能这样大手大脚花钱！”

何青没听她的，也不想听。

吃饭的时候，何青终于知道婆婆为什么来了。原来是女婿最近失业了，来要求经济支援的。

何青记得小姑结婚的时候，婆婆就要求儿子帮妹妹付购房首付款的10%。当时李锐是卖了公司的股票给了5%。婆婆很不高兴，总觉得是何青不愿意多给。其实何青对金钱看得很淡，李锐给多少她根本不管。

“妈，你这事直接和李锐说吧。”

“儿大不听娘，我辛辛苦苦把孩子养大，现在话都说不上。我这几天给他发了几条微信了，一条都不回。”老太太又气又无奈。

何青很累，任凭婆婆唠唠叨叨，什么也不想说。

“奶奶，你早点回去吧，天黑了不好开车！”还是儿子有眼力见儿。

“好好好，还是Jonny对奶奶好。”

老太太出门时还在关照何青别忘了把妹妹的事和李锐说一下。

何青舒了口气才坐下休息，门铃响起，心想不会又是婆婆吧。开门一看，惊呼连连：“你怎么来了？”

第八章

为什么明知无望却不甘心就此离开，明知煎熬却又躲不开，明知无前路心却收不回来？这话说的就是阿良。

Oceans apart day after day
And I slowly go insane
I hear your voice on the line
But it doesn’t stop the pain
If I see you next to never
How can we say forever
Wherever you go
Whatever you do
I will be right here waiting for you
Whatever it takes
Or how my heart breaks
I will be right here waiting for you
I took for granted， all the times
That I thought would last somehow
I hear the laughter， I taste the tears
But I can’t get near you now
Oh， can’t you see it baby
You’ve got me going crazy
Wherever you go
Whatever you do
I will be right here waiting for you
Whatever it takes
Or how my heart breaks
I will be right here waiting for you

……

街角的酒吧里，深情磁性的歌声幽幽地在昏暗的灯光下飘荡，吧台上男男女女零散闲坐，舞池里三两个人轻轻地晃着。酒吧里飘荡着香烟和酒水的味道，掺着嘈杂声嬉笑声，却不让人感觉喧哗。

阿良一口喝掉杯中的伏特加，把杯子往吧台服务生推去。“阿良，已经三杯了，你悠着点儿。”服务生和阿良很熟，看着他空腹一连三杯烈酒不禁好心提醒。阿良也不答话，只静静地看着空了的酒杯，好像这里是他一个人的世界。看上去，整个人脆弱得让人怜悯，却又性感得极具吸引力。

阿良这几天晚上都来这里。一个人的家，让他心绪难安。这里即使不缺人声，他耳边也只有何青那晚在电话里的哭声。他躁动不安烦闷忧心，总觉得一定要做些什么来舒缓自己的焦虑，但又不知道该怎么做。

他的记忆里何青只哭过三次。第一次是在他自己苦难的童年。那一次，何青的眼泪成了他生命中的荒漠甘泉，从此知道了人间真情和家的温暖。第二次，何青的眼泪在大学时为他人而流，点点滴滴打在他的心上。他心痛如绞却什么也没做，错失良机，以至于后来眼睁睁地看着自己心爱的女孩成为别人的新娘。这一次，潜意识里，他觉得再也不能只做一个默不作声的听众。

这世界上的每个人心中都有那么一个人，只需要一个眼神一句话，就可以让你魂不守舍牵肠挂肚。何青就是他的那个人。想到这里，阿良拿起酒杯仰头而饮，放下时才发觉酒杯里什么也没有。他沉浸在自己的思绪里，握着酒杯一动不动。

在何青结婚后的很长一段时间，他颓丧消沉怨天尤人自暴自弃。本来对其他女生不屑一顾的他，变得流连花丛来者不拒，成绩一落千丈。要不是因为他外祖父家，他早就被学校开除了。

他想，如果不是何青爸爸和他的那次谈话，他现在不知会怎样。那天，何青爸爸来他寝室亲自将他逮回了家。在何伯伯书房里，他们有了一场男人与男人的对话。那时他才知道，他不是没有争取而是根本没有机会。何伯伯告诉他，他们在接受李锐之前，曾问过何青对他的感受。当时何青的回答是："阿良一直都是我的弟弟啊！"

"这些年来，你和何青一样都是我们的孩子，何青一直为有一个阳光优秀的弟弟而骄傲的。希望你不要辜负了她的这份信任！"这些年，他一直都没忘记那天何伯伯看着他的眼睛认真地对他说的这句话。

后来他慢慢走出来了。他想，天涯何处无芳草，他要做一个豁达的男人。只要何青幸福，他就应该祝福她，为她高兴。可何青幸福吗？这个问题，在何青出国后第一次回家探亲时，他有了很难说服自己改变的结论。

那一次他和沈冬梅约好，带着他当时的女朋友一起来看何青。何青是带着她的大儿子和李锐一起回华海的。只第一眼，他震惊地发现，他从小到大眼里的那个小青完全变成了另一个人。

那个原本活泼开朗总是笑意盈盈的女孩变得很是沉默。那张看上去总是沉浸在思绪中的脸蛋，有着和年龄不相符的沧桑。她以前眼神里满满的灵动可爱已不见一丝一毫。

更让他心痛的是，那个原来十指不沾阳春水的小公主，像是被集训过似的，一刻不停地忙碌，端茶添水哄孩子。给他的感觉是，她眼里没有人，只有干不完的活儿。让他不可思议的还有，何青竟然主动去厨房帮阿姨准备饭菜。

他想起高中的时候，何青的外婆病重住院，何伯伯何伯母在医院陪伴。原来一直是何青外婆厨房帮手的他，自告奋勇要负责何青的一日三餐。记得何青在何伯伯书房里一边看书一边朝着厨房喊："阿良，做饭好烦的，你随便做一个菜就好了。"那天他故意显摆自己的手艺，做了番茄炒蛋、栗子焖鸡块、芹菜豆干肉丝，还有鱼片蘑菇汤。女孩子惊叹的语气崇拜的眼神，让他更坚定了要为她一辈子做羹汤的决心。他也记得那天他在厨房的一个多小时里，何青没有来瞄过一眼。

想到这儿，他忍不住好奇，也去了厨房，将在洗菜的何青拉开。何青不肯，推让间他拉了一下她的手。

手是女人的第二张脸，可看出一个女人的生活状况。如果说脸部还可以用化妆来掩饰，但手就不一样了。生活安逸的女人手一定纤细光滑，整天干粗活的女人手一定会变得粗糙甚至关节变形。《飘》中的郝思嘉，在战争时期为了生存和黑奴一起干农活粗活。她去监狱看望白瑞德前，用窗帘做了漂亮的裙子，化了浓妆，想刻意表现自己过得很好。当白瑞德握住她手的那一刻，谎言不攻自破。

何青的手不仅粗糙还有醒目的疤痕，震惊的他一下子忘记了放手，是沈冬梅的咳嗽声惊醒了他。那一刻，他喉咙里像被堵了透不过气。他一直在厨房和何青一起准备饭菜，而李锐一步都没有踏进过厨房。

那天回去后，女朋友就和他分手了。她说她不想和一个心在别的女人那里的男人勉强在一起。后来他在外公外婆的亲情攻势下恋爱结婚。他也曾说服自己要和何青山水相忘，日月不见。可他自己知道，何青早已是他流动着的血液中的一部分，无法分开。五年前妻子和他离婚了，离婚前瞒着他打掉了肚子里怀了几个月的胎儿。他气得咆哮质问，妻子淡淡一句话让他无言以答痛彻心扉。“我和你结婚四年，你梦里喊了四年的小青，为什么？”

为什么？他也问自己，为什么明知无望却不甘心就此离开，明知煎熬却又躲不开，明知无前路心却收不回来。

……

酒吧里 Richard Marx 的歌声再次响起，如泣如诉，醉人心弦。

Wherever you go
Whatever you do
I will be right here waiting for you
Whatever it takes
Or how my heart breaks
I will be right here waiting for you
Waiting for you
海洋分隔者我们

而我逐渐变得疯狂
话筒里传来你的声音
留给我那无法停下的痛楚
……

不知何时，窗外下起了滂沱大雨，阿良的内心狂风巨浪。

第九章

闺蜜就是最黑暗的时候陪你一起等天亮的人。沈冬梅就是那个可以陪何青等天亮的人。

沈冬梅正和商业伙伴用晚餐。桌上的手机响了，她瞄一眼来电，毫不犹豫关机。

沈冬梅是一家跨国公司华海分部的老总。每半年她从华海到位于美国西部的总部汇报工作，公私兼顾，和美国这边的同事聚一聚，不想被打扰。没想到还没坐正身子，包里的另一部手机又响了起来。那个号只有她家人和几位很亲近的朋友知道。

“沈冬梅，不许挂电话，我有急事。”

“阿良？你最好是真有急事，我忙着呢！”沈冬梅心想这家伙找她总没好事，不知又和哪位红颜知己分手要她去帮忙收拾乱摊子。

“是小青，她那边出事了，你正好在美国去看看她怎么样了？”

“秦玉良，我告诉你啊，何青现在是有夫之妇，你关心也该注意界限。”

……

“我现在去不合适，怕给何青带来不必要的麻烦。你是她的好朋友，你这次一定要去。”

“李锐这个王八蛋……，”等搞清楚状况，沈冬梅不禁气得爆粗口。不过，她眼珠子一转，这些年，她因为当初“胳膊肘子往外拐”没少受阿良这个人的气和被使唤，好容易逮着个机会，不整他一下更待何时？

“你知道我和小青在美国的两头，这个路线不在我出差的里程范围啊！”

“机票我出……”

“我去何青那里至少要请两天假，你知道我的假期很珍贵的。”

“我会全部照你的人工费给你报销的。”沈冬梅已经能听出那边咬牙切齿的声音。

“我……”

“沈冬梅，你再说一句试试！”

在阿良的咆哮声里，沈冬梅哈哈笑着挂了电话，可一放下电话她的心就沉了下来。

这些年里，沈冬梅最后悔的一件事，就是当初劝说何青嫁给李锐。

“我会给她幸福！”当日李锐信誓旦旦地保证，在沈冬梅后来见到何青的那一次后，成了她心中的一根刺。

何青回国那次，沈冬梅是和何青父母一起去机场接机的。看见像是上山下乡回城的何青，她心里是说不出来的酸涩。何青可是他们学校外语系的系花，又是芳华年纪，但再见时的精神状态像是历经沧桑的中年大妈。她身上穿着还是出国前的衣服，皮肤灰败，一看就知没有好好保养。后来她私下问何青：“他对你好吗？”何青笑着回答：“他是我老公，当然好了。”当时她想，可能是孩子小，何青还要上学，没时间顾及自己的外表。尽管心中隐有猜测和不安，但也觉得可以理解。

大学毕业后，她去美国念研究生的时候曾去过何青家。正逢周末，李锐的妈妈和妹妹也在。何青一个人忙上忙下，老太太在那颐指气使指手画脚，对何青横看不顺眼竖看不满意，李锐的妹妹却靠在沙发上什么也不干等吃饭。她这个直性子，几次想去质问在一旁像是什么事也没有的李锐：这就是你说的给何青的幸福？

她又想起何青的父母曾经赴美看望女儿，结果原计划待半年的何教授夫妇不到一个月就回来了。有一次她碰到何伯母提到何青，何伯母一下子红了眼睛。她还以为何伯母是因为想念何青才掉泪，去了何青家后才明白，温润厚道的何教授夫妇一定是在美国看到女儿过得委屈才难过的。

在飞机上，沈冬梅想着千种万种的前因后果。尽管她泼辣干练，可人家是夫妻，虽然她对李锐一百个看不顺眼，但她也不便责备李锐。这次，她铁了心一定要让李锐这小子付出代价。

挂了阿良的电话，沈冬梅马上给在华海做公司市值评估的朋友发了信息。这么多年的商场历练，让她积累了很广的人脉，合法的不合法的信息都能信手拈来。看多了身边朋友的分分合合，沈冬梅非常清楚，何青现在最需要的是什么。

李锐，你狼心狗肺，背信弃义，见色忘义，不忠不良，言而无信，以怨报德，过河拆桥……沈冬梅心里不断地问候李锐，看姑奶奶这次怎么收拾你！

第十章

初夏的夜晚，清风徐徐，朗月繁星。沈冬梅和何青坐在客厅沙发前的地板上，各自拿着一瓶 Samuel Adams 。地板上是散乱的空啤酒瓶子，大大的客厅里只有墙角的一盏台灯开着。何青的儿子已经入睡了，整个屋子安静极了。何青似乎还沉浸在闺蜜突然出现的惊喜中，呆呆地看着沈冬梅微微笑着。沈冬梅喝了口酒，踢了何青一下：“你傻啦？老笑老笑的，你到底打算怎么着？”

见何青不说话，沈冬梅一手按地上，往何青那边挪了挪，“我说小青，你可是个富婆啊！”说着，她在何青脸上抹了一把，嘻嘻笑着“还是个漂亮的富婆”。见何青低下了头不作声，她又继续说，“你看到了我带给你的文件了吗？李锐那小子占了20%的股权。我告诉你啊，你现在千万别做任何决定，怎么样都要等到他们的公司上市后。”见何青又在发呆，沈冬梅不禁有点气恼，用肩膀撞了一下她，“喂，你发个声啊，我跟你讲的你明白吧？”

何青这些年里早就习惯在最难受的时候一个人疗伤。并不是她变得坚强了，而是无奈。经验告诉她，她的痛，别人要么不在乎，要么不理解。她习惯了在难受时没有情绪，没有言语，甚至没有表情。日积月累，那些痛，便成了一种永远也治不了的伤。潜意识里，她放弃了寻求治愈的理由。

在又被沈冬梅踢了一脚后，何青侧脸看了沈冬梅一眼，平静地说道：“我自己可以养活自己，心都没了，要钱有什么用？”

“你清醒一点好不好……”沈冬梅看了一下何青，“这本来就是你的钱，我已经帮你都计划好了！你一定要早做准备，在美国我的朋友Tom可以做你的律师。国内嘛，自然是阿良啦，你啊……”

“冬梅，”何青突然发声了，“谢谢你，我知道你都是为我考虑，可李锐不是坏人，他是我儿子的爸爸。”

说到这里，何青长长叹了口气，沈冬梅很识时务地在这个时候保持沉默。

何青往后移了一下身子靠在沙发上，心里难受。她想，她是爱李锐的，只是很多情感止于岁月，掩于尘埃。

二十三年来日复一日的繁琐、劳累甚至心碎，原来的爱早就不知道遗失在何处了，只剩下对孩子的责任和亲情。每当她回忆起二十三年前的一丝一缕，还是希望他就是那个人而不是别人。在自己说没事的时候，知道自己其实不是真的没事；在自己说不累的时候，知道自己早已疲乏不堪；在自己强颜欢笑的时候，知道自己不是真的开心。现在他移情别恋，也好，以后自己再也不会有这样的期盼了。想到这里，何青喝了口酒。

“冬梅，我想等孩子进了大学后再考虑和李锐的事，我不想影响孩子的学习。”

“但我会好好地过好自己日子的，这次我一定不让自己对自己失望。”讲到这里，何青突然想起了读到过的一句话：爱自己的最高级别是“热腾腾地活着”。她想，即使在自己的后半生里，能和自己做伴的，除了景色，唯有自己。和现在相比，那也是温暖的景色和轻松的自己。

两个星期后，当李锐心急火燎地赶回美国后，看到的是冷静得他从没见过的何青。他反复演练准备的台词，才说了一个开头就被何青打断了：“你不必道歉的，这世上，男女之间没有谁有义务始终不离不弃。是我不够好，但我希望我们现在维持现状直到儿子上大学，他没有必要知道。”

在站起来离开前，何青对着还没缓过神来的李锐说：“请转告那位，不用再传给我你们的恩爱照了，我对你们的私情没有兴趣。”然后，何青撇下目瞪口呆的李锐，没有多看他一眼。

从他回家后的第一天起，何青就搬去了客房。

第十一章

八月骄阳似火的华海，气温突然降了十几度。浙江过来的台风来势凶猛，大雨瓢泼。

琳达蜷缩在沙发一角，手上拿着一瓶烈酒，一口接一口地往嘴里灌，脸上的泪珠一颗一颗地往下掉。整个人看上去完全没了高级白领平时的干练优雅。

两个小时前，她接到了一个电话。十分钟后，她丢下工作失魂落魄地回家了。

"……你下周就去北京吧，那边的EMBA很适合你，手续都已经帮你办好了。你这两年就在那里认真学习，不要回来了。"

"为什么，陈秘书？我现在这里有放不下的事，走不开。"

"我只是传达领导的指示。他让我告诉你，要注意自己的言行。特别是有些人，你要保持距离。"

"那是我个人的私事，不违反法律吧？"

"还让我转告你，你爸爸的问题，我们会认真核实的，你在北京安心学习。"

……

琳达想到了正被约谈的爸爸，握着酒瓶的手不禁微微颤抖。自己在外留学时的费用，妈妈衣柜里的那些奢侈品，她心知肚明。虽然爸爸一直自诩清廉，可这些哪里是一个国家公务员能负担的？这些日子里，她看着妈妈提心吊胆，自己也是祈祷爸爸能渡过此劫。如今有了这样的机会，她怎么可以放弃？尽管心在滴血，可她清楚地知道，她该怎样取舍。但她很想问：为什么？她和李锐的关系不就是他们的私事吗？要说有关联也是和李锐的家庭有关系，怎么会惊动体制内的人？

她从来没想过要去爱一个有家室的男人，可感情的事谁说得清楚呢？她不是一个可以为钱为地位牺牲自己爱情的人，她是真的爱李锐，那是一种自然而然地从信任、敬重和友谊中产生的爱情。她不是一个不更人事的小女孩，李锐是她三十年人生第一次遇到的一个从想爱到爱上后绝不想放手的人。她不想放手，尽管李锐在第一时间就告诉她，他不会放弃家庭。她当时也接受了，不逼迫他，也不向他索取，但那不代表她甘于做小三。她向来不缺智商情商，她自信假以时日，自己一定会成为李锐堂堂正正的夫人。可如今，她再也没有机会了。

窗外依旧电闪雷鸣，琳达将头埋在膝盖间嘤嘤啜泣，为不得不舍弃的爱情心如刀绞。

这注定是一个不平静的夜晚，心痛神伤的何止一人。

此时，在一幢大楼的一间宽敞的办公室里，一向未语先带三分笑的吴亦平，手上拿着一张照片，神情肃然。照片里年轻的他，穿着一件普通的灰色棉布衣服，微笑着，快乐且温柔。和他身上陈旧土气的服装不相配的是，他坐着的永久牌自行车簇新锃亮，这是当时的奢侈品。

他将手机打开，《相思赋》悠长伤感的旋律瞬间飘荡了起来：

* 碎月流光 微波中荡漾
* 风吹起淡淡落花香
* 剪烛西窗 烛火暖心房
* 恍然想起旧日时光
* 曾许下地老天荒永不分离
* 就算时间模糊回忆的痕迹
* 往事如云 消散烟雨梦里
* 多少情意尘封在心底
* 夜未央 梦未凉
* 几多相思愁断肠
* 叶泛黄 一别陌路两相忘
* 残月半 影孤单
* 斩不断记忆纠缠
* 泪离殇 残留一抹胭脂香

* 竹影摇晃 梦醒空盼望
* 泪光里淡淡的忧伤
* 窗棂凝霜 深秋夜微凉
* 剪一段温暖的阳光
* 曾许下地老天荒永不分离
* 就算时间模糊回忆的痕迹
* 往事如云 消散烟雨梦里
* 多少情意尘封在心底
* ………

二十三年了，吴亦平轻轻地叹了口气，曾经以为不相见便可不相念。可那些本该忘记的记忆依然那么清晰，那么熟悉。那些深藏于心海的温柔，时不时触动他，唤起他的感伤和怀念。

他低头看了眼手中的照片，眼睛聚焦在那辆自行车上，仿佛听到了女孩子温柔的声音，羞怯中带着小心翼翼的语气。“吴亦平”，记忆中，她总是这样连名带姓叫他，“我爸爸换了辆车，这辆家里没地方放了，放你这里好吗？你们宿舍外面可以放的。”她期盼地看着他。

那一刻他心里是感动的，望着女孩子因为骑了一个多小时的车而满脸淌汗的双颊，内心沦陷了。

那年他研究生临近毕业。在一次去家教的路上，正好看见女孩的包被一个骑车人抢了。他这个来自大山里的孩子，短距离跑平地的速度能追上小车，区区自行车哪在话下？当他把夺回来的包还给女孩的时候，女孩的心在同一时间给了他。那天在女孩的要求下，他们互相交换了学校信息和宿舍电话号码。再后来，面对时不时“到访”的女孩，他却并没有给她同等的回报。

他出生贫寒，靠着过人的天赋和毅力走到这一步，他的肩上背负着沉重的家族责任和自身出人头地的强烈欲望。像他这样的人，就像一棵悬崖绝壁上的野树种子，任何能让它扎根的缝隙都要牢牢抓住。他知道，如果不攀紧，掉下去就会成尘埃，再无出头之日。爱情，在他眼中，如圣坛上的神物，对他来说太奢侈了。他现在要做的，就是寻找任何机会让自己留在这座城市。他不想回老家，像他这样没有任何后台的穷学生，这里能提供他更多的机会。他去做家教必须赶公交车，女孩子心疼他，送他自行车。他为此感动，却不能对她有行动，因为她并不能帮助他实现自己的目标。

人生过半，他早就明白，不是所有的相遇都能成为美好，不是所有的姻缘都是始于爱情。他从没有因为当初的选择而后悔，可是每当看见街上相似的自行车总会触景生情，这是一种无法言喻的落寞。

那时他意识到不能任由自己的情感脱离理智，他走向未来的路上不应该先有爱情故事。一位学姐，家里权高位重，一直对他情有独钟。他相信，凭他的能力和努力，加上学姐的家庭背景，他一定能出人头地，走向成功。那天，他第一次主动约女孩子来他的学校。在约定的时间，他将学姐以他女朋友的身份介绍给了女孩子认识。看着女孩红着双眼离开，他心痛不忍，却强颜欢笑。

他如愿毕业留校。那年暑假，导师让他和从美国来的学者一起负责一个课题。闲聊中他得知，那位学者正在苦苦追求的竟然就是他一直都放不下的女孩。暑期结束的时候，学者和女孩结婚了，他在心里真诚地祝福，同时也难受了很多天。

这些年他平步青云，仕途顺利。偶尔孤独寂寞的时候，他那不多的存有暖意的回忆里，女孩那无暇的笑容总是不经意出现，如美丽的惊鸿，挥之不去。

他和李锐一直有联系。他不是那种感性的人，也没有人生得一知己足矣的情怀。潜意识里，他想知道女孩的一切。很多事情，可以想通，可以看破，可以不再提及，然而却不能放下，不能忘记。

在他得知李锐和琳达的婚外情后，他果断地让秘书安排琳达去北京，希望能因此保护何青不受更多的伤害。

“何青，这是我仅能为你做的了。愿你安好！”

第十二章　大结局

何青回国已经三天了。她一下飞机就去了医院，这几天她一直在医院陪她爸爸。她爸爸恢复得很好，只是左手还会不受控制的轻微抖动。医生说明天就可以出院了，只要以后坚持做康复训练，虽然完全治愈希望不大，但生活自理不会有问题。今天何青妈妈软硬兼施，将何青赶回了家。何妈妈陪夜，让女儿休息。

一个人的家很安静，不知道是因为时差还是心里有事，何青躺在床上怎么都无法入睡。半夜，窗外下起了雨，淅淅沥沥地打在窗檐上，静夜里听着特别清晰。已到初秋，落雨的时候微凉，何青关拢窗户。她将原来掀在一边的薄被拉过盖在身上，倾听着雨滴敲打玻璃的声音，突然记起了小时候爸爸妈妈让她背的诗词："水光潋滟晴方好，山色空蒙雨亦奇。欲把西湖比西子，淡妆浓抹总相宜。"

小时候背古诗完全是囫囵吞枣一知半解，倒是小孩子的顺口溜脱口而出，念起来津津有味。那时，家属区一起玩的小孩里有个人头特别大。每当下雨，一班小孩总爱对着那个头比较大的孩子唱：大头大头，下雨不愁，别人有伞，你有大头。时间过得可真快啊，转眼半世过去了，背诗唱歌的那个小女孩早已成了记忆里的一抹色彩。家庭琐事将曾经对青梅柳梦、唐风宋月的向往消磨殆尽，开始了日复一日年复一年的日子。

房间里静悄悄的，何青能听见自己呼吸的声音。午夜是人最寂寞的时候，神经特别脆弱，何青突然很想哭。过去的这一年，仿若走过了高山峡谷，自己好像一下子明白了很多，可明白和改变却是两回事。

她和李锐已经事实分居一年了。虽然在孩子们面前他们还像什么都没发生，但她和李锐说过的，等儿子进了大学就把离婚手续办了。她觉得李锐当初也是默认的，谁知几天前在和回美送小儿子去大学的李锐交谈时，李锐竟然坚决不同意离婚。

“小青，我有错在先，我也道歉了，也已经和她早就没有关系了。这一年我也尊重你的意见，让我们彼此冷静思考，你为什么一定要揪住这不放呢？”李锐其实心里也很纠结，他虽然有错，但从来也没有抛弃家庭和何青的念头，而且琳达也早就不在华海。他真的不明白，他身边很多“海归”出轨，在国内和小三长期同居，可以毫无愧疚之心，他们的太太眼开眼闭维持着婚姻，而自己各方面怎么都可以说是出类拔萃的，为了那一次错误也真诚道歉了，何青却还是要提出分手？

何青看着李锐一时无语。对面的男人依旧英俊，用世俗的眼光来看，比以前更出色和成功，只是再也不是当初那个说“小青，嫁给我，我一定会给你幸福”的那个人了。二十多年的共同生活，一切已经面目全非。这些年里自己笑过痛过，期盼失望，不止一次问过自己，这是自己要的生活吗？如今，自己满身疲惫。李锐的出轨只是一个导火线，内心深处，她再也不想重复以前二十多年的生活。就像很多逃犯被捕时都说终于解脱了，现在的她终于有了放下一切活出自己的理由。

“李锐，我们回不去了。”说着，何青眼泪流了下来。她想到了自己和李锐恋爱时的情景，那么单纯又甜蜜，那时真的是爱的……只是，后来太多太多的不快乐，让原本纯洁无暇的爱情变得千疮百孔。

“小青，你这样对我不公平。我们一起走过这些年，我一直在为你，为我们的孩子过得更好努力着，自论没有亏欠你。你不能为了我这一次错误而否定一切。我们有共同的孩子，就像连筋带肉的骨头，分不开的。”

“亏欠？”何青抬起泪眼，看着李锐。是的，在旁人眼里，她真的是应该满足感恩的那个。只有她自己知道，旁人看见的姹紫嫣红后面，是无处寄托的忧伤，菲薄的光阴辜负了太多美丽的憧憬。

她淡然地笑了笑：“说这些已经没意义了。”的确已经没意义了，何青主意已定，不想再过前面二十多年的日子。

“你这么坚决，是有其他原因吧？”一开始一直告诫自己要镇定的李锐也沉不住气了，语气也尖刻起来。见何青茫然地看着他，他又补了一句：“他一直不再婚，难道不是在等你？”

李锐早就看阿良碍眼了。二十多年前第一次见面的时候，他就从阿良看何青的眼神里知道了他对何青的感情，可那时候根本没把那个毛头小子放在心里。一是阿良对何青是剃头担子一头热，明眼人都知道何青对阿良没有男女之情。二是阿良那时的行为举止完全是个大男孩，对何青的爱慕可能只是情窦初开的少年对漂亮女孩的一时好感。可现在不一样了，这么多年每次见面，他看何青的眼神让李锐越来越不舒服。况且现在的阿良，早已褪去了稚气。早年生活的磨难和后来在大牌律师事务所的阅历，使他气质独特、风姿凛然，那种习惯掌握一切的沉稳霸气在人群中十分显眼。就是自己身为男人，也不得不承认阿良看上去确实很有吸引力。

话说了出来，李锐马上后悔了。他知道何青是清白的，可如果何青真的和他离婚了，目前单身的阿良绝对会有行动。想到这种可能性，李锐心里抓狂。

“你……”何青不是一个善于辩论的人。这些年的隐忍，让她连为自己争辩都失去了兴致。她缓缓起身，不想和李锐再说一句。

“我告诉你，我不离婚，坚决不离！”李锐坚决的声音在她身后响起。

何青翻个身，轻轻地叹了口气。想起了那天婆婆对她说的话：“小青啊，看在我们婆媳二十多年的缘分上，我劝你千万不要离婚。俗话说，女人四十一根草，男人四十是个宝。我儿子再找人，一定是年轻漂亮能干的。你就不一样啦，和你同龄的出色男人，谁会要一个四十多岁还有两孩子的？再说了，我儿子辛苦打拼这么多年，你们一离婚，家产就分散了，白白便宜了外人……”。

“一个人不可以活得好吗？”何青嘟囔着，烦躁地掀开了被子，起床去开窗。

何青爸爸妈妈后来搬过一次家，但还在学校员工住宅区里。十多年前的房子，没有车库的，居民的车子都停在小区路边。何青站在五楼的窗前，刚想开窗，心被窗外一幕震颤了！

楼下街道的另一边，停着一辆黑色保时捷。本来一辆黑车在夜幕下并不显眼，可靠着车站着的，是正在抽烟的阿良。何青闪到窗的一边墙脚，下意识里不想让阿良看见她。倚着墙，她能听见自己怦怦的心跳。街上一个人都没有，此时雨已经停了，潮润的空气将一切蒙上了一层薄纱。她看不真切阿良的神情，但那个人是阿良绝对没错。他的脸朝着她的位置，一口接一口地抽着烟。她不知道阿良站在那里多久了，只看见他的脚下，一地烟蒂。

何青拖着脚步回到床上，捂住了眼睛。原来她一直就是个爱自欺的人。何青内心七上八下，剧烈波动。刚才看见的一幕激起了她很多若有若无的回忆，那些以前不经意的景象，在这一刻有了不一样的诠释。

去年知道李锐出轨后没多久，平时有事才联系的阿良开始每天给她发短信。起先是简单的话。“你怎么样？没事吧？”“你别太难过了，自己注意身体！”“晚上睡得好吗？”一开始她根本不在意，有时回复一下，有时瞄了一眼就忘了。慢慢地，一句问候变成了两三句的叙事，一个人的短信变成了两个人的闲聊。再后来，如果哪天没看见阿良的短信，她就会惦记牵挂。她不是没有过疑惑，可是马上就会为自己刚浮上心头的想法羞愧，为自己差点亵渎阿良兄弟般的亲情汗颜。自己现在就是一根四十多的草，你想什么呢？自嘲完了，自己都觉得好笑。可是此刻，她无法再欺骗自己这是亲情。何青闭上眼睛，一滴泪从眼角滑落。“阿良，我受不起的”。

长夜漫漫，往事如烟，闲星晓月天边沉。这注定不是一个人的失眠夜。

身心俱疲的何青直到天放曙光才睡着。迷迷糊糊中被开门的声音惊醒。以为是自己睡过头爸爸妈妈回来了，跳起来光着脚冲出了卧室。

厅里阿良正大包小包地往厨房提东西。看见何青笑着说："睡得好吗？我来接你再去接何伯伯出院。随便买了点菜，中午冬梅也会过来。"见何青仍愣愣地看着他，他忙说："我这里的钥匙一直有的，平时过来方便。"

何青站在那里有点不知所措。经过昨天晚上，似乎一切都变了。

她想说点什么却难以启齿。她看着阿良熟练地将购物袋里的东西一样一样放进冰箱，眼神一直没离开他。

这一刻窗外的阳光正好，经过夜晚的一场大雨，空气清爽微凉，树梢绿意盎然；初秋里稀疏的蝉鸣声悠悠地飘进屋里，微风从门外的过道穿过，带来初秋特有的怡人清香。

厨房里的阿良穿着一件十分衬体型的白色POLOT恤，下身是修身的浅棕色牛仔裤。T恤束在裤子内侧，腰上是一条与裤子同色的亚麻腰带，松松的扣在没有一丝赘肉的腰部。整体造型肌肉感爆棚，完美的身材展露无遗，看上去既时尚又带着一丝绅士感。

何青有点不自在，心中涌起一股复杂的感觉，不知是该上前帮忙还是回房躲起来。就这样怔怔地站着，只听见心脏怦怦地一下一下剧烈地撞击着胸腔，好像一张口就能从喉咙里蹦出来似的。

秋天的朝阳淡而明媚，透过厨房的玻璃窗，洒在阿良的脸上，给他镀上了一层光晕，使他原本就立体感很强的五官越发的轮廓深刻，线条分明。

何青毫无防备地被眼前的画面蛊惑了，头晕目眩了起来，心脏控制不住地鼓噪喧嚣。望着几步之遥，熟悉又陌生的阿良，奔流的时光飞速在眼前闪过，一幕幕，一帧帧，静静回望着她，让她茫然忐忑，还有些紧张。

"你快去刷牙洗脸，我给你带了早点，吃了就走。"阿良一边收拾空了的购物袋一边头也不抬地吩咐何青。

何青好像中了蛊似的，呆呆地盯着阿良，他的眼睛，他的鼻梁，他修长有力的手指……下一刻何青只觉得脸上发烫，脑中一片空白，完全听不见阿良在说什么。

没听见反应，阿良转身抬头看向何青。只见何青目光静静地落在自己身上，眼神温柔又伤感，何青从没这样看过他，一瞬间他浸润在这双眼睛里，一种强烈的情绪冲上了大脑，内心抑制不住的悸动澎湃，下一刻他抬腿朝着何青走去。

不大的客厅里两个人面对面地站着，彼此交错的呼吸在空气中紧紧缠绕在一起。比阿良矮了二十厘米的何青微微仰着脸，乌黑的瞳仁覆着一层水膜，莫名的让他心跳加速，她的眸子竟然和以前一样，这么多年了依然清澈如水，就像多年前他们趴在窗台一起看的星星，阿良感觉自己浑身僵硬，手指都发麻。

“阿良…”

何青想打破这暧昧又尴尬的气氛，可一张口，沙哑中带着慵懒的声音，倒把她自己吓着了，更是要了阿良的命。一瞬间阿良的一颗心被撞得严严实实，满心满眼里都是何青一个，他不由自主朝着那声音伸出了手。

随着阿良的手势，何青猛地一激灵，身体往一边躲，没站稳，被旁边的沙发脚一绊，倒在了沙发上，随即痛得叫出了声。

阿良没想到何青反应这么大，眼睁睁地看着何青倒下，一时没拉住她，紧张地一步跨了过来，一叠声地问：“你怎么啦？伤到哪里了？”

“我的脚踝扭了。”何青痛得脸都青了。这个脚踝因为以前扭伤没养好，后来特别容易受伤。她刚才光着脚没站稳，又扭到了。

阿良一手移开沙发前的小桌，一手小心地托起何青的右脚，然后用食指压了一下。何青痛得“哧”了一声。

阿良将何青扭伤的右脚轻轻地放在小桌上，“小青，你不要动，我去拿冰袋。”

看着阿良蹲着小心翼翼地将冰袋敷在自己脚上，一边不停地抬头问她痛不痛，何青的思绪一下子飞到很多年前。那时，她脚上戴着固定的架子，上下楼梯，照顾孩子，做饭打扫……刚受伤的前几天，一挪动就痛出一身汗。

阿良抬头看见何青红着双眼，泪光盈盈，一下子紧张起来，抓着她的胳膊急切地问："小青，很痛吗？你忍忍，我这就带你去医院。"

"不是的……阿良。"何青有点哽咽。她的一条胳膊被阿良拽得太紧都痛了，她试着将手臂挣脱出来。阿良这时是半蹲着的，靠一条腿支撑着全身重量本来就不稳，再被何青突然一使力，一个摇晃就朝前倒去。他瞬间感觉身下软软的，抬眼是魂牵梦萦半辈子的那双眼睛，正怯怯地看着他。因为惊诧，何青张开的双唇似乎在微微颤抖着。他觉得全身烧起了大火，瞬间伸出右手臂撑在沙发背上，一下子就吻上何青微张的薄薄嘴唇。

何青懵然间突然明白发生了什么，正想挣脱，门被推开了。最先进门的是李锐，跟在后面的是扶着何青父亲的沈冬梅和何青妈妈。

屋子顿时寂静下来！何青看着满面怒容的李锐，一脸惊惧的爸爸妈妈，再看一边毫无愧色的阿良，还有冬梅脸上那强忍着的幸灾乐祸的笑容，眼前一黑，晕了过去……

——全文完——

不道離情正苦

前言

谁没有在最纯真的年岁，憧憬过这样的人生：在最美的年华遇到另一半，各自用纯洁无瑕的心灵呵护那份爱情，然后携手并肩走过细水流年，共度烟火风尘，无论富贵人生还是贫贱夫妻，不离不弃，直到华发染霜皓首苍颜！可世上又有多少事是理想的开始、完美的结束了呢？男女情事，十之八九都不如意，这个世界上大多数的婚姻都是因为情字走在一起，可真正在情字中走到最后的又有几人？

山无陵，江水为竭，冬雷震震，夏雨雪，天地合，乃敢与君绝是爱情本身，还是只存在于人们心中的爱情的童话？

第一章：前夫来电

美东的波士顿城，是一座古老且充满文化底蕴的城市。那里有古旧色彩的建筑：有四季迷人的湖泊海港；有随处可见的历史遗址；有多所莘莘学子的梦都学府；有世界一流的医疗机构；有国内最集中的制药研发基地...... 在这里，夏季可泛舟查尔斯湖；冬季可畅游林海雪原；春季可踏青市府花园；而秋季，则是四季中的童话世界，枫叶的红、银杏的黄、还有带着海味的风，五彩缤纷中让人尽享现代都市与曼妙秋色完美融合的魅力。

波士顿，它既是一座繁忙的城市，又是一座休闲的城市，更是一座有故事的城市。

十月的美东，秋高气爽，色彩斑斓，是一年四季中大自然最浓墨重彩的时节，就连清晨的空气，日出后的第一轮阳光都是那么的唯美和令人心动。

欧阳蓁的公寓位于波士顿城市中心后湾区主干道旁的小路上，虽然不是城里最好的区域，但也是闹中取静的住处。公寓离B城著名的音乐厅，历史悠久的公共图书馆和以小资情调著称的Newberry商业街都是步行的距离。因为是周六清晨，平时人流密集的街上静谧安逸，只有稀稀落落的车辆偶尔从街上驶过，空气里是秋季特有的海风味，清爽宜人。此时朝阳在红色的枫叶上折射出斑斓多姿的色彩，与街道两边一幢幢维多利亚式的红砖百年建筑交相辉映，近看远视，都是一幅熠熠生辉的美丽画面。

欧阳蓁的公寓在五楼，也是这栋一百多年建筑的最高层。欧阳蓁二十八岁的时候在H大医学院拿到了病理学博士学位并通过了医师资格考试，她在美国的小姨要送她一辆车作为毕业礼物。付了六年房租的她那时更想拥有一个自己的居所，便委婉地表达了她的想法，希望能把车折现。事实上那时她马上要开始在市里的医院做住院医师，需要住在城里，城里公车地铁都非常方便，唯独难找停车位，而一般城里的公寓根本也没有指定的停车位。怀着忐忑的心情提出，惴惴不安地表达后没想到小姨非但没有不高兴，反而非常赞同她的想法。她原来是只想买个一居室的，喜欢投资房地产的小姨建议她用五万折现付首款，贷款十五万买了现在这个三居室。小姨的理论是，在她做住院医师期间将两个房间出租还贷，以后她有能力还贷了，空着的房间她父母来了也有地方可以住。就这样，欧阳蓁在这里住了十七年，这十七年里她的事业节节上升，从住院医师到心脏科主任医师，从医学院的兼职讲师到带一个研究团队的教授，而她的个人生活，也从单身到结婚，再到正在被离婚！

此时欧阳蓁斜靠在床头，厚实的窗帘将外面的旭日遮挡得一丝不漏，但卧室里也已不似深夜的黑暗，昏暗中房间里的摆饰都可以看得依稀，对着床头的墙上，是个超大的木质的大钟，时针显示六点半刚过。时钟的下面是一个红木的大衣柜，窗下墙角是一个红木把手的单人沙发，上面搭着一条瘦腿的AE 牛仔裤。房间不大，除了衣柜和这个单个沙发，就是欧阳蓁躺着的中型大床和一个床头柜，床的另一边则是一个储藏室兼衣柜，房里收拾得干干净净，没有任何杂物。刚刚坐起的欧阳蓁习惯性地去拉床头柜抽屉取烟，下一刻却马上收手，她嘴角弯了一下，下意识地摸了一下平坦的小腹，想自己真是糊涂，烟不是已经被她全部清理了吗？就在她发现自己怀孕的一周前。

作为一名手术医生，半年前的欧阳蓁从来都是烟酒不沾，可这过去的几个月里，人生遭逢突变，那种只能在戏里发生的桥段毫无预兆地被强塞进了她的生命，那个口口声声说会爱她一辈子的人突然要和她离婚，而理由，不是不爱她，而是另外一个女人有了他的孩子。

“蓁蓁，我知道我对不起你，我从来都没有想过要离开你，我一直以为我们会一辈子在一起的，即使没有孩子，我们也是幸福的。但是现在突然有了孩子，我只是一个凡夫俗子，我也想要一个完整的家庭，想要有自己的孩子……”

“蓁蓁，以后我的孩子也是你的孩子……你知道一个孩子的负担是很重的，你收入那么高，即使付了赡养费后还是不会影响你生活质量的……”

那几个月里欧阳蓁整夜整夜地失眠，心仿若是无边汪洋中的一叶孤舟，眼睛睁得再大，也看不到希望的海岸。她就是那个时候开始了抽烟，一开始只是为白天紧张的工作提神，后来慢慢就有瘾了，她知道不好，可是她那时顾不到了，看着烟雾起烟雾散，她会有片刻的轻松，好像那些背叛伤害羞辱也随着吐出的烟圈消散了。欧阳蓁的双眼看着天花板，右手习惯性地抬起抹了一下右眼角，然后自嘲地笑了，这些日子的眼泪已经流尽了，即使再想起那些话、那些事还是会难过会心酸，但已经不会再流泪了。她的生命随着那张化验单上的符号又有了希望和方向！

欧阳蓁坐直了身体，拿手机看今天的安排。十二点要去看房，目前她的公寓是没有电梯的，她上周在发现自己怀孕后马上决定不能每天再爬五楼，所以想租一个一楼的公寓。原本在得知丈夫出轨要离婚后，她是想要卖了这个有太多回忆的地方换个住处的，可是因为离婚财产纠葛，目前这个在她名下的房产和其他她的资产一样被冻结了，最后她只是换了一张床。

正想着是不是等会打个电话再确定一下看房时间，手上的手机突然震动了起来。只看见荧荧发光的屏幕闪着一个熟悉的号码。

欧阳蓁瞄一眼来电号，没有犹豫地掐断了。想到那个人，曾经有多感动，现在就有多厌恶，欧阳蓁不明白夏进鹏为什么还要给她打电话，明明已经各有律师，一切走法律程序了，事实上他们这几个月都没有单独联系。“突突突，突突突”，欧阳蓁才掐断的电话，马上又响了起来，再掐，再响，反复多次，打电话的人似乎有你不接我不停的决心。欧阳蓁看着一闪一闪的电话，想到以前种种夏进鹏的坚持到底的固执，犹豫片刻，按了接听键，将手机放在耳边，深吸一口气。

“蓁蓁，你一定要救救我！看在我们夫妻一场的缘分上，请你一定要救救我！”

第二章：海市被拘

华海市，这座位于中国大陆海岸线中部的长江口的大城市，自1978年进入改革开放后，步入了快速发展的轨道，到处莺歌燕舞，一片欣欣向荣，到了1999年，它已成为一座新兴的全球化都市。它拥有先进的外贸港口、完善的金融中心、新兴的工业园区。近三十年里，城里数千座新型摩天大楼先后矗立了起来，鳞次栉比，其中傲然屹立的中心大厦、金融中心和繁茂大厦闻名世界。而华海市的地标式建筑东方塔则直指苍穹，卓然秀立于华海江岸边，在江边哥特式、罗马式、巴洛克式、中西合璧式等“万国建筑博览群”中，显示着它王者的风范，时时向人们展示着华海市发展的华美神奇。

作为神速发展的一流国际都市，你可以坐磁悬浮深刻体验现代科技的神奇，只需十分钟就能从龙阳路直达华海国际机场，你也可以漫步于老城区真切感受华海市的商业繁华和市井生活。无人能否认，这是一座欣欣向荣的城市，一座从不停止发展脚步的城市，一座生机勃勃充满发展机会的城市。近几十年来，华海市已经成为全国乃至全世界人才汇集的中心。近些年，大部分的外来人才基本集中在城市东部新区的几个重点开发区域：L区，J桥，Z江。夏进鹏，这位正和欧阳蓁离婚的海归在Z江的一个颇具规模的生物科技公司工作。

华海市是没有黑夜的。十月的第一个周六，傍晚八点，天上的月亮大致只有圆满时的一半，暗淡的月光和地面上霓虹散发出的流彩遥相呼应，互诉着天上宫阙的清寂空灵和凡尘人世的烟火纷杂。相对于外面的清月冷寂灯火辉煌，此时坐在市分局拘留室里的夏进鹏神情紧张，在空调不停运转的清凉房间一头汗水，刚刚放下电话的他还没有从惊魂未定的状态下恢复。

和往常的大多数周六一样，他一早出门去公司加班。作为他们公司目前最大的一个医药项目的负责人，夏进鹏的学术背景和团队领导能力都是无可挑剔的。三年前他在园区的海外人才招募中海归时只是一个年薪九十多万的高级技术员，三年来他凭着自己在美国顶尖医学院近九年的博士后研究员的学术积累和在实际工作中的努力，一路攀爬，终于在年前被提拔到了目前的这个公司最重要项目负责人的位置。

夏进鹏这几年对自己的状态还算满意，相比，之前在美国做博士后研究却一直找不到合适的大学任教的教职，目前的工作无论是薪酬还是在学术上的被器重感，都让他有一种自内心生出的满足和骄傲。作为一个北方人，他打心眼里喜欢目前所在城市的环境和这个城市所拥有的唯才是举的文化氛围，也在事业起步的同时，暗暗决心要更加努力争取更上一层楼，为自己从小立下的要出人头地的梦想，也为在人生四十岁时才将到来的儿子。可这一切，却可能毫无预兆地要毁在今时今地，这怎么能不让他害怕惶恐？何况他更多的是感到冤屈。

六点的时候，他离开公司走向离公司五分钟步行距离的地铁站。他住在L区，坐2号线六站就到，全程也就十七分钟，因为地铁方便，所以他基本上上下班都不开车。尽管是周六，六点多钟的地铁站还是有不少人。他一边等地铁一边拿着手机接电话，电话是璐璐打来的，嗲嗲地问他什么时候可以到家？今晚他想吃什么？告诉他她会掐着时间做好饭菜等他一起吃饭。璐璐最吸引他的不仅仅是她的漂亮，还有她的关心体贴和温柔，她特有的娇娇软软的声音，总会使他心神荡漾。挂了电话想着她撒娇时的娇媚，夏进鹏那十分立体的五官也随之变得异常柔和。

什么叫祸从天降？什么叫乐极生悲？下一刻发生的事就足以形容夏进鹏这样的心情。就在他准备踏上准时到站的地铁的那一瞬，一阵猛烈的狗吠声在他身边响起，他下意识地停下脚步朝着狗吠的声音看去，只见一个警察正试图控制住一条猛烈地向他扑过来的警犬。然后就是警察同志温和却不容置疑的声音：

“同志，麻烦你留步配合检查。”……

坐在警察分局重型案件的拘押室，夏进鹏怎么也想不通那包白色粉末是怎么会在他的计算机包里的，而且还在一个从来也不会打开使用的小袋里。面对审讯他的警官，他百口莫辩。

“警察同志，我真的不知道这是什么，不信你可以验指纹，相信上面一定没有我的指纹。”

“夏先生，我们现在并没有下任何结论，但因为事件的严重性，今晚请你留在这里协助调查。”

夏进鹏那一刻真是以死明志的心都有了，可他知道着急冲动只会给自己带来更多的麻烦，在几分钟的冷静斟酌后，他请求警官允许他打几个电话，当然是在警官在场的前提下。夏进鹏很清楚这件事绝不能让他所在的公司知道，虽然说身正不怕影子歪，可另一句话宁可信其有，不可信其无更符合人们的八卦精神。再者，在警察弄清事情的来龙去脉前，说不准他早就被最看重公司名誉急于撇清的公司给解雇了。下一个是璐璐，她一个二十多岁的女孩，还怀着身孕，在华海市也没什么人脉，告诉她不但于事无补还可能导致意外。她现在肚子里的孩子可是他的心头宝，绝不能有任何闪失。然后他想到了两个同在华海市的以前读研究生时的老同学，虽然以前读书时朝夕相处关系不错，但夏进鹏向来只相信同行只有竞争对手没有同学情谊的哲学，在不确定他们90%可以帮到他的时候，他也不能联系他们，毕竟他现在被莫名牵扯进的案子一不小心就能让人万劫不复。至于他的离婚律师，他当初为了便宜，而且自认为自己都已安排到位，选的就是一个初出茅庐的菜鸟律师，估计也帮不上。

几分钟的时间里，夏进鹏把能想到的在华海市的人都过了一遍，沮丧地发现真正能帮上他的一个都没有。就在他苦思冥想，越想心越沉的时候，脑中突然灵光乍现，欧阳蓁有个发小兼死党，曾在美国公差时特意绕道来B城看蓁蓁，三年前他海归时还因着她买房时得到了很好的折扣。有一次蓁蓁曾无意识地提到过她闺蜜的老公是某某，当时他还没海归，也没细思那个名字，现在突然想起，才发现那个某某不就是同事八卦时提到过的科技新贵吗？而某某的爸爸不就是那位常在电视里出现的大人物吗？

想到这里，夏进鹏眼睛瞬间就亮了，真是天无绝人之路啊，凭他对蓁蓁的了解，这个对受伤的流浪动物都会不舍的“准前妻”，一定不会对他见死不救的，只要他表现得够惨够冤够诚恳，唉，事实上他现在确实惨确实冤啊！

第三章：阿良律师

沈冬梅所在的跨国咨询公司的华海市总部位于寸土寸金的市中心。虽然不是人人皆知的那三座跻身世界著名建筑的大厦，但内部装潢也是高雅时尚，简约大气。一楼大厅的地面全部是地中海进口大理石，色泽柔和，大气却不张扬。大堂顶部的一个大型吊灯熠熠生光，华丽时尚。四面墙上是零星却有章法的几幅壁画，每幅画下是自成区域的几个单人座椅和精致造型的咖啡办公两用小桌，整体布置既舒适休闲却又透着职场的风格。大堂内的落地窗直达天花板，窗外繁华忙碌的都市风景与室内的布局相互映衬，呈现一种忙中有序的感觉。大楼进口处的前台服务员永远带着温暖的微笑，十分亲切。

沈冬梅任职的公司在十一楼至十八楼，她的办公室是最高层里最大最亮的那间。外面的世界遵从人人平等，政治正确的口号无论在西方还是东方永远响亮，但在职场，注定是有尊卑之分。沈冬梅的办公室门上，金底的名牌上刻着总经理三个字，中规中矩的正楷，却显示着门内人士在这个业内领头公司里的身份和权威。

沈冬梅每天的日程都排得满满的，看文件，开会见大客户，与总公司联系。照理说，她每天忙碌得根本没有闲暇去思考人生，可她偶尔还是会忍不住有一种错觉：她不是外人眼中智能超凡的职场精英，而更像是江湖上能呼风唤雨的门户老大。即使她的助理已经有过筛选，每天还是有很多的电话和面见是与她的工作毫无关系的。在这些推不掉的人事中，有请她牵线见什么人的，有托她疏通一些社会关系的，还有一些冷不丁冒出来的奇葩事件，就连她这个自认为见识颇多的人也觉得超乎想象，比如今天中午收到的那袋她闺蜜个人隐私文件的加急邮件，比如眼前这个坐得四平八稳在下午7点不请自来为情所困的大律师。

此时沈冬梅正一目十行地看着她闺蜜何青的追求者阿良，或者我们应该叫他秦玉良大律师递给她的文件，一边看一边忍不住地笑了出来，笑着又觉得这样的态度实在是对这份精心准备的文件的不尊重，生生收起笑弯的嘴角抬起了头。

“So，你要我做公证人？”

自从何青因为李锐回国出轨要离婚后，这位何青的发小兼义弟也是沈冬梅的高中同学就开始了他坎坷的漫漫追妻路。这个帅得总能让女人甚至男人停下来看几秒，多金又成功的秦大律师却在把何青拐入婚姻殿堂大门的过程中踢到铁板。上个月，何青因为受不了面前这位牛皮糖似的不依不饶的逼婚者“逃回”了美国，古时有皇帝为讨美人欢心而不惜代价一骑红尘妃子笑，眼前的这位在何青逃离后隔天就千里追妻去了美国，为了争取一切可以团结的力量，各送了一辆名车给何青的两个儿子作为见面礼，结果是弄巧成拙，不但没有博得美人笑，反而惹得何青竟生气对他避而不见。这不，百折不挠愈挫愈勇的秦大律师在灰溜溜地回来后又出“奇招”了！

“你觉得何青缺钱，还是她贪钱？”

沈冬梅看着一贯气宇轩昂神气活现的某人现在吃瘪的样子，很不厚道地笑了，心里无比畅快。

“既然你知道何青即不贪钱更不缺钱，你觉得这份公证会有用吗？”不等对面的人回答，沈冬梅进一步她的传道授业解惑。

桌上的这份财产公证书的最后几行非常明确地写着，将来无论是何种原因，如果何青和秦玉良离婚，所有财产全部归何青。

秦大律师其实也是满肚子的委屈，不怪他病急乱投医，本来大家都觉得他和何青蹉跎了二十年后，现在他一定分分钟守得云开见月明，静待花开指日可待，谁知道何青那边一开始说刚离婚就结婚似乎有点对婚姻的不尊重（哪条法律规定离婚后要多久才能再婚的），然后又是怕再婚会让孩子们不高兴（明明他未来的继子都说他很cool），一会儿这理由，一会儿那原因，就是迟迟不愿意结婚，每次约会再晚都要坚持回去。因为何教授和师母形同他的义父义母，他还真有点放不开，搞得他好像是个见不得人的地下情人似的。偏偏他在何青面前还就像是个大男孩，何青的一个无意眼神就可以让他体内荷尔蒙迅速分泌，和何青在一起就是人间的四月天，他想分分钟有何青在身边，他迫在眉睫地想要何青成为他法律上的女人。

真是一棵痴情种子啊！沈冬梅暗叹，然后想起了那句网络名言：恋爱中的女人智商为零。她想恋爱中的男人智商何止为零，简直是负数。眼前的这位素以心思缜密敏捷雄辩而立于行业大佬之位的男人，可不是正在经历着慢慢变成傻子的过程？不知道那些付他天价诉讼费的公司和人看到他现在这不在状态的样子会作何感想。

“你的意思是？”大律师难得放下身段。

“哈哈！”沈冬梅的笑声传到阿良的耳朵里充满着算计。

“我自然有绝招，不过……”

“成，要我做什么？”几十年的老同学了，阿良对面前这位正笑得一分灿烂、二分嘚瑟、三分志在必得的女人太了解了，为人民服务在她那里简直就是神话。不过，只要能让何青点头，让他怎么低头都值。

“我朋友需要一位出色的离婚律师。具体的材料都有了。”沈冬梅一边说一边抓起办公桌上快递文件袋扬了扬。

“可以，先说你的。”阿良快速瞄了眼那个文件袋没有犹豫地说。

只见下一刻沈冬梅在老板椅上坐直身体，恢复了她白领精英的装模作样，看着充满求知欲的大律师开始传授她的绝招。

“我记得何青在得知第二胎还是儿子的时候，跟我说过，她很想再要个女儿”……

“啊？”大律师神游了。

“喂，你不要告诉我你们还在盖着被子纯聊天吧？还是你那方面……”

看着沈冬梅拉着余音，眼神猥琐地从他的脸上往下移到脖子，再到胸膛，再往下移到……大律师脸一红，腾地站了起来，一把抓起那个文件袋就往外走去。一边走一边说："尽快让她签委托书。"心里暗叹，看这女人德行，上天有眼，还好他们家何青和她一点都不像。

出门的时候听到沈冬梅的电话响了起来，然后是沈冬梅难得认真的语调："蓁蓁……"

注：秦玉良和何青的故事见《闻君有两意》

第四章：恩情难忘

村上春树有句名言：“你要记住大雨中为你撑伞的人，帮你挡住外来之物的人，黑暗中默默抱紧你的人，逗你笑的人，陪你彻夜聊天的人，坐车来看望你的人，陪你哭过的人，在医院陪你的人，总是以你为重的人。”

沈冬梅第一次读到这段话的时候，总觉得它漏掉了什么，几年前欧阳蓁结婚的时候，她琢磨出来了，还要记住那个在纯真岁月和你一起成长的人，那个默默地帮助你却不让你知道，努力地保有你尊严的人。

在沈冬梅的记忆里，欧阳蓁似乎是和她的记忆同步的，具体几岁说不准，反正从记事起欧阳蓁就是那个她喜欢罩着的小不点。她们住在一个石库门弄堂里，华海市的石库门，外面看着大木门石砖墙挺气派，其实很多石库门房子，一个门面里面却住着好几家人家，没有卫生间，厨房都是几家共用的，环境并不好。

沈冬梅的父亲在她很小的时候就因工伤去世了，妈妈在家帮着街道里糊纸盒子，收入很少，她和弟弟就靠着父亲的抚恤金在单亲家庭中长大。她很小就知道，欧阳蓁家和其他邻居家是不一样的，欧阳家是因为出身不好，从原来的花园洋房被扫地出门后才搬过来的。欧阳家的人看着都斯斯文文干干净净，讲话从来都不会高声。她家有两个老太太，一个欧阳蓁叫外婆，一个据说是欧阳蓁妈妈的奶奶，蓁蓁叫好婆。外婆和好婆住在一楼和二楼楼梯拐角的一个七平方米的亭子间，欧阳蓁和她爸爸妈妈住在二楼，一间十五平方左右的朝南房间。欧阳家楼上是一间十平方米的三层阁楼，那是沈冬梅妈妈在她父亲工伤去世时和她父亲的原单位交涉很久后才分到的，沈冬梅还有个弟弟，搬到欧阳家楼上之前，他们家原来住在棚户区自己搭建的违章建筑里。

有句话说每个孩子都是上帝赐予的天使，其实那句话说还没有认知能力的婴孩更合适。小孩有了群体交往能力后，必定会受社会和大众的影响，形成互相认同的小团体、排斥甚至欺负那些他们不认同的个体。那个时候弄堂里她们那样大的孩子还真不少，而沈冬梅和欧阳蓁就是被排斥在群体外的个体。沈冬梅父母是扬州人，在华海市被称为苏北人，以前华海市是有地域歧视的，苏北人以前在海市是属于被歧视的群体，连带着小孩都会被骂“江北猪”。而欧阳蓁小时候长得又瘦又小非常安静没有一点存在感，四五岁都不开口讲话，弄堂里的小孩都叫她“小哑巴”，常常是被恶作剧的首选。

沈冬梅个性大胆泼辣，欧阳蓁安静胆小，因为住在上下楼，从幼儿园到小学，沈冬梅和欧阳蓁都是形影不离的，虽然两个人个性南辕北辙，但这不影响她们要好。不知从什么时候开始，沈冬梅自觉自愿地把自己放在了看护欧阳蓁不受别人欺负的位置上。

小学快毕业的时候，欧阳蓁家落实政策要搬回原来的别墅，向来沉默寡言的欧阳蓁却哭着求她爸爸妈妈不要搬家，她不愿和冬梅分开，后来还是蓁蓁妈妈说她们仍旧可以在一起上学才让蓁蓁收了眼泪。

一般来说，家境贫寒的孩子成熟早，沈冬梅懂事就很早，对金钱和物质也自然要比虽然落魄但仍有家底而且父母双职工又是独生女儿的欧阳蓁要敏感很多。她一直都记得小学里春游时，蓁蓁的妈妈都会准备两份午餐和点心，一份当然是给她的。蓁蓁换新书包的时候，蓁蓁的妈妈也会为她准备一个，给她时还会问她愿不愿意，因为蓁蓁想和她背一样的书包。

有些事她也是很后来才知道的，知道后她选择默默地感激在心。也是缘分使然，小学毕业后她掐着分数线险险地和高分的蓁蓁考入了同一所住读重点中学的初中，孩子能进炙手可热的重点学校对大多数父母来说是祖上积德积福的事，高兴还来不及，可对靠微博的抚恤金艰难度日的沈冬梅妈妈来说则是喜忧参半。虽说没有学费，可住读的杂费、伙食费以他们家的情况根本无力承担，还不要提那个每学期都要换的校服。那阵子沈冬梅看着她妈妈整日眉头紧锁，无奈叹气，都准备放弃重点住读就去附近的中学走读了，可突然有天妈妈告诉她费用解决了，学校给困难学生有特殊的每个月的补助，一直到毕业。怀着对社会对学校的感激之心，沈冬梅发奋努力，在同一所学校升了高中直至考入大学。

工作的第一年，有一天她妈妈难得严肃地说要和她谈一谈，告诉了她这些年一直是蓁蓁家在资助她的实情，虽然违背了当初蓁蓁妈妈的初衷，但沈冬梅妈妈希望自己的女儿能记住这份恩情，将来有机会一定要报答。原来从初中到大学，一直都是蓁蓁家在帮助她，而蓁蓁妈妈当初再三要求为了不给沈冬梅压力，一定不能让她知道实情。听着操劳过度早生白发的自己的母亲缓缓地道出这些年蓁蓁家对她的默默付出，那一刻沈冬梅百感交集，内心不仅仅是对蓁蓁父母的感激，更多的是对他们的敬仰，正因为他们的大爱，让她能在这么多年和蓁蓁的友情中保有平等的尊严，无忧无虑地享受着校园生活的快乐！

后来蓁蓁出国继续深造，沈冬梅工作，再后来各自成家立业，互相见证着从少女到他人妻子，从学生到社会的每一步。虽然平时的联系也不多，但蓁蓁对沈冬梅来说，不仅仅是同学是发小更是情深义重的姐妹，永远都是。所以今天当她打开那个快件，看到里面蓁蓁离婚官司的种种细节时，心里不仅仅是对夏进鹏贪得无厌的气愤，更多的是心疼蓁蓁这几个月所经受的痛苦和磨难，也有对蓁蓁这么大的事自己一个人扛着都不告诉她的责怪。沈冬梅暗叹，那个做学问天才却个性单纯善良的女人，怎么会是夏进鹏的对手呢？

“蓁蓁，夏进鹏这么过分，这么大的事你为什么不告诉我？”蓁蓁电话进来的时候沈冬梅又气又急。她以为他们的离婚很简单，早就尘埃落定了。

“冬梅，那个离婚的事我有请律师了，我今天是另外有件事要请你帮忙。”相对于沈冬梅的激动，欧阳蓁的语调总是轻轻缓缓的。

“美国的律师怎么搞得清这里的情况，对付夏进鹏这样的小人，一定要有熟悉这里律法的律师。”

“那个再说，我今天是……你能不能去看他一下，夏进鹏说他是无辜的，我相信他也没有这个胆量做这种事情。”

沈冬梅气得恨不得拿手指隔着大西洋去戳蓁蓁的脑袋，这个善良的女人心软得敌我不分，可偏偏她又说不出回绝欧阳蓁的话。再三叮嘱了这边律师会尽快和欧阳蓁联系的事项后，沈冬梅挂了电话。

才静了一秒钟，叮的一声，新信息通知：“你要做阿姨了，两个，然后是两个娃娃的符号。”

沈冬梅的眼睛都忘记眨了，一个手抬起捂住嘴：天啊，谁来告诉她，这，这，这是什么情况？孩子哪儿来啊？难道……

今天的信息简直刺激到爆，沈冬梅一下子都消化不了了！哇塞，两个啊，上天有眼，善良的人还是有好报啊！庆幸她今天收到了那个邮件，知道了蓁蓁离婚的细节，又被她逮到了遇神杀神，佛挡杀佛，魔来斩魔的秦玉良，有他代理做蓁蓁的律师，有那两个娃，再有那个文件袋里的材料，蓁蓁一定不会被夏进鹏欺负到。只是那一袋快递材料，那个人费尽心机的帮着蓁蓁也煞费苦心地保护着蓁蓁的自尊心，还真是有心了！沈冬梅坐在办公室激动得好久都回不过神。

此时在公安分局里的夏进鹏突然打了一个大大的“阿嚏”。

第五章：协助调查

时钟指向晚上九点的时候，夏进鹏在分局里坐立不安。虽然刚刚欧阳蓁禁不住他的哀求，在电话里答应帮他，可现在他却是越想心里越没底，那两个小包里白白的粉末意味着什么？他40岁的成年人了，又在美国待了十多年，没吃过猪肉，也见过猪跑，如果不能证明自己的清白，不要说蓁蓁的同学，就是大罗神仙也救不了他。而中国对毒品犯罪的刑罚，可谓是世界上最严厉的。想到这里，夏进鹏身上的冷汗浸透了烫得平整光滑的丝绵衬衫。

审讯室的灯光亮得刺眼，刚刚的警察问了他几个问题后，给了他一堆表格让他填写，然后就留下了他一人。夏进鹏这一辈子，小时候加入过少先队，少年时选拔进代表学校的数学竞赛队，成年后参加所住地区的业余网球队，还有在B城时的业余马拉松队……参加的时候不是代表着荣誉就是因为兴趣，从来都没想过这辈子会进刑警队，还是让人闻风丧胆的缉毒部门。

四周静得可怕，光度强烈的白炽灯打在孤单地坐着的夏进鹏身上，空气中弥漫着严肃压抑的气息。他提醒自己要保持冷静，半靠在座位的椅背上，一边看着面对着自己的那面里面看不见外面，但外面可以看见里面的大玻璃窗，一边对自己目前的情形细细分析起来。

现在他是属于协助调查，如果没有证据证明他违法犯罪，最长24小时他就可以离开，而且不会留档，来分局一趟的事就可以像没有发生过一样。可反过来说，如果他没法交代清楚那两包粉末的来龙去脉，或者说警察没有能够收集到足够的证据让自己置身事外，很有可能他会被当成犯罪嫌疑人，那样，下一步就是刑拘，再下一步他就会被转送到看守所。一般而言，公安机关对涉嫌刑事拘留的人的拘留期限是14天，14天后，即使他被无罪释放了，作为曾经的禁毒队的犯罪嫌疑人，无论是在国内还是回美国，他在他人面前还有信誉吗？在事业上他还会有前途吗？他和怀着他孩子的璐璐还会有未来吗？他一边填着表格里琐碎的姓名地址电话巴拉巴拉，一边双眉紧蹙，思绪纷乱，想着他几十年的努力奋斗将要毁于一旦，甚至身败名裂，恐惧如潮水般地一波又一波地向他袭来！

柔和的音乐突然在寂静的房间里响起，虽然轻缓还是把沉浸在局促不安中的夏进鹏惊得差点儿跳起来，片刻后他才意识到是自己的手机在响。刚刚他已经打电话给璐璐说临时遇到朋友不回家吃饭了，这电话肯定不是璐璐打来的，璐璐这么快找他即使有事应该也是写微信，而其他人一般也不会这个时候联系他。夏进鹏现在简直如惊弓之鸟，去拿手机的手都有点僵冷迟缓，看着那一串陌生的号码，电影里毒贩子接头时的种种场景毫无预兆地跳了出来，手上的手机一时也成了烫手山芋。他盯着那跳动的号码，听着自己扑通扑通的心跳，迟迟不敢按下通话键。一会儿后，来电显示对方在留言。夏进鹏盯着手机，几秒钟的时间里大脑千回万转，然后毫不犹豫地按下了桌子上的那个按钮。

“夏先生，请问有什么需要？”即刻，听到铃声的警员进来问道。

“警察同志，刚才有陌生电话进来，我不知道和案件有没有关系？”夏进鹏很真诚地说道。

那位警察瞄了眼夏进鹏手上的电话，思考片刻后说了句“稍等”，就出去了。

没一会儿，一位年纪稍长的警察和起先的那位警察一起进来了。进来后自我介绍是缉毒队的张副队。三个人围着桌子，然后夏进鹏打开了留言录音。

“夏进鹏，我是沈冬梅，蓁蓁让我联系你。回电告诉我你在哪个分局。”沈冬梅干净利落的声音落下后三个人面面相觑。

在张副队犀利的注视下，夏进鹏有点尴尬的解释：“蓁蓁是我在美国的太太，那个沈冬梅是她在华海市的同学，我和她以前没有联系过，所以不知道她的电话号，对不起打扰你们了”。

“下次搞清楚了。”那个张副队虎着脸，一副公事公办又很不耐烦的语气，说完和另一个警察一起出去了。

可怜夏进鹏从小天之骄子，哪里受过这样的训斥，但此时只能忍气吞声，唯唯诺诺地看着他们走了出去。

夏进鹏这一个晚上犹如坐在过山车上，大起大落一颗心一直悬着，他是惊心胆颤惶惶不安，但和沈冬梅通话后，他终于长长地呼了一口气，仿佛沙漠中的旅人，迷失后幸运地碰到了向导，给他指出了一条通向水源的近道，而且还不远。

沈冬梅让他不要担心，只要他是清白的，一定不会被冤枉，并且告诉他，她马上会给他所在分局领导打电话了解情况。

审讯室的隔音非常好，外面的声音一点听不到，而里面，忐忑不安的夏进鹏也没任何声响。往往在特别安静的环境里，人们容易想起前尘往事。一动不动坐着的夏进鹏，此时正想着欧阳蓁。夏进鹏的心里，蓁蓁的性格如水般安静，眼目似清泉般清澈。曾经，被那双眼睛看着，会让他觉得拥有了全世界。

夏进鹏是在30岁的时候认识了35岁的欧阳蓁。当时他在国内知名学府拿了博士学位后申请到了美国著名研究院博士后的位置，欧阳蓁是研究院里刚刚晋升的终身职位副教授。欧阳蓁不是他的导师，要不是他的导师请他去找欧阳教授求证一个他论文里的问题，他根本不会和她有交集。

那天在邮件里约定时间后，他带着自己的论文稿件去了欧阳蓁的办公室。大凡爱人之间都会对彼此的第一次相见印象深刻，夏进鹏清楚地记得欧阳蓁第一次看到他时脸上闪过的震惊抑或是迷茫。夏进鹏对自己的外貌一向自恋，他有一双细长魅惑的眼，高挺的鼻梁、轮廓分明的嘴唇，五官立体，身材颀长，加上喜欢锻炼勤于运动，看上去身姿挺拔。因为长得好，从小到大，对他一见钟情的女孩子两个手指加起来都不够数。但谈过几次恋爱的他十分确定，欧阳蓁那天看他的眼神绝对不是惊艳更和迷恋搭不上，直到两年后他们结婚前，在他见了欧阳蓁的家人后，才发现自己和欧阳蓁那个才18岁的弟弟有些相像，特别是眼睛。再后来在他的询问下，欧阳蓁告诉他，那个弟弟和欧阳蓁是没有血缘关系的。

世间大多的情或爱，总是从非分之想开始的。他们之间也不例外。认识没多久夏进鹏就发现自己挖空心思想着法子要想看见欧阳蓁，看见她时他就目眩神迷，和她在一起时他就满心欢喜。岁月如梭，时光流转，也就不到十年的时间，现在想起那些日子，夏进鹏似乎已带着隔世的感觉。抬头望着天花板，夏进鹏问自己，自己是为了什么，又是什么时候开始对欧阳蓁动心的呢？

第六章：一见钟情

中国历史上的道圣老子在《道德经》里有句话：“天下莫柔弱于水，而攻坚强者莫之能胜，以其无以易之。柔之胜刚，弱之胜强，天下莫不知，而莫能行。”意思是说，天下没有比水更柔弱的，但攻坚克强却没有什么能胜过它，因为没有什么可以真正改变得了它。柔能胜过刚，弱能胜过强，天下没有人不知道，但又没有人能实行。

夏进鹏眼里的欧阳蓁就是一个如水的女子，看着柔弱，却有滴水石穿的刚强和令人折服的能力。

第一次在欧阳蓁办公室看到欧阳蓁的时候，除了欧阳蓁刚看到他时眼神中片刻闪过的震惊和迷惘，其余的时候她对他都是波澜不惊，温和有礼。

夏进鹏之前对欧阳蓁是有好奇心的，不光是他，他们组里所有新来人员对这位欧阳教授都存着久闻其名，愿闻其详的心思。组里有一半多的成员是中国人，大家午饭时间的八卦里常常有她。有说她出生杏林；有说她家上一代中有国民党的高级将领；也有老资格的博士后用故作神秘的语调说，在某一方面，她可能和一般人不一样。欧阳蓁平时专注工作，个性古怪，35岁了，从来也没见她交过男朋友。有些人觉得欧阳蓁高龄单身是因为她太出众了，高处不胜寒，男人不敢追，这一说法马上遭到他人反对，理由是呆板的老女人，谁要呀？反正说起欧阳教授的个人问题，那是七嘴八舌，众说纷纭。唯有聊到业务水平时，大家的意见完全一致，在他们这个目前世界上一流的医学研究院里，能在这样的年纪拿到终身教职没有真才实学根本不可能，不容置疑，欧阳蓁的学术论文，发表级别，无论是数量还是质量，在他们院里，那是神话一样的存在。

都说这个时代对女人来说是看脸的时代，只要你够漂亮，很多事不努力就有结果。反之，颜值差的女生则只有靠努力。有句话不是说：因为你不是天生丽质，所以必须天生励志。在见到欧阳蓁之前，夏进鹏在学校的网站上看过欧阳蓁的大头照，标准的女学霸样子，有书生气，没有生气。夏进鹏原来一直都认为欧阳蓁是一个呆板的书呆子，一个缺少女人味的老处女科学家。可现在那个在办公桌上看着他的论文，和他面对着坐着的欧阳蓁，完全和他想象中的不一样啊！小小的鹅蛋脸，细细直直的鼻子，最吸引人的是那双眼睛，又圆又大，不知道是不是以前深度近视戴眼镜时养成的习惯（夏进鹏后来才知道欧阳蓁的眼睛做过激光矫正近视术），视物视人都会有片刻的停留，好像在对焦距似的，迷迷蒙蒙的，纯良中夹着性感。

男人第一眼看女人，往往都是非常直接和肤浅的，很少有先探究女人内在美的，夏进鹏自然也是。他的视线看似随意却专注地看着欧阳蓁，刚才目测她身高大概就一米六出头一点，体型偏瘦却结实，以他一贯健身的经验，欧阳蓁一定有锻炼的习惯，皮肤不是国人喜欢的白皙，他想，这大概是为什么那班中国同事没人觉得欧阳蓁漂亮的缘由，是健康的小麦色，比一般三十多岁女人的皮肤显得紧致有光泽，小巧的鼻尖上有细微的雀斑，脖颈优美细长，嘴有点大，但很饱满，在小小的鼻尖下，别有风韵。只是整个人看上去有点不好接近的冷感。

还有，刚才欧阳蓁无意识地抬手把头发顺到脑袋后面去时，胸前波涛汹涌，绝对的32D...

“Allen！”欧阳蓁突然抬头叫他。

“Yes，Dr.Ouyan。”夏进鹏收回心神。

下面的几分钟里，夏进鹏才发现，欧阳蓁的大脑比她的外在更漂亮。就那么扫了一遍，欧阳蓁在他的稿件上划了好几个圈，相对位置的边页空白处是简短的附注。仅仅两页，就被指出有好几处引用他人文章观点却没有标注，天晓得他“借鉴”得很巧妙的，很多他都已“转化”成了他自己的语言来表达了，可还是被火眼金睛的欧阳蓁一个不差地圈了出来，简直就是活辞典啊！他坐在那儿就像个犯了错的小学生似的，被简单严肃地灌输了一遍知识产权的概念。

夏进鹏离开的时候觉得自己魔障了，整个人像是喝了一壶江南陈酿，开始目眩神迷，心神摇荡。他心里很清楚，这是爱情的前奏。从那天起，他想尽办法寻找机会见欧阳，请教问题，制造偶遇，就是远远地看她一眼，也能使他回味良久。他知道他在欧阳蓁面前就像个小男孩，笨拙而滑稽，但他不在乎，他没法控制住心里如野草般疯狂生长的渴慕，他以前从来都不相信一见钟情，他也不是没交往过漂亮的女朋友，事实是他的前任个个漂亮，但这样见了一次后就强烈地想念一个人还是第一次。他渴望和她在一起，听她的声音，牵她的手，拥她在怀，成为她生活的一部分。相对于他的相思成愁，爱意难抑，欧阳蓁对他却是毫无感应，永远是礼貌中带着疏远。而他则似打不死的小强，愈挫愈勇，充满了我喜欢你是我的事，你不喜欢我没有关系的精神。直到有一天，他故伎重演，又在欧阳蓁医院下班时制造偶遇，和往常礼貌地问好后即刻离去不同，这次欧阳蓁停下了脚步。

站在人来人往车马喧嚣的马路边，欧阳蓁抬头看着夏进鹏，两人之间隔了两尺的距离。

“夏进鹏，”她漂亮的眼睛看着他，喊他的中文名字，这一刻夏进鹏心跳如鼓，

“不要喜欢我，我们不合适。”冷冰冰的语气却很诚恳。

只超过他肩膀一点点的她，口里念出的每一个字都重重碾压着他，那一刻，他清楚地听到自己作为一个优秀的、品貌皆有的出色男性自尊掉落一地的声音……

“夏先生！”门口传来热情的声音，夏进鹏的思绪被打断，打开的门口是一位陌生的中年警察和跟在后面的张副队，以及起先的那位年轻警察。

“这是我们分局的李局长。”在张副队介绍的时候，那位李局长跨前一步微笑着向夏进鹏伸出了手。

“李局长，您好！”还没进入状态的夏进鹏条件反射地也伸出了自己的右手，然后一下就被李局长握住了。

“夏先生，是我们工作没有做好，耽误了你这么多时间。”

“嗯？”一排问号在夏进鹏额头前飘过。

“刚刚沈总联系我了，她愿意做你的担保。你现在就可以离开了，下周专家鉴定后我们会再联系你，希望不会耽误你办理你的离婚事项。”李局长说得诚恳无比。

夏进鹏正琢磨着“专家鉴定”“再联系”“离婚事项”，张副队已经将一张纸递了过来。

“夏先生，这是你会协助调查的协议书，麻烦请过目后签名。”张副队的口气非常客气有礼，和刚才被喊进来听电话时判若两人。

夏进鹏粗粗看了下那份协议，主要是说如果需要，他会配合警局，在没有结案前，没有特殊情况，他不能离开华海市。

再三谢绝了李局长要送他回家的热情，夏进鹏由李局，张副，小警察陪着走出了警局。

俗话说人生如戏，戏如人生，这一夜，注定不是一个人的舞台，望着分局外面汇入人群的夏进鹏，李局长那千年不变的笑容里多了一份意味，刚才他主动对沈冬梅说可以连夜鉴定那两包粉末，对方却请他帮忙过两天再鉴定，先让人回家，并愿意担保嫌疑人不会离开。李局长暗想，今天的这份人情，真是得来全不费工夫啊！

第七章：离婚协议

欧阳蓁约好去看的公寓离她目前的住处就隔了一条马路，一室一厅还有一个小小的院子。以前她是不喜欢一楼房子的，一百多年的房子还没有地下车库，美东靠海本就潮湿，雨季的时候更潮，连日暴雨后地面都会返潮冒水汽。可九月份刚好开学，市面上的租房几乎都已被开学的学生定下了，她能找到这个离学校和医院都近的算是运气，而且卧室朝南，厨房和厅都有大窗户，最让她满意的是公寓的位置，闹中取静，在一条幽静的小路上。她在房间和小院子里走了一遍，感觉还挺干净，又特别多看了一下厨房，她有小小的洁癖，对油腻敏感，房东看她用手在摸灶台和橱柜，轻声对她说，如果需要，她会再清洁一次。谈妥了一些细节后，欧阳蓁让房东将租房合同邮件寄给她。

上周她答应今天回郊区的父母家，出了大楼就在门口等出租车。十点多的街上，已经是人来人往，车水马龙，路上年轻人很多，三五成群，有说说笑笑的，有戴着耳机独自沉醉的。欧阳蓁看着眼前走过的一波一波的人流，眼角慢慢浮起笑容，九月的阳光落在她的脸上，仿佛蕴出了明媚的春光。刚刚沈冬梅电话里骂她心太软，骂夏进鹏渣，但还是让她放心，夏进鹏不会有事。还说给她在华海另找了律师，让她尽快联系她原来的美国律师，将所有先前的材料传真到国内，越快越好，并给她约好明天一早与秦律师视频。说起那个秦玉良律师，还是他们的中学同级校友呢。想到那个风风火火霸气侧漏的闺蜜，欧阳蓁嘴角弯度更大了。她想，有沈冬梅帮忙其实也好，虽然给朋友添麻烦不是她的意愿，但有冬梅出手，那些糟心事一定会很快过去。她现在突然很期待能将离婚的手续尽早完成，她要将任何不愉快的回忆都扔到时间的后面，虽然被离婚了，她以后也不会是一个人，有孩子们相伴，她的人生依旧有憧憬有奔头。她想，上帝还是眷顾她的，给了她两个小生命，她的人生会因他们而圆满，尽管有点晚。

欧阳蓁父母家离她半小时车程，她一下车就看见两条狗狗“艾米”和“托比”摇着尾巴朝她飞奔过来。院子里装了防止狗狗跑出去的电栅栏，狗狗看她站在电栅栏外急得汪汪直叫，上蹿下跳，要平时她早就跨入院子被两条狗狗补到身上亲热地舔得一脸口水了，但现在她刚有孕，还是高龄孕妇，就怕不小心会有闪失，所以她等到弟弟鸿清出来，请他将狗狗牵到后院才跨入院子进屋。

她父母家虽然离城里不近，但因为学区好，这个区的房子这十多年估价翻了快两倍。这房子还是她父母退休后要移民过来前她代她父母购买的，因为当时鸿清还在念中学，她特意选了个学区好的，只是地理位置有点偏，交通不是很方便，和几个传统靠近高速的好学区房子相比，当时她选的这个区的房价相对较低。看房子的时候她也存了点私心，要地大院子大的，以弥补她公寓里不能养小动物的遗憾。在她为数不多的少年时对未来生活的憧憬里，除了成为一个像爸爸妈妈那样的外科医生，还有就是要有个带院子的房子，院子要大，屋子里有猫，院子里有狗，心里有爱着牵挂着的人。

欧阳蓁进屋时，她妈妈汤思琪正在厨房忙碌，在书房练字的她爸爸欧阳鑫听到女儿的声音一脸含笑地走了出来。欧阳妈妈汤思琪今年七十多岁了，一生风雨飘零，总算能在退休后安享晚年。汤思琪前半段的生命里只有妈妈，直到快四十岁才见到自己的父亲。当年汤思琪的父亲跟着国民党军队败退台湾前，没能带上在华海市的妻子和才一岁的女儿，一别就是几十年，再见时早已物是人非。古时有王宝钏苦守寒窑18年，等来功成名就的薛平贵，而对于汤思琪的妈妈，也就是欧阳蓁的外婆来说，三十多年的分离并不意味着大团圆的结局。丈夫在台湾早又娶妻生子，当年的年轻军官，也已弃戎从商，只是终放不下心中的那丝亏欠，在遗嘱中没有忘记那个留在大陆的大女儿。其实欧阳蓁的外婆也是大资本家出身，“文革”后归还的资产虽然只是当初被没收的一小部分，但也是一笔不小的数目。现在欧阳蓁父母住的房子，就是用这些钱买的，因为是欧阳蓁代买，当时房主的名字遵照欧阳父母的意思就写了欧阳蓁。谁想到当初的这个随意的决定，现在夏进鹏竟然要求分一半的婚后八年的房产增值部分。

其实男女之间离婚，总是那么几种固定模式：相互放狠话撕破脸皮，然后干净爽利一拍两散的；一方痛哭流涕追忆往事，死缠烂打纠缠不清的；互送祝福潇洒转身，然后相忘于江湖的；分毫不让争夺财产，法庭相见分外眼红的……欧阳蓁自己也搞不清自己和夏进鹏的离婚算哪种，要说争夺财产，似乎用夏进鹏欺人太甚更合适。在夏进鹏的律师提出的离婚协议里，他要求城里她工作时购买的公寓和她父母这个别墅房这八年的一半增值部分，还有她的退休账号，投资账号的一半，甚至她父母在华海市区的房子他都觉得他也该有份，更不可思议的是，他将他未出生的孩子也算上，而他收入的公证书上还是他当初回国时的薪资，那样算下来欧阳蓁每个月还得付他赡养费。在他回国时他们一起买的L区公寓，因为国内的房产证上只能有一个名字，购买的时候因为方便就写了夏进鹏，但不知何时，公寓在夏进鹏提出离婚前已过户到了他父母的名下，在协议里，那个公寓不属于共同财产。

八年前他们结婚后，因为收入相差悬殊，夏进鹏的工资几乎没有进过共同账户，他回国三年的收入也一直都是在国内，欧阳蓁从没见过一分，而现在国内的夏进鹏的银行账户里，公证书上只有小三万人民币。欧阳蓁的美国律师已经取证几个月了，但进展缓慢。

律师有和她谈过，因为没有婚前财产协定，她现在可以辩驳的，一是华海市的公寓，夏进鹏坚持说过户给他父母是婚内赠予，是欧阳蓁口头答应的，而过户是发生在提出离婚诉讼之前，所以那不属于离婚期间的资产转移，律师正在找突破口，证明欧阳蓁并不知道华海市公寓的过户。还有一个就是夏进鹏目前收入和以后收入的估计，重新计算欧阳蓁要不要付赡养费和付多少。虽然怀疑那份收入公证书上的工资，但美国律师发了信函去夏进鹏所在公司的HR求证，一直都没有得到回复。

坐在饭桌上一边喝着她最喜欢的雪菜黄鱼汤，欧阳蓁一边想着一会妈妈问起离婚官司时怎么说才能不让老人担心，还有孩子的事。

“蓁蓁，你律师那边有进展吗？”欧阳妈妈小声地问道，然后是三个人的眼光齐齐聚焦欧阳蓁。

“没什么大问题，律师正在取证，你们不要担心，国内那边……”正想提到沈冬突然一阵强烈的恶心感从胃部冲到了喉咙，欧阳蓁急速放下筷子，捂着嘴，跑向厕所。

听着厕所里的呕吐声，欧阳妈妈和爸爸面面相觑，惊诧莫名，而欧阳鸿清则若有所思，似乎并不意外。

第八章：刑事还是民事

华海市的十月，在经历了潮湿闷热的炎炎夏日后，是一年中最令人向往的舒适宜人的季节。十月的阳光温馨恬静，十月的微风和煦轻柔，十月的天空白云飘逸，就是大街上男男女女的服装，十月也是四季中最丰富多彩的，相对于单一追求凉爽和保暖的夏季和冬季，这个时节人们的服饰各式各样，有鲜艳的短裙，有飘逸的风衣，有火辣的热裤，有精致的毛衣，真是五彩缤纷，目不暇接。面对这样赏心悦目的画面，坐在临街的窗口，本来可以说是一种享受，可对夏进鹏和他的律师来说，这一刻却坐立不安，分分钟都像在被炙烤，哪有闲心注意窗外是风景如画还是孤叶飘零。

在江东新区的一栋地标性建筑大楼里，秦华律师事务所占了两个楼层，此时在事务所的一个靠窗的会议室里，偌大的会议桌边，一边坐着秦玉良和他的两个助手，正对面是夏进鹏和他的律师张晓军。

夏进鹏觉得自己最近不知何故撞了霉运，还没从上周五晚上祸从天降的惊魂不定中完全恢复，周一一大早就接到了他律师张晓军十万火急的电话，说是欧阳蓁新的委托律师约他们今天下午见。夏进鹏哪是那种会打无准备之战的人，当即让律师张晓军联系改日。结果张晓军说他也想先自己了解一下新律师的情况，已经尝试过改日了，对方的回答是，改日那就刑事法庭见，今天见还可以商量是民事还是刑事。夏进鹏想到公安局里那还未了结的案子心有顾忌，只能憋着一口闷气请假随律师张晓军准时赴约。一路上还存着侥幸，觉得欧阳蓁完全就是一个沉浸在医学和学术研究中的书呆子，不可能折腾出什么大浪，即使想到了在国内请律师，也基本上改变不了他处心积虑布好的局，大不了他在赡养费上稍微做点让步。

按时到了秦华律师事务所，一开始接待他们的是欧阳蓁新律师的两位助手。整洁的会议桌上，显眼地躺着秦玉良从沈冬梅那里拿来的文件袋和一人一瓶矿泉水。他们落座没几分钟，就见一位气度不凡、身躯矫健的中年男子走了进来，一身简单利落的白衬衫黑裤子在他身上却穿出了强大的气场，特别是那双眼睛，沉稳内敛中星目含威，还没等他走近呢，夏进鹏的律师张晓军已经一脸惊喜地站了起来朝这男子疾步走去："秦老师，太荣幸了！"

这一刻张晓军激动得都忘了自己是对方律师的身份了，有点手足无措。谁来告诉他这不是做梦，真人秦大状啊，难道是他父母帮他烧了高香？他从入法学院开始，秦玉良律师就是他的偶像，他做梦都想能跟着他做他的助手。

"张晓东律师，还记得入学宣言吗？"秦律师在助手介绍完身份后，眼神凌厉地望着张晓东。

"是，秦老师。挥法律之利剑，持正义之天平，除人间之邪恶，守政法之圣洁。"张晓东朗朗出口。

"嗯，很好，希望你不忘初心，始终记得用信心和诚实所起的誓言。"

夏进鹏强作镇定地看着这一幕，心里有一种不好的强烈预感。

"夏先生，张律师，我代表我的当事人欧阳蓁，今天要和你们讨论你们离婚诉讼中一部分财产分割存在的分歧问题。我们先说你目前所居住的L区公寓的所有权问题。"秦律师开门见山，直接切入主题。

在秦玉良开始他的陈述时，他的助手打开了墙上的大屏幕，屏幕上先是银行转账的statement，从美国到中国，然后是购买公寓的交易日和房产证，再然后是五月时夏进鹏将房产过户给他母亲的文件。

"夏先生，我们有证据显示，L区公寓的过户属于恶意财产转移，如果当事人起诉，法院可以依法追究。"没等夏进鹏争辩，大屏幕上出现了微信截屏。

那是夏进鹏和他父母讨论公寓过户时的对话。

……

夏进鹏妈妈："干吗现在要急着过户，发生什么事了？"

夏进鹏："我准备离婚了。"

夏进鹏妈妈："为什么？"。

夏进鹏："我要当父亲了，具体我们见面再说。"

夏进鹏妈妈："真的，什么时候生？"

……

"夏先生，《婚姻法》第47条规定：离婚时，一方隐藏、转移、变卖、毁损夫妻共同财产，或伪造债务企图侵占另一方财产的，分割夫妻共同财产时，对隐藏、转移、变卖、毁损夫妻共同财产或伪造债务的一方，可以少分或不分。"秦玉良目光灼灼地看着夏进鹏，还顺带扫了小律师张晓东一眼。

夏进鹏此时如坐针毡又心有不甘，本来帅气的五官阴晴不定，右手手指不停地捏紧松开，松开捏紧。夏进鹏怎么都想不明白，他明明将所有的对话全部删除了，怎么这位新请的律师会有截屏？边上的菜鸟律师此时也不好过，如果夏进鹏恶意财产转移，那他作为他的律师知情不报，就是帮凶啊，可他真的不知道也没问，心里这个悔啊，原来以为运气，一毕业就能单独接一个案子，虽然付费很低，可他几乎什么都不用做，现在看来自己的职业生涯有可能要毁在这个案子上了，真是人有旦夕福祸啊！

"我们再来看第二项，你交给欧阳蓁美国律师的收入公证严重不实。根据你所在公司HR提供的文件，你每年的现金奖金是工资收入的30%，还有一部分随公司盈利情况而定的股票收入，而这些，都没有在你的收入公证上。"秦玉良稍作停顿，犀利地扫了夏进鹏一眼后继续，"夏先生，你隐瞒财产收入，伪造收入公证企图侵占另一方财产，我的委托人将保留刑事起诉你的权力。"在秦玉良说话的同一时间，屏幕上是夏进鹏这两年公司的业绩评估和收入总汇，上面有他和他上级的签字。

"张律师，对这两项，你有异议吗？"秦玉良从大屏幕上回头看着张晓军问道。

“没有，没有，暂时没有。”张晓军心头如有大石，哀叹自己被夏进鹏害死，深刻体验老祖宗的教诲：天下哪有免费的午餐。即使天上掉馅饼也不是他这个矮个子先接住啊！呜呜呜！

“下面我们要讲的是夏先生的事实重婚。”说到这里秦玉良看了眼助手，助手点头换上了新的微信截屏。截屏上是夏进鹏和璐璐以“老公”“老婆”互称的对话；璐璐问候夏进鹏何时回家；还有璐璐发现自己怀孕后两人快乐的分享……截屏的上方是对话的日期和时间。

“根据《刑法》及有关司法解释规定：重婚是指一方有配偶又与他人登记结婚或者与他人以夫妻名义共同生活；以及明知他人有配偶又与之登记结婚，或者以夫妻名义共同生活的行为。即重婚罪有两种：一种是领取结婚证的重婚，一种是以夫妻名义形成事实婚姻的重婚。”

“夏先生，根据我们掌握的证据，你虽然在与欧阳蓁的婚姻期间，还没有与她人登记结婚，但在提出解除现有婚姻之前，与他人以夫妻关系同居生活，这已经犯了事实上的重婚。我们可以依法向人民法院直接起诉。”

“虽然你是美国公民，但在中国境内犯法，依照中国法律，仍适用中国法律，即按照中国的法律处理。”

夏进鹏额头上这时已是冷汗涔涔，但还是强作镇定，一时间内心千转百回，各种对策纷纷，但就是没有一个能用得上的。

“目前我的当事人欧阳蓁还没有考虑任何一种刑事诉讼，她还是希望你们能够协议离婚，当然是以合法公平的方式。”

“在你重新考虑协议离婚的条款时，我们这里提供一些数据供你参考。”秦玉良的助手随即在大屏幕上换上了新的一页。

“你们共同拥有的L区公寓，三年前购入，目前的市值是2500万人们币，如果折换成美金大约357万美金，这是你们婚后的共有财产，根据婚姻法，你们各自拥有50%的所有权，就是说，如果你要公寓，就拿178万美金给欧阳蓁。在你协议中，提到欧阳蓁名下在美国的两处房产，用美国政府去年的估价，一处是98

万美金，一处是73万美金，本金是欧阳蓁在你们婚前付清的，根据政府每年的房产估价数据，你们结婚八年的两处房产的升值是48万和23万，现在视频上就是从麻州政府网站上下载的每年的房产税的文档，上面有每年的房产估价数据。根据你律师提供的协议，你要求婚姻八年期间50%的增值部分，那就是24万美金和11.5万美金。”

夏进鹏这时可以称得上是一口老血堵在喉咙口，照这样的算法，他如果要继续住在目前的公寓里，不是还要倒付欧阳蓁142万美金吗？还有美国的房税估价和市场价也有很大出入啊。还没喘过气，这位秦律师令他心惊胆战的声音又响了起来。

“你的协议中要求平分婚姻八年期间你们共同账户里的现金和欧阳蓁的退休金，在讨论这个问题之前，我们需要你提供你在美国的退休金账号实际总数，还有你回国三年的工资结余清单，当然，如果你有转移财产的行为，我们一定会查清的。而且我们已经有了基本的数据，就等着最后核实。”说到这里，只见秦玉良的助手将手中的文件袋拿起来朝着夏进鹏挥了挥。

夏进鹏这时手心都出汗了，想起他周六早上打电话给沈冬梅感谢她帮忙时，沈冬梅笑着回答他：“夏进鹏，你别搞错了，我帮的是蓁蓁。”夏进鹏感觉自己简直是挖洞给自己跳，那天他为什么打电话让蓁蓁找沈冬梅啊？

“至于你提出的赡养费……”秦玉良的声音让正悔不当初的夏进鹏吓了一跳，这短短的时间里所有的信息都令他措手不及，他的神经已经超负荷运转了。

“我好心提点一下好节约你时间，根据你们州的法律：If marriage is more than 5 years but less than 10 years， then alimony is no more than 60% of the length of the marriage，以你的情况，大概是四年多。但是，请你仔细算一下，你目前的工资加上奖金股票，你的年收入和欧阳蓁的收入还会差多少？如果加上欧阳蓁那两个明年出生的孩子，扣除孩子的教养费，情况会不会反过来？”说话间大屏幕上是欧阳蓁怀孕的医生证明和公证过的B超，显示一胞两胎而且是异卵双胞胎，孕期大约60多天。

“蓁蓁怀孕了？这不可能！”夏进鹏再也无法镇定，浑身血气全部冲向脑门，站起来朝着秦玉良大声吼道。

秦玉良眼神微微一动，心里一片疑云快速飘过，面上却不动声色，不急不慢地说道：“Well，我的当事人怀孕一定千真万确，倒是你那个孩子，不是怀在你身上，没有DNA证明，口说无凭。”

夏进鹏的心里此时翻江倒海，有愤怒有不甘更有一种说不清道不明的嫉妒……

第九章：情不知所起

对于自己爱过的女人，大多数男人都是有劣根性的，即使是自己出轨，自己要求分手的，但看到被自己舍弃的一方离了自己后马上就有了别的男人，而且似乎比和他在一起过得更好时，心里就会陡然升起一股愤怒一种不甘一份嫉妒，好像她离开了他就应该过得不好过得委屈过得痛苦，至少应该一成不变地活在他们共同的记忆里。明明是自己背叛了曾经许下的诺言，却喜欢先去验证对方对彼此许下的诺言，全然忘记了当初是谁放弃了多年的感情，决然转身的。

此时的夏进鹏慢慢开着车，一口气堵在胸口怎么也出不来，压得心肺又酸又胀，他向来都是一个很有自制力的人，可刚才在听到蓁蓁怀孕的消息那一刻，他嫉妒得发狂，根本控制不住情绪。猛喘一口气，夏进鹏想把梗在心口的刺痛愤懑减轻一点，但没有丝毫的效果。一路上繁华的市井街道上，人如潮水车如长龙，他跟着车流没有目的地行驶着，想起了一样车水马龙的波士顿市中心和市中心主干道旁的那间公寓，那里他和欧阳蓁度过了五年平静而温暖的日子。他也曾在那里对她信誓旦旦，永世不离。

他想起了和欧阳蓁相识的那个十月，想起了十年前的一见钟情，想起了欧阳蓁当面告诉他，他们不合适……

记得自己在被欧阳蓁冷静坦然的拒绝后，消沉了好多天，倒不是说他对欧阳蓁有多深的感情，而是从来没有被女孩子拒绝过的他有点太没面子，还有些许的不甘。不过他很快就调整过来了，不就是一个聪明还有点姿色的女人吗，还比自己大五岁，以前他交往过的女孩子哪个不是聪明又漂亮的？繁忙的学习研究也没有给他多余的时间为这段还没开始就夭折的单恋伤春悲秋，幸好平时要不是他制造偶遇，欧阳蓁和他根本也碰不到。

原来他也以为他和欧阳蓁的这一段交集只是漫长人生路上的一段小插曲，本来就没有情深，哪有放下与放不下，他夏进鹏还会栽在一个女人手上？可一年后的那一次的再见，将他心中原来的那份原来已剩灰烬的对欧阳蓁的情感重新点燃，变成了扑不尽的大火。

夏进鹏出国前有个交往了两年多的女友，女友比他早出国，在纽约读CS，那年代正是CS最火的时候，女友还没毕业工作就找好了，工资比他这个博士后高出好几万，两地分居加上经济地位的差异，在他出国没多久，女友就提出了分手。可一年后前女友突然来B城找他要求复合。那是一个周日的清晨，前女友请他一起去位于波士顿公共图书馆对面的Trinity Church（三一教堂）做礼拜，想在教会神圣的殿堂表明她依然爱他的心。

Trinity Church是典型的“法国罗马式建筑”，是仿照法国、西班牙等古老教堂设计修建的，奠基于一七三三年，曾于一八七二年在大火中付之一炬，在一八七七年得以重建。“三一教堂主体建筑采用花岗岩和红色砂岩，外墙刻有精美的浮雕，中部高达26公尺的尖塔楼亦为红色。教堂附近现代陆续修建了高层建筑，虽相对边上的新建筑，建筑体量显得不大，但三一教堂整体感觉极为壮观。即使仅仅从外部看，就如同人们赞叹的那样：三一教堂是波士顿最好的教堂，没有之一。”它曾被选为美国十大建筑（1885年），是美国教堂建筑中的代表作。

夏进鹏和他前女友到达教堂的时候，礼拜已经接近尾声。他们屏息静气地走入大堂，在最后一排坐下。大堂内及其宏大与奢华，两边是有着古老艺术气息的精美的壁画和色彩艳丽的玻璃Mosaic，与教堂里肃穆空灵的庄严气氛水乳交融，坐下后的夏进鹏静静地看着四周。此时教堂里的圣乐如静夜里的清泉流淌，那飘落的每一个音符，都充满了来自永恒之地的怜悯与爱，轻柔地萦绕在人的心间，让人觉得超然物外。夏进鹏安静地坐着，默默感受着神秘又神圣的宗教气息。突然，他在前面几排的敬拜者中，看到了一抹熟悉的身影。夏进鹏有半年多没见欧阳蓁了，最近听同事说她回国了一次，回来后大病了一场。此时跪着虔诚祷告的欧阳蓁比夏进鹏上次看见时瘦了一大圈，只见她紧闭双眼双手合拢正俯首祷告，脸上闪烁着信仰的光和虔诚的念，窗外的阳光透过彩色玻璃零星地洒落在欧阳蓁的脸上，使她整个人看上去超凡脱俗，神秘又朦胧。夏进鹏的心一瞬间仿佛被一股巨大的牵引力拉扯，坠入，万劫不复。

夏进鹏回到家的时候已是黄昏，小区的一栋栋大楼，几乎每扇窗子都已投出了灯火，和往常不同的，他没有在进入小区时有意地寻找自家的那扇窗，在地下车库停好车也没有直接下车，而是静静坐在车内，车内正放着张国荣和林忆莲的"From Now On"。随着歌声，他想起曾经在波士顿家里的沙发上，蓁蓁依偎在他胸口，两人用一把耳麦听这首情歌的情形。车内的音响很好，"哥哥"的声音回旋在车内空间的每一个角落。"你让我明白，生活可以如此精彩……"张国荣深情地反复吟唱着，句句敲打着夏进鹏此时特别脆弱地神经。时光飞逝，当初的新歌变成了经典老歌，那时俊逸鲜活的天王巨星早已去了另一个世界，而他和蓁蓁的爱情也变成了曾经。夏进鹏仰头靠在椅背上，长长地叹了口气。

From Now On—— 张国荣

You' ve Given Me A Way To See（你让我明白）How Perfect Life Can Be（生活可以如此精彩）

You' ve Given Me The Master Key（你给了我一把万能钥匙）

That Really Sets Me Free（让我获得真正的自由）

And If It' s Taken Me Some Time（如果我需要付出一些时间）

To Realize That You Are Mine（才能明白 你属于）

At Last I' m Yours And Life' s So Fine So Finally（最终我会属于你 这样的生活如此美好 直到地久天长……）

夏进鹏最终没有和前女友复合，这次他对自己的心非常明确，他爱上了这个谜一样清冷的女人，万劫不复那种，他想做欧阳蓁的男人，渴望走进她的世界分享她的快乐和忧伤，成为她生命中的一部分，他知道这不是一时冲动迷恋，他是想给她幸福与她携手一生。但这次他不想像上次那样出师未捷身先死，还没让欧阳蓁看到他的好他就被否决了。他要忍住心动忍住相思入骨的煎熬，一步一步地以温柔的手段，慢慢地让欧阳蓁习惯他，享受他的温柔，进而接受他。

欧阳蓁每周只去学校两次，因为研究方向不同又不在一栋办公楼，平时他们几乎碰不到。夏进鹏这次彻底舍弃一年前拙劣的方法，没有偶遇，没有毫无章法的等下班，而是静静地等待突破口。真是皇天不负有心人，两周后机会来了。

他知道欧阳蓁基本不开车，都是坐地铁或者火车，他们学校离地铁站大概有七八分钟的步行距离。所以那天中午突然没有预报的开始下雨时，他迈出了再次追求欧阳蓁的第一步。夏进鹏先是冒着雨出门买好雨伞，他知道欧阳蓁一般六点离开学校，他在六点前下楼，在楼内外面看不见的地方注意着欧阳蓁所在的办公楼，等看到欧阳蓁冒雨小跑着出了大楼上了马路时，他才撑着伞追上了欧阳蓁："Dr.欧阳，拿着。"他将伞一把塞给欧阳不给她时间拒绝就快速跑远了。等第二个星期欧阳蓁发信息给他让他去拿伞时，他忍住恨不得马上就去见欧阳的冲动回复："不打扰了，伞你留着吧，我还有伞。"

第二天也没见欧阳蓁有回复，夏进鹏没有因此而气馁。那个时候还没有IPHONE，但有手机，他给欧阳蓁发了一个简短的信息："欧阳老师早！听说老师最近身体不好，我还听说常笑能治百病，下面这条脑筋急转弯希望能让你开开心心开始新的一天。"

"为什么飞机飞这么高都不会撞到星星呢？"

发出去后没有回应。没回应就是不拒绝，夏进鹏给自己打气。

第二天一早："昨天答案：因为星星会'闪'"。

今天的急转弯："小白加小白等于什么？"还是没有回应。夏进鹏再接再厉。

第三天一早："昨天答案：小白兔（TWO）"。

今天的急转弯："茉莉花、太阳花、玫瑰花哪一朵花最没力？"

还是没回应，太好了，继续。

第四天一早："昨天答案：茉莉花（好一夺没力[美丽]的茉莉花）"。

今天的急转弯："A和C谁比较高呢？"和前面几天一样，手机页面静悄悄。

第五天一早，前一天答案，新的急转弯……

第六天一早，前一天答案，新的急转弯……

第二十九天一早，前一天答案……今天的急转弯："风的孩子叫什么？"

第三十天的一早："昨天答案：水起（风生水起）"。

今天的急转弯："为什么森林里总派狮子去联系事情？"还是他一个人在自言自语。

第三十一天，夏进鹏什么也没发，没有公布答案，没有新的急转弯……

第十章：恋人未满

习惯是有侵略性的，如春雨，润物细无声。就像有些事情，即使一开始是被动地接受，但只要持续地有规律地接受一段时间，不知不觉地就会成为你的习惯。这时的欧阳蓁就是这种情况，接连一个月，每天起床就会看到夏进鹏的包治百病的急转弯，突然今天手机里那个号码什么信息都没有，还真有点诧异。

欧阳蓁一边刷牙一边想，可能是年轻人一时心血来潮，玩一阵热情退了，出门的时候又想会不会是夏进鹏发生什么事了？走在路上的时候欧阳蓁突然觉得自己很可笑，明明在收到第一条信息的时候，自己还想着怎么回复能够既不伤害夏进鹏的自尊心，又不显得是自己自作多情？只是后来一忙就忘记了。第二天看见手机里传来的第一天的答案和新的问题，觉得挺有趣的，还想了一会儿。“小白加小白等于什么？难道是：大白？”第三天看见答案：小白兔（TWO）时，神情莞尔，拍着脑袋笑自己怎么转不过弯呢？再后来每天一早看信息只注意昨天的答案和今天的新问题，完全没再想谁发的，他为什么每天给我发这样的信息。

欧阳蓁每周三和周五去学校，她在学校教一门基础课带一个课题组，两次去都是忙得不可开交。她看学生报告，和课题组讨论研究进展，读大量的最新的医学学术论文，继续自己个人临床的拓展研究等等，经常是一投入工作午饭都不能准时吃或者没时间吃。今天她上完课回到办公室已经十一点半了，感到有点饥肠辘辘。平时早晨她都会在地铁站下车时在自己喜欢的那个美式早点摊买上一杯加奶不加糖的咖啡，一个刚出炉的 Pecan cinnamon buns 或者 Apple fritters 作早餐，今天因为排队人多她便直接到了学校。她想着先看一下下午的工作安排就去吃饭。

打开电脑里的schedule，下午一点半是和课题组成员开会，今天是要讨论前一期的研究发现，进而制订下一步的研究重点。她看一下电脑上的时钟，离开会还有两小时，即使她对这个课题已经十分熟悉，但她这人做事向来严谨，还是决定要利用这两个小时将所有以前的数据再推敲一遍。正一边整理着办公桌上一摞高高的打印纸，一边在电脑中打开相关的文档，就听见了不轻不重的敲门声。

“Come in.”欧阳蓁正集中注意力在电脑上，一时没来得及抬头。

“Dr.欧阳，”夏进鹏推门进来，只见他穿着一件V字领的白色T-shirt，腰部不紧却贴着身体显出一身结实的肌肉，下面是HugoBoss的黑色笔尖休闲裤，脚上是一双白色的Adidas板鞋，整个人看上去青春焕发，清朗俊逸。夏进鹏礼貌地微笑着，天知道此时他有多强作镇定。

“Hi，How are you doing?” 欧阳蓁听到声音抬头看着夏进鹏。

“I am doing well， thank you！”没给自己怯场的机会，夏进鹏接着又说，“欧阳老师，我昨天晚上将手机忘在我父母那儿了，我是来给你送昨天的答案的。”

说完走上一步，将手里的一张写着字的便签条放在了欧阳蓁的办公桌上，然后是另一个手上的一个装着外卖的塑料袋。

“Thank you， but you don’t have to do that.” 欧阳蓁看着便签条和外卖，心情有点复杂，狠不下心拒绝，这时发好人卡似乎也不合适。

“欧阳老师，你不要有负担，我今天来学校晚，就是顺路带的，希望能合你的口味。”见欧阳蓁看着他不说话，夏进鹏手心都有点出汗，暗暗地鄙视自己，追女人追得这么狼狈。

“那个，欧阳老师，我其实……我其实是有件事想麻烦您，不知道您能不能帮忙？”夏进鹏想起以前大学寝室熄灯后室友分享的追女孩子秘籍之一：态度要真诚脸皮要够厚。

“什么事？”欧阳蓁是个简单纯良的人，着了大灰狼的套还不知道。

“欧阳老师，是这样的，我爸爸妈妈来看我，我想趁着他们在美国给我爸爸好好看一下他的心脏病。”夏进鹏暗赞自己出色的临场发挥。老爸，对不起啦，为了儿子的爱情，你就得一回心脏病吧。

“以前医生的诊断是什么？”欧阳蓁一听到自己专科方面的事，马上从外卖上转移了注意力。几句话说好了下班后再详谈夏进鹏爸爸去医院检查的事。等夏进鹏离开后她才又注意到桌上的外卖。

波士顿的中国城里那时有家南方餐馆，叫“石库门”，欧阳蓁有时候会去那里吃午餐。她看着餐盒里的分成三格的lunch special，一小份有点葱花外表棕红晶莹透亮的糖醋小排，几块上面撒了白芝麻的熏鱼，一份清爽的小青菜，马上就知道这来自“石库门”。塑料袋里还有一盒白米饭，竟然还分开装在一个外卖的汤盒里，菜和饭都还是热的。欧阳蓁犹豫了一下，拿起筷子，吃了起来。

后来的事情就完全按着夏进鹏期望的方向发展了。

怪不得都说爱情是人类整个感情世界中，欲望最为强烈的一种情感，真正的爱情能最大地开发人的潜能！夏进鹏觉得他都可以改行当导演了，不只是导演，原创、编剧、演员一条龙他都兼了。

先是带着他爸爸去欧阳蓁那里看“病”；再是表示感谢请吃饭，尽管欧阳蓁觉得夏爸爸心脏根本没问题，但欧阳蓁不愿意还不行，人家是以父母的名义，还再三说就在中国城的饭馆，希望欧阳大教授不要嫌弃。当然，吃饭的时候夏进鹏也没忘记，知己知彼，百战不殆的战略方针，了解到欧阳老师平时周末喜欢打网球和骑车，接着呢，原来单一的每天的脑筋急转弯开始变得不单一了，比如，一个周五的晚上：

“欧阳老师，我原来也爱打网球，可到了这里还没有找到搭档，好久都没有打了，你的网球朋友中可不可以帮我介绍一个？我技术还可以，我们先打一场可以吗？”这叫要想成为她的男朋友，先打进她的朋友圈。

又比如，明明原来是长跑爱好者现在成了大学里自行车队队员，请教欧阳老师买哪个牌子的登山自行车好?然后死乞白赖地在某天欧阳蓁去骑车的时候挨着新买的自行车等在她公寓的下面……

还有各种理由的感谢和由此送到她办公桌上的简单却很合她胃口的午餐。

有句话说，男人的温柔就是女人的致命伤，夏进鹏对她的种种，日积月累的，欧阳蓁还是有感动的，尽管她不爱他。而夏进鹏，似乎是摸透了欧阳蓁的心思，每次欧阳蓁拒人千里之外的话才说了一半，他就把“友情”拿出来做挡箭牌，逼急了苦情戏客串，什么我没有弟兄姐妹，这里也没有亲戚朋友，我就是把你当成家人，说的时候心里苦涩，这割舍不下却又前进不了的感情，让他倍感挫折，但他绝不离开，他宁愿在友谊以上、恋人未满的僵持状态下徘徊，也要坚守在欧阳蓁的身边。

命运的齿轮没多久就改变了方向，夏进鹏终于在那年的春节，在欧阳蓁从国内回来后，守得云开见月明，成了欧阳蓁的男人。

本章小场景：夏进鹏父母

夏进鹏母亲：老夏，你明天可得装得像一点?

夏进鹏父亲：怎么装，我心脏没病，人医生一听不就听出来了?

夏进鹏母亲：你说你还教授呢，这都不懂，你就说心脏那块疼不就行了吗?

夏进鹏父亲：这小子，真没出息，追老婆还要父母帮助。

夏进鹏母亲：你可不能搞砸了，小鹏都三十一了，我还等着抱孙子呢。他同学的孩子都会走了。

夏进鹏父亲：人家可是名医，有病没病看不出？装有用吗?唉，我的老脸啊！

看病那天：

夏进鹏母亲：还好还好，欧阳医生没让你马上就去做心脏彩照，要不然两千多块美金多冤啊？你又没病。

夏进鹏父亲：这是欧阳医生给我们面子，这都不懂。这孩子人真不错，还有学问，

夏进鹏母亲：就是年纪大了点儿……

请客那天：

夏进鹏母亲：今天的菜全都甜丝丝的，实在吃不惯，我根本没吃啥。肚子还饿着呢。

夏进鹏父亲：欧阳医生是华海市人，你儿子特意选的南方餐馆。

夏进鹏母亲：我看这事悬，就你儿子剃头担子一头热呢！你说这孩子，喜欢他的女孩子那么多，怎么就看上了个大他五岁的呢？

夏进鹏父亲：别多话了，那个韩国泡面在哪儿？你赶紧给泡一盒吧。

第十一章：心神俱裂

恋爱中男女的第六感真是个很奇妙的东西，不管他们平时在生活中对未知事物是多么盲目，却对与他们爱着的人相关的事物上有着可靠的直觉。夏进鹏直觉欧阳蓁心里有个放不下又爱不上的人，而且那个人在国内。在这一年里欧阳蓁回去过两次，虽然回去的时间都不长，回来时不是大病一场，就是情绪低落。夏进鹏小心翼翼地努力将这份猜测埋在心底，他担心将这层窗户纸捅破的时候，也是他彻底从欧阳蓁生活里出局的日子。他没有因此而放弃打算，反而因着这无法证实的假想敌激发出了内心更大的征服欲。他和欧阳蓁的关系就在他退一步舍不得，进一步又没资格的徘徊中，友情以上恋人未满地走过了大半年。

忙碌且有目标的日子总是过得很快，在下了几场大雪之后，2011年的春节到来了。在美国，中国的春节不是国定假日，因为大年三十是周三，欧阳蓁从学校下了班直接去了父母的家。

下班时高速上堵车，她到父母家的时候已经快七点了。弟弟鸿清因为大学在外州没有回来，他们一家在波士顿没有亲戚，在美国住得最近的小姨也在纽约。在美国，即使是春节，就是中国人之间也没什么过节的气氛。在工作日里能全家聚在一起吃年夜饭已经是很好的庆祝了。欧阳蓁有点怕面对父母，她知道他们为了不引起她伤心克制着不问她的婚姻，但这更让她觉得亏欠。这些年父母默默地为她操心，为鸿清所付出的太多了。

饭后没一会儿沈冬梅的拜年电话就来了，每年的大年夜沈冬梅都会电话拜年，欧阳爸爸妈妈也特别喜欢沈冬梅，沈冬梅的有情有义一直是欧阳爸爸妈妈最为欣赏和感激的。欧阳蓁和沈冬梅的通话是在欧阳蓁的房间里进行的，在简短的问候后，沈冬梅那边沉默了几秒钟，斟酌着如何告诉蓁蓁那个人的消息，这边蓁蓁已经等不及了。

“他现在怎么样？”蓁蓁按捺不住心头的牵挂问道。这句话是她们这两年通话中从不或缺的一部分。

“蓁蓁，你把他放下吧，他已经不是原来那个张鸿涛了。”一向果断的沈冬梅说这话的时候却好像喉咙口有东西堵着一样。

“冬梅，你知道的，我放不下，我试过的，我办不到……”蓁蓁的眼角在说话时有一行泪溢出。

“他，他要结婚了。蓁蓁你……”沈冬梅每一个字都吐得艰难，如果这个人不是蓁蓁，打死她都不愿意传递这个消息。

“蓁蓁，你说话呀，蓁蓁，你已经做得够多了，是他变了，现在的他真的与你不合适了。”

“蓁蓁你别难过，你……”沈冬梅那头也哭了，想到蓁蓁这么多年所经历的，所付出的，沈冬梅在电话里泣不成声。

电话的这一头，欧阳蓁已说不出话，任由脸上的泪一串串滚落。

欧阳蓁是在国内大年初二的时候到达华海市的。她订好机票的时候，谁都没有告诉。一路上她神情恍惚，物我两忘，除了出关入关，一直在流泪，坐在飞机上，眼前只有一个人身影，心里只有一个人的名字。她只想以最快的速度见到那个人，却不知道见到后自己又能做什么，说什么。

下飞机的时候是周六的下午，大年初三的华海市，街道两边张灯结彩，很多店铺都贴着喜庆吉利的对联，可能是外来务工人员都已返乡的缘故，街道上的人流量并不大，欧阳蓁给了出租车司机一个地址，便将头疼欲裂的脑袋靠在了车座的椅背上。

出租车开了半个多小时后就到了。站在小区的外面，欧阳蓁有一瞬的恍惚，这个她梦里都能说出地址的地方，交房后她还是第一次来。这个小区里有两栋楼，第一第二层是带着小院的复式公寓，两年前在得知张鸿涛要提前出狱的时候，她就让沈冬梅代购了一套，当时放在了欧阳鸿清的名下。沈冬梅对国内房地产投资，一向眼光独到，这也许和她有内部信息资源分不开。当初这个地段价格还不贵，是她卖掉一半的亚马逊股票花了三十万美金买下的，一年后地铁通了后，房价翻了一倍多。去年欧阳蓁带着欧阳鸿清回华海时要把房子过户给张鸿涛，张鸿涛坚决不要，还说是暂时借住。他那个时候说话的语气疏离冷淡，每一句话都明显的要和她撇清关系。

二月份的华海市，春寒料峭。欧阳蓁走得匆忙，身上还是在美国上班路上穿的姜黄色的 Coach 风衣，里面只有一件羊绒衫，腿上是黑色CK的紧身裤，脚上的UGG坡跟软鹿皮黑色短靴使欧阳蓁的腿看起来修长笔直。冬日的冷风吹散了欧阳蓁的头发，她一边将脖子上黑白格子的Coach围巾收紧了一点，一边拖着随身小箱子往小区里走去。傍晚时分，又是节日，小区里的人没几个，走道两边的绿化错落有致，有树有花，华海市和波士顿不一样，这里冬天的树叶基本上还是绿的，月季也零零落落地开着。欧阳蓁浑身无力忍着头疼一路看着门牌号码，游魂似的往小区里走去，心中只有一个念头：张鸿涛，她三十七年人生中唯一爱过的人，她温存回忆中的常客，她等待多年想要与他共度余生的男人，她要见他……

华海市的冬季阴冷，特别是傍晚时分，这时天上已是云如枯骨，欧阳蓁的周遭冷清寂寥，她的脚已经有点冻麻了，一阵冷风吹来，吹得她松散的鬓发拂动。站在66号大楼前的街心花园里，看着小径对面大楼紧锁的铁门，欧阳蓁仿佛听见一个声音穿过光阴，带着浅浅的梵香在耳际回旋，那时他强势地将她固定在墙角，霸道地把她的手放在他的手里，温柔地喊着她的名字：“欧阳蓁，我想和你有进一步的接触。”

“怎，怎么接、接触？”欧阳蓁那一刻脸红心跳声音发抖。

“你说呢？”那人扑哧笑出了声，细长漂亮的桃花眼看着她，然后他的脸慢慢靠近……

对面铁门打开的声音打断了欧阳蓁的回忆，只见一个四十左右，脸和夏进鹏有点像的高大男人后面跟着一个健壮的年轻女人和一个八九岁的男孩子从铁门里走了出来。

欧阳蓁只觉得自己的心脏猛地一缩，心痛得无与伦比，好像心脏某块瞬间被击垮裂了开来，涓涓地流出了鲜血。这是张鸿涛，即使他隐没在人群中她也能一眼就找到他，想来那个女的就是他要结婚的对象。此时他正朝着路边停着的一辆很旧的桑塔纳走去，那个女人和孩子一步不离地跟着。突然，张鸿涛停下了脚步，斜过身子朝街心花园看了过来，这一刻世界都好像静止了，这个欧阳蓁朝思暮想的男人，就这么唇角紧抿，神情难测地看着她。然后他回头和那个女人说了一句话，便朝欧阳蓁走来。

欧阳蓁的心随着张鸿涛的脚步咚咚地跳着，眼角潮湿一片，又一阵寒风吹过，张鸿涛已经站在了她的面前。

“蓁蓁，把我忘了吧。”他深深地凝望着面前的女人，语气却是那么地决绝。

“你不要和别人结婚好吗？我可以回来的。”欧阳蓁怔怔地说道，抬着头泪眼蒙眬地注视着张鸿涛狭长幽深的双眸，此刻那里正倒映着她消瘦卑微的身影……

“你在这里等，我打电话给沈冬梅让她来接你。”张鸿涛说完猛然转身，朝着小路对面的女人和孩子走去。他那紧握的双手此刻青筋暴涨，平时黢黑凌厉的眼神一片痛楚。

欧阳蓁没有等沈冬梅，她心神俱裂，拖着筋疲力尽的身体走出小区，拦了一辆出租车去了宾馆，在一脚踏进房门后，一阵天旋地转，一头栽倒在地毯上，陷入了一片黑暗之中。

第十二章：如你所愿

沈冬梅在电话里听完张鸿涛简短的叙述后，又气又急：“你竟然将蓁蓁一个人留在那里，你他妈的还有没有心？我知道你怎么想的，有些事能不能成我不知道，但我绝对肯定，放开了蓁蓁，你会后悔一辈子！”

赶紧离开了刚开始的饭局里，沈冬梅驾车就朝希尔顿酒店开去，蓁蓁有那里的会员卡，她每次来都住那里，沈冬梅相信自己的直觉，蓁蓁在那里。

位于L区商圈内的希尔顿酒店，有东西两楼，至高47层。傲然屹立于江东，从高层的窗口，可以俯瞰不远处的江面，希尔顿酒店还以其在华海市的枢纽位置，使客人可以十分便捷快速地去往市区的各个商业中心。此时的1920号房间里，漆黑一片，借着窗帘缝隙里透进来的月光，依稀可见欧阳蓁趴在地上，一动不动。

当门外的敲门声越来越急切的时候，欧阳蓁模模糊糊地有点感觉，她试着想要移动一下扣在地毯上的脸，大脑却猛地像被什么击中，一阵撕心裂肺的剧痛后，她彻底地失去了知觉。

欧阳蓁再次醒来就听见门外压着嗓子的说话声，安静的病房里点滴轻微的“哒哒”声，能住这样的病房，欧阳蓁不用想都知道谁送她来的。她慢慢地睁开了眼睛，只见她眼眶微微红肿，额头上有一块明显的乌青，面色苍白到近乎透明，慢慢地转过半边脸，看见的是床边的点滴架子和手臂上的针管。门外隐隐传来低声却清晰的对话：

“蓁蓁怎么样了？”张鸿涛的声音里充满了担忧。

“你来干什么？”沈冬梅的怒气毫不隐藏。

“我……”

“我你个屁！”沈冬梅草根出身的江湖气派尽显无余。

“我最后再说一遍，你既然已经做出了选择，就不要再让蓁蓁有任何念想。祝你新婚愉快，你可以走了，喜糖就免了，吃了会烂牙。”

“谢谢你照顾她！”

“哼。用不着你说。”

一阵沉默后，是有规律的慢慢远去的脚步声。

欧阳蓁虽然醒了，但身体还处于极度疲惫不堪的状态，不过头脑却异常清醒，门外张鸿涛的声音，唤起了几小时前的那一幕：她卑微地恳求张鸿涛不要和别人结婚，他让她忘了他，他留下她一人在空无一人的街心花园，她泪流满面地看着他的车子在她眼前开过，开着车的他，甚至都没有转头看她一眼，留下她一个人在冬日的残阳中，心几近麻木几近窒息……

她心甘情愿地将自己放低到尘埃里，可是尘埃里却没有开出花来。痛苦好像狂暴的洪水，一波接一波，冲击着欧阳蓁早已伤痕累累的胸口，要将她的心撕裂。欧阳蓁的双眼瞬间又被泪水充满，张鸿涛入狱到两年前减刑出狱，十五年里的心伤、牵挂、和等待，无眠长夜里的哭泣、担忧和祈祷，这一刻一起奔涌而至。也曾祈求上苍，只要他平安，牺牲自己生命都愿意，只要他幸福，搭上自己的来生也无怨。可是为什么，如今他终于自由了，要有自己的小家庭了，可以过安稳的日子了，而自己，却因为他的幸福里没有自己的份儿，心竟然会如此得疼痛？

罢了，男女之间的情感，本来就没有相欠，以前张鸿涛对她好，是因为他欢喜；现在自己对张鸿涛付出，是因为自己甘愿。她抬起没有扎着点滴针头的右手，抹了一下不断涌出的泪水，心里第一次告诉自己要放下。

第二天她给沈冬梅发了一条信息：“我走了，给他也给我一个解脱，不用担心我，保重！”

欧阳蓁是在沈冬梅一早回家梳洗的时候离开的，尽管她还是很虚弱，但她现在急切地想要逃离这个伤心之地。大年初六是属于上班之前的那一天，有很多人返程，所以东区机场里人已经很多了，欧阳蓁运气不好不坏，拿到了下午一点飞纽约的机票。

喧闹的候机厅里，欧阳蓁一个人坐在角落里，大厅的暖气充足，周遭的人气也很旺，但她却感觉浑身发冷，而最冷的是胸口那个地方。她靠在椅背上闭目养神，想到来机场的路上计程车后面一路跟着的那辆老旧的桑塔纳，苦笑了一下，无奈地叹了口气："鸿涛，我不需要你的同情。"

张鸿涛当初是因为杀人未遂被判了二十年，后来减刑五年，在狱中他一直拒绝见任何人，刚入狱时也曾带话，让欧阳蓁忘了他。可是人的感情又不是电脑里的一幅画，手指随意按下删除键就可以删除的，那一场年少的爱情，押上了欧阳蓁十多年的执着，与其说张鸿涛在坐牢，欧阳蓁又何尝不是？她无怨无悔，心甘情愿地将自己禁锢在这份情感中，一等就是整个的青春，从二十一岁到如今三十七岁。

两年前得知他要出狱的消息，欧阳蓁兴奋得早早就带着欧阳鸿清飞到华海市，千盼万盼的那一刻，相对于欧阳蓁的泪眼婆娑，柔情似水，张鸿涛则神情疏离，波澜不惊。她曾经最爱的阳光少年，变得眼眸阴鸷凌厉，虽然眉眼间看不出有任何不快，整个人却散发出难以言喻的寒意。

"欧阳蓁，谢谢你和你家人这些年对鸿清所做的一切，我这一生无以为报，如有来生，我定不负你。"欧阳蓁永远不会忘记张鸿涛那天所说的话和自己那时的震惊和心伤。

"我还有一个请求，那就是，请你带着鸿清回美国，不要再回来。"张鸿涛的当时说的话，再次如刀子般扎在欧阳蓁的身上。

"鸿涛，如你所愿。"欧阳蓁在心里默默地说。这一次欧阳蓁不再坚持，她把头往上抬了一下，但还是没能阻止一滴泪从眼角滚落。

欧阳蓁虽然伤心，但那一刻并不怨恨张鸿涛，他在她最好的年华里给过她最甜蜜的爱情。只是难过那曾经刻骨铭心的爱情，终是没能敌过命运无常，造化弄人，在悠悠的岁月中，变了颜色。欧阳蓁忍着心痛，默默下了决心，如今我还是我，你已不是你，从今往后，我要努力地忘记你，先忘了你的样子，以前的，现在的，再忘了你的声音，温柔的、疏离的，然后忘了你说过的话，甜蜜的、伤人的，现在不行，以后一定可以！

在欧阳蓁决心告别昨天的时候，地球那端的波士顿，夏进鹏却度日如年，心焦难熬。他是知道欧阳蓁大年夜去她父母家吃饭的，可凌晨他发出的“新年快乐”却石沉大海，起先他以为欧阳蓁是忘记回复了，但第二天一早再发信息“新年过得好吗”，这一次又是泥牛入海。然后他给欧阳蓁打电话，也没人接，他先是生气欧阳蓁对他的漠然，一天过去后生气则变成了担心，想去找她可又苦于没有欧阳蓁父母家的电话和地址。大年初一那天夏进鹏感觉从没有过的无助，坐立不安地熬到周四晚上，突然想到欧阳蓁周五有课，一夜难眠后，周五一早打电话到她所在的系办公室，得知欧阳蓁请假了，具体原因不详。

夏进鹏松了一口气的同时，却感到从未有过的沮丧，他不愿意相信却又十分确定，欧阳蓁回国了，心里气愤嫉妒不安，可到头来发现气的只是自己，对欧阳蓁反而更放不下了，他无从选择，无力抵抗，更不愿意放弃，欧阳蓁在他的心里已经不是他想摆脱就能摆脱得了的了。

夏进鹏算了一下时间，自欺欺人地想，如果欧阳蓁在华海市只停留一天的话，欧阳蓁最早星期天傍晚可以到波士顿。他怕机场人多容易错过，决定去欧阳蓁的公寓门口等。二月的波士顿，冰天雪地，寒风刺骨，人行道边上是堆得高高的积雪，光光的树丫上挂满了亮晶晶的冰凌。公寓的大门没有钥匙是进不去的，他站在大门外，即使穿了防水带帽的北脸的羽绒衣，脚上也穿着防寒的哥伦比亚登山鞋，时间一长，还是冻得脚趾头都失去了知觉，寒风吹到脸上更是如同刀割一样疼。

夏进鹏觉得他要感谢父母给了他很好的体质，在冰窖一样的户外几个小时，回去后第二天竟然没有生病。第二天他继续，他知道欧阳蓁不喜欢加航，所以他查了纽约到波士顿，底特律到波士顿的航班，算好时间，准备有的放矢掐着时间去欧阳蓁的公寓门口等。

真是老天不负苦心人，九点多的时候，他看见冷清的街道驶来了一辆计程车，在不远处减速慢慢地停在了公寓外的马路上，车门打开，欧阳蓁从后座跨了出来。

夏进鹏在那辆计程车慢慢开过来的时候，心都悬起来了，然后又在欧阳蓁出计程车的那一刻，失了三魂七魄，内心则是五味杂陈，激动兴奋还有一点委屈。只见他“噌”地一下从公寓大门边的暗处一步跨出，情不自禁脱口喊道：“蓁蓁！”这个他以前只在梦里叫过，从来没敢当面对着欧阳蓁喊过的名字。

寒冷的冬夜街上空无一人，只有计程车的车灯闪着清冷的光，整个街道边全是坚硬如冰的积雪，又硬又滑，正拉开行李箱小心翼翼地准备跨过冰块的欧阳蓁被这猛然的一嗓子一惊，脚下打滑，“啪”地摔在了坚硬如铁的雪堆上，随之右脚踝一阵剧痛。

第十三章：修成正果

男女之间的交往，充满了犹疑忐忑的不确定与欲言又止的矜持，一个小小的变数，就可以完全改变选择的方向。-张小娴

有人说，在感情的世界里，主动的那个人永远都是廉价的，也是在爱情里，最苦最累，受伤最深的一方。此时的夏进鹏可不这么想，他背着脚受伤的欧阳蓁，一手在后面托着欧阳蓁的腿，一手提着欧阳蓁的小行李箱，正在公寓的楼梯上向五楼欧阳蓁的住处不紧不慢地爬着，天知道他有多心甘情愿，多求之不得，多心神荡漾，恨不得这栋楼永远爬不到尽头！

刚才他不顾欧阳蓁的反对，一定要背欧阳蓁上楼，心神俱疲的欧阳蓁拗不过他，再加上公寓大楼没有电梯，脚踝受伤不易受压，她又住顶楼五楼，只能由着夏进鹏。

夜晚的楼道，特别安静，只有夏进鹏一步步上楼的脚步声和他微微的喘气声。欧阳蓁连日体力严重透支，精神备受打击，早已精疲力竭，一路上的登机转机全靠马上可以回家这个信念支持着，其实在计程车上看到自己住处的那一刻，欧阳蓁离倒下几乎已经是一口气的时间了。现在她趴在夏进鹏背上，一开始她有意识地用手撑在夏进鹏的肩膀上，脑袋也努力竖着，尽量让自己的身体和夏进鹏保持距离。虽然她是医生，还是心脏手术科的，接触过的病人，男的女的，不计其数，但真正和异性单独这样的贴近，除了二十岁时和张鸿涛，夏进鹏是第二个，加上夏进鹏背着她，一个手还提着她的行李箱，速度如龟爬，起先真有点尴尬，但过了没一会儿，才到了二楼，原来那仅剩的一口精神气消耗殆尽，在有节奏的脚步声中，迷迷糊糊地瞌睡起来，先是脑袋不知不觉地搭在了夏进鹏的肩头，然后双手自然而然的挂在了夏进鹏

的胸前，接着身体不由自主地也贴在了夏进鹏的背上。

欧阳蓁两条手臂在夏进鹏的胸前随着他的脚步有节奏地一晃一晃，为了不让欧阳蓁的身体往下滑，夏进鹏的手得紧紧地压在欧阳蓁的大腿上，还时不时地要将欧阳蓁的身体往上托一下。他一步一步地往上，后背上无法忽视的柔软越来越明显，脸颊边软绵轻柔的呼吸让他心猿意马，到四楼的时候，不知是紧张还是累的，额头上已汗水涔涔，心里却如吃了大力丸似的，有使不完的力气。

事实永远不以人的意志而改变，这世上哪里有没有尽头的楼梯，过了四楼马上就是五楼，夏进鹏在四个units前犹豫，不得不轻声唤醒欧阳蓁："蓁蓁，醒醒，你住哪个房间？"

欧阳蓁一惊，神志马上恢复清明："是51，你放我下来。"忘记了自己的脚伤，说着手撑在夏进鹏肩上就要着地。

夏进鹏赶紧托住欧阳蓁："你慢点，你的脚伤了。"说完微微弯下膝盖，两个手从后面托着欧阳蓁慢慢地将她放下。他这样做的时候是那样小心翼翼，如视珍宝，欧阳蓁着地后还用一手扶着她的右臂不让她的右脚承受重量。

曹雪芹在《红楼梦》里有句话：机会来时当果断，优柔寡断终生悔。用它形容男女之间的缘分再贴切不过，良机来时，一定要抓住，一旦坐失，也许就放走了幸运在这一刹那间对他伸出来的机会。夏进鹏在欧阳蓁找钥匙的时候，直觉他今晚绝不能坐失良机，认识欧阳蓁这么久，他还是第一次有机会到欧阳蓁的公寓，今天他不进去，也许以后就再也进不了她的门了。在房门打开的瞬间，只见他将欧阳蓁一个公主抱跨进了大门。欧阳蓁直到被放在客厅的沙发上时，还没在吓一跳的状态下缓过气来，看着夏进鹏又跑出去拿箱子，然后关上了门，到嘴边的那句"我没事了，你回去吧"一时有点难以出口。

严冬的夜晚，外面呼啸的北风哗哗地响着，室内暖气充足，安静得能听到彼此的呼吸声，空气暧昧诡异，只见夏进鹏半跪在沙发前正试图帮欧阳蓁脱她脚上的靴子，欧阳蓁则挣扎着要阻止夏进鹏的动作。

夏进鹏带着担忧的口吻一边按住欧阳蓁的腿一边说："蓁蓁，你别动，你的脚得赶快冰敷，否则等会儿肿起来鞋子就脱不下了。"

欧阳蓁真的有点不习惯夏进鹏突然的一口一个"蓁蓁"，但她是个心地温良的人，看到夏进鹏冰天雪地在外面等她心里也不是没有感动，但夏进鹏这样的"照顾"，她还是觉得很尴尬，一时有点手足无措："夏进鹏，我可以自己来的，你，你放开我。"

夏进鹏蹲着身子仰头看着欧阳蓁，眼神真挚热烈："蓁蓁，是我害你脚受伤的，让我照顾你好吗，我绝不会对你做你不愿意的事，我保证。"

欧阳蓁从来都不是一个女金刚，别人都说一个女人在被一段感情伤害后，特别是在熟女的年龄会变得坚强，会对男人的温柔免疫，而她呢，伤痛过后，心依然柔软，只要那个人够坚持够真诚，她依然容易感动。

此时欧阳蓁窘迫得鼻尖上都出汗了："夏进鹏，你知道，我没法回报你的。"

"我会耐心等你接受我的，蓁蓁，你做你自己就好，我现在只想照顾你。"夏进鹏明白，此时的他是没有把握可以和欧阳蓁心里的那个人抗衡的，但他可以做到持之不懈，他一定要把握住现在这个机会。

欧阳蓁家里急救用品齐全，夏进鹏给欧阳蓁冰敷了受伤的右脚踝后，又用弹性绷带固定她受伤的脚踝，然后不顾欧阳蓁的反对，又是公主抱将欧阳蓁抱进了卧室，而自己则死皮赖脸地睡在了客厅的沙发上，美其名曰欧阳蓁脚伤了，万一有事喊他方便，欧阳蓁早已处在虚脱状态，没有精力与他辩驳，便由了他。

人在虚弱的时候有时候会失去自己原本的原则，第二天欧阳蓁醒来已是中午，起来没有看见夏进鹏，以为他已离开，才松了一口气，夏进鹏却去而复返。只见夏进鹏一个手上拿着一根拐杖，还有个手上拿着她的房门钥匙走了进来，欧阳蓁一愣，虽然心里有点觉得不妥，但看着他小心翼翼讨好的表情，叹了口气，还是忍不下心赶他走。欧阳蓁回国前是请了一周假的，现在又因着脚受伤便待在了家里。这两天夏进鹏也确实很努力地照顾着欧阳蓁，连三餐都考虑周到，中间还不忘给欧阳的脚间断性地冰敷。不过除了吃饭时间和欧阳蓁有简单的交流，其余时间他们各自工作，互不干扰。

周三晚上的时候，欧阳蓁的脚基本消肿了，夏进鹏拿了个盆子装了热水要给欧阳蓁受伤的脚踝泡脚热敷。下了决心要抓住这次“脚伤”机会的夏进鹏这两天火力全开，从死皮赖脸到温情脉脉，十八般武艺轮番上阵，欧阳蓁已经从一开始的尴尬，到被动接受，后来也慢慢习惯了，主要是反对也没用。这两天夏进鹏对她的脚一天要冰敷检查几次，此时半跪着的夏进鹏一边将欧阳蓁的脚慢慢地浸入热水里，一边将一块在热水里的毛巾压在她脚踝上轻轻按压以帮助活血化瘀。欧阳蓁的脚趾长得整齐，消了肿后的皮肤很有光泽，每个脚趾头都肉嘟嘟的，看得夏进鹏有点心猿意马，他暗暗骂自己有病，对着女人的脚都会有反应，可同时，心里的念想却如春风中的杂草疯长，怎么都阻止不了。欧阳蓁靠在沙发上拿着书看着，突然她感觉到脚趾上的异样，放下书只见夏进鹏握着她的脚正怔怔地看着她，然后缓缓低头吻在了她的脚上。

欧阳蓁的心猛地一颤，虽然她知道夏进鹏喜欢她，可这样的示爱还是让她有点措手不及，她急着想抽回自己那正在三温暖中的伤脚，夏进鹏那边却握住她的腿不让动。

“蓁蓁，我爱你，我想照顾你一辈子，请你不要推开我！我一定会对你好的......”夏进鹏这一刻血液循环加速内心激动又紧张，还夹杂着不安和害怕，他觉得他再也忍不住了，他再也不要在这样不确定的情况下每天面对自己心爱的女人却什么都不能做，他想要真正走进欧阳蓁的心里，可真的说出了口，又害怕下一秒被彻底拒绝。

欧阳蓁这一刻心也乱了，她一个人在这个城市里生活了十多年，永远是孤单一个人，她也想有个家，也想有个人陪在身边的，以前是因为那个人，现在……

“好……”欧阳蓁默默地看了夏进鹏一会儿，嘴里轻轻吐出了这个字。这两年因为张鸿涛的刻意疏远，欧阳蓁的心里一直都是冰天雪地，她也是一个有血有肉的平凡的女人，渴望被爱渴望温暖，哪怕是一根火柴的热度，对她也是一份久违的暖意。她不想再管太多了，她迫切地想要那么一丝温暖。

夏进鹏听到欧阳蓁缓缓吐出的那个字后，猛地一怔，他仰头看欧阳蓁，脸上神色先是一闪而过的不置信，然后是一股纯粹的喜悦从脚底升起然后一直往上冲，直达大脑。

下一秒夏进鹏挪到了欧阳蓁边上，一把扼住欧阳蓁的手臂，埋头便覆上了无数次出现在他梦中的唇。夏进鹏呼吸紊乱，吻得急切又毫无章法，他从没有这样失控这样疯狂地吻过一个女人，恨不得将她融化到自己的怀抱里，使她再也不能推开他。

欧阳蓁全身紧绷，紧张得颤抖，感觉有点突然，有点羞涩，完全忘记了回应，直到夏进鹏的舌头撬开她的牙关，她才吃疼地张开嘴。

这一晚，夏进鹏没有再睡沙发，他抱着欧阳蓁进了主卧没有再出来。

第十四章：旧事如天远

再回首，云遮断归途，再回首，荆棘密布
今夜不会再有难舍的旧梦，曾经与你有的梦，今后要向谁诉说
再回首，背影已远走……

夜已很深了，整个地下车库一片寂静，昏黄的光线下，依稀可见停着的一辆黑色林芝SUV里的亮光。车内夏进鹏仰靠在椅背上，往日神采飞扬帅气的五官此时看上去落寞疲惫，手机连着的音响正放着姜育恒的《再回首》，忧郁王子那带着沧桑、听着伤感、有点温柔、有点孤独、有点寂寞的歌声，回旋在密封车厢空间的每一个角落。音乐有灵魂、有感情，自然也有故事，在夏进鹏的记忆里，欧阳蓁特别喜欢姜育恒的歌，她的Spotify 自选的list里，第一个就是姜育恒专辑。

“再回首，背影已远走，再回首，泪眼蒙眬……”

歌声带着夏进鹏穿过岁月的尘埃，驻足在八年前的时光那端，他想起了很多很多他和欧阳蓁的过往，曾经那么多的快乐和甜蜜，还有后来的无奈和遗憾。

夏进鹏想，自己那时对欧阳蓁是不顾一切付以真心的，可这世上的缘和分很多的时候并不是相连的。他们是在那年春天结婚的，婚后生活平静甜蜜，忙碌充实。让他特别感到幸运的是欧阳蓁还在他的事业上帮他很多。那三年他好几篇论文都被有分量的科学杂志收录，他自己都觉得上帝对他特别眷顾，让他事业爱情双丰收。若不是后来在要孩子这件事上的遗憾，他想，他们应该会相守一生的。

结婚时他三十二，欧阳蓁三十七，他们又都是各自家里唯一的孩子，双方家长都期待他们能尽快地要孩子。他们也顺其自然

没有采取任何避孕措施，可欧阳蓁结婚一年了都没有怀上。在双方父母的催促下，两个人都去做了身体检查，都没问题。夏进鹏的母亲还从国内寄了不少品种繁多帮助怀孕的“补品”给他们，男的女的都有，有段日子两个人吃得都嘴巴长泡，额头长痘，可宝宝还是没有怀上。后来还是欧阳蓁想到，他们又去医院检查了抗精子抗体、抗胚胎抗体、抗子宫内膜抗体等，不幸得知他和欧阳蓁之间存在着精子与卵子相互排斥的问题，在临床上，不兼容的精子和卵子的概率小于2%。

俗话说，孩子是爱情的结晶，他和欧阳蓁在要孩子这方面是一致的，他们都期盼他们的生活里能有孩子的欢声笑语，双方的父母更是希望血脉能够承传。他清楚地记得新婚那会儿情到浓时，他抱着蓁蓁充满爱意地说，他希望他们的女儿像妈妈那样聪明漂亮，那时蓁蓁难得主动搂着他的脖子吻他，娇娇地说儿子要像他高大英俊，那一刻他的心甜蜜得都要融化了。

真是天不遂人愿，人不遂人心，明明两个都很健康的人，却没能有共同的孩子。好几年里，他和欧阳蓁成了不育门诊的常客，欧阳蓁先是激素治疗，后来他们又试试管婴儿，期间定期打针吃药，还有令人不堪回忆的取精取卵，几年下来两个人都是心神俱惫，本来增进夫妻幸福感的性生活在那几年里也成了按照在小本本划着的受孕期才能做的任务，即使这样，激素治疗和试管婴儿还都失败了。而他对蓁蓁，当初那份浓烈的感情也没有能敌过时间的稀释，在回国后，更没能抵住年轻漂亮女人和新鲜感的诱惑，先是出轨，然后因为璐璐的怀孕，选择舍弃八年的夫妻感情。

夏进鹏揉了一下疲惫的眼睛，心里有一丝苦涩，哀叹造化弄人，现在他和欧阳蓁都要有孩子了，却都不是彼此共同的孩子。也就短短的八年，却已人非人事非事，花非花雾非雾。

“再回首，背影已远离，曾经与你有的梦，今后要向谁诉说……”如述如泣的歌声还在飘荡着。

夏进鹏的心突然很痛，欧阳蓁怎么会有孩子呢？当他对欧阳蓁说“我的孩子就是你的孩子”的时候，他潜意识里认为欧阳蓁这辈子都不会有孩子了，如果将来欧阳蓁需要，他也确实愿意照顾她的。而他贪婪的提出那些不合理的财产分配协议的时候，卑鄙地转移共同资产的时候，自欺欺人地觉得欧阳蓁的收入即使按照他的协议分配，一个人也完全可以过得很好。

其实他心里还有一根刺，是钱方面的。欧阳蓁和他结婚时，投资账户里的现金总数并不多。潜意识里他一直觉得欧阳蓁有一笔钱故意瞒着他。还有就是欧阳家领养的鸿清，大学四年私校的学费，欧阳蓁全付，根本不和他商量。哎，成年人的感情，太容易放在天平上小心计量，一旦心存猜忌，便快速在心中生根发芽，日积月累，很难消除。

“再回首，惘然如梦，再回首我心依旧，只有那无尽的长路伴着我……”

姜育恒还在反复吟唱着，歌声勾起了夏进鹏心底很久都没有过地对欧阳蓁川流不息的思念和歉疚，他突然觉得很忧伤，回忆中的人已经远去，他和她的爱情也逝于岁月，散在流年。欧阳蓁，那个纯良温柔的女人，再也不会原谅他了。

夜，安静得有些冰冷，凄凉的月光透着几分萧瑟，也掩盖了城市角落藏着的时光中的秘密。这样的夜晚，注定不是一个人的孤灯长夜。

此时江东新雅小区66栋，张鸿涛静静地坐在卧室的窗前，深邃的五官棱角分明，细长的眼睛锐利阴鸷，仔细看和夏进鹏长得有几分相似，原本也一定是个赏心悦目的男人，只是饱经风霜后变得疏离感太强。张鸿涛如今已是一家网络安全软件设备公司的老板，但他平时十分低调，屋内几乎没有大的装修，家具也简单，偌大卧室，除了一个小号的双人床，一个实木衣橱，一个跑步机，就是窗边的写字桌和张鸿涛现在坐着的和写字桌配套的木头椅子。床头的小灯闪着幽幽的光，整个屋子有一种令人压抑的寂静。

张鸿涛靠着椅背一动不动，呆呆地望着黑夜，刚刚沈冬梅的电话，让他心乱得无法入眠。满脑子的混乱，唯有一个身影越来越清楚。“蓁蓁离婚的事已经基本搞定了，你不要再费心了。还有个大喜事，蓁蓁怀孕了，不知道鸿清告诉你了没。”沈冬梅投了一颗炸弹后就挂了。

张鸿涛平时基本上一个人住在这里，已经离婚的妻子朱小娣有时来做清洁时也会住在这套复式的公寓里，二楼是他的卧室和书房。平时除了收拾，朱小娣和她儿子强强是不会上楼来的，楼下朱小娣和强强早就睡了，没有一点动静。夜色渐浓，整个公寓安静冷清，只有偶尔传来的街道上快速飞奔的车子与地面激烈摩擦的声响，淡淡清风透过纱窗拂过张鸿涛的脸颊，卷起翩翩往事。那个人，那些事，这么多年，他强迫自己遗忘，强迫自己忽视，他忍得心痛忍得锥心忍得心在流血，他残忍地将她推开，不让她和自己有任何瓜葛，但现在不一样了，在得知她受欺负看到她伤心流泪时，所有的坚持功亏一篑，他根本没法守住自己的心。

有人说：“人的这一生总有那么一两个至关重要的记忆片段，会贯穿你整个记忆之河，陪伴你一生，总也不会忘记。”张鸿涛49年的人生里，他已经记不得大多他小学中学甚至大学的同学，即使中学时的那份初恋也早就模糊，甚至就连当时逼得自己连活下去的欲望都快没了的，在监狱里受到的种种屈辱也被时光冲淡了，而唯有他和欧阳蓁在一起的每一个细节，几十年后，依然清晰如昨，历历在目。

认识欧阳蓁的时候张鸿涛24岁，从公安大学毕业后在武警中队做小队长，同时他还是政法大学的兼职研究生，他的理想是成为一名检察官。他的父亲张继科是政法系统的张书记，母亲吴瑾瑜则任职基层妇委会，姐姐张鸿嫣当时嫁给了门当户对的厅级干部的儿子。张鸿涛长得好，家世好，人又聪明，周围的上级同事乃至亲戚朋友，不论是羡慕还是嫉妒还是真心喜欢他，都认为他是天之骄子会前途无量，那时他的人生可谓春风得意马蹄疾，工作顺手，情场得意。

第一次遇见欧阳蓁是在一家新开的高档商场女装部。那天周六他难得不要加班，被妈妈软硬兼施地逼着陪爸爸同事的女儿李晓婷去买衣服，李晓婷中学里就喜欢她，两家是几十年知根知底的老朋友。刚刚大学毕业的李晓婷是她妈妈心里内定的媳妇人选，无奈落花有意流水无情，他对娇滴滴公主病严重的李晓婷一直都不感冒，只是碍于两家的关系，说不出狠话，更何况李晓婷的哥哥李保强为人奸猾，他们公安大学四年同窗，一直都不对盘。

在商场里平时走几层楼梯都喊累暗示要他背的李晓婷，一下子如有神助，蹬着细高跟健步如飞，从这个专卖店到那个专卖店，几个小时都没喊一声累，看得他这个高校十项达人健将自愧不如。最要命的是试穿每件衣服都要让他点评，他说好看，她要你说出好看在那里，否则就是敷衍她，他说一般，她生气说你没眼光欠缺时尚水准，一个下午下来，他真是死的心都有了。在Theory的新款裙装店里，李晓婷又拿了一件进了试衣间，他百无聊赖地坐在试衣间边上的沙发上等着，心里暗暗祈祷这是最后一件，赶紧买了可以解脱。这时贴近他座位边上的试衣间里传来了一个柔柔却不做作的女孩子声音：

“这件我胸围太小了，冬梅，你试一下吧？”

“哇塞，32D啊，羡慕嫉妒恨啊。”然后好像是两个人打闹的笑声。

张鸿涛在听到32D的时候，一下午陪逛的身心劳累瞬间消散，马上精神焕发，听力集中。

“你是不知道胸大的pain，每时每刻都像挂着两个重重的球在身上，走路都是累赘，每次上体育课，尤其是跑步，每一步都被甩得胸疼，又不能用手托着。”这是那个柔柔的声音。

马上一个爽利的声音笑得停不下：“你不要身在福中不知福……哈哈哈哈”

“鸿涛，好看吗？”李晓婷穿着试穿的裙子娇羞地站在他面前，一下子打断了他的余兴节目。

“好看，好看，买了吧！”张鸿涛敷衍地说着，眼角一直注意着刚才对话的那间试衣间，充分发挥着他刑警队长的侦察技能。

当欧阳蓁和沈冬梅走出试衣间的时候，张鸿涛挺失望的，他没有看到他臆想中的胸大腰细身材火辣的美女，相反，那个身材高挑长得漂亮的胸并不大，而那个32D，是个个子不高的四眼妹，而且是镜片特别厚的那种。

缘分这东西其实就是定数，想到这里张鸿涛千年冰山的表情有了松动，商场里失望的那一眼，未曾料到竟成了他和欧阳蓁后来缘分的序幕。

夜越来越深，回忆也越来越多……

第十五章：再见钟情

张鸿涛的小组里有四个队员，都是二十出头警校毕业一两年的小年轻。他们中除了小马有个在学校时就交往的女朋友，其他都是单身狗。俗话说，没有爱的灌溉，生活百无聊赖，他们几个光棍在一起时除了工作，聊得最多的就是哪个部门新来了个长得很正的漂亮妹子，无奈他们这个系统男多女少，漂亮妹子更是稀有动物，不要说有贼心没贼胆，就是喝口红高粱酒，大胆往前追，部门里还有一堆的高龄之花，装逼耍酷早已成精，他们这样的毛头小子，成功的概率也是比负数多一个百分点。真是女友几时有，把酒问青天，不知告别单身，要等到何年？

这天组员小马一脸中了乐透的表情在午饭的时候宣布，他在F大读书的妹妹下周生日，本着一同出生入死为建立安定和谐社会并肩战斗的革命友谊，他已经和他妹妹马小妹说好，趁着马小妹生日，他将带着他们小组去和马小妹寝室联谊，积极践行社会主义的核心价值观，人人会爱人，人人有人爱，希望通过联谊，但愿人长久，光棍不再有！阿弥托福！

张鸿涛那天下午有法学院的研究生课，拗不过弟兄们的“缺你不行”的恳求，五点一下课就直接去了F大后门的东风饭店，马小妹的生日庆祝兼社会主义核心价值观联谊就定在这家饭店的二楼包间。

他五点半到饭店的时候，店里还没有什么顾客，服务员小妹看见一身警服身高182的张鸿涛跨进店门，还以为是哪位明星，惊得嘴巴张着都忘记了合拢。张鸿涛五官英俊，穿着制服更是雄姿英发，整个就是一个移动的荷尔蒙。他在服务小妹满脸通红结结巴巴的指点下，朝着二楼的包间走去，离约好还有半小时的时间，他正好打几个公事上的电话。推开包厢门的时候，他惊讶地发现圆桌一角的窗边竟然有个人坐在那里正低着头看书，再一看，那特别显眼的厚厚的啤酒瓶底似的镜片，不就是一个月前在商城遇到的那个32D的四眼妹吗？当时张鸿涛就乐了，好一个人生何处不相逢啊！

张鸿涛整一整丝毫不乱的制服，清一清本来就顺溜的嗓子，桃花眼微弯，摆出一副人民警察为人民的笑容："请问同学，这是马小妹订的包间吗？"

只见四眼妹头都没抬，一边拿着笔在书页边写着什么，一边漫不经心地回答："不清楚。"

张鸿涛觉得这书呆四眼妹挺有意思的，人都坐在包厢了，还是自己同寝室的，竟然说"不清楚"。张鸿涛性格阳光，天生的亲和力加没脸没皮不知害臊为何物，在任何场合，他都有那个本事可以很快地和所有人打成一片。只见他自来熟地走到欧阳蓁旁边，拉开椅子大大方方地坐下，出于职业习惯，先是装着不经意地将欧阳蓁从头到脚扫了一遍。

四眼妹今天上身穿了一件浅粉色长度刚过腰的纯棉针织衫，有点宽松的针织衫两边有两只小小的斜口袋，下身是一条浅蓝的牛仔裤，饱满的额头没有刘海，浓密的头发简单地全部往后扎了一个马尾。张鸿涛不知道欧阳蓁身上衣服的品牌，但绝对认得欧阳蓁脚上穿着的那款粉白相间的耐克跑鞋，那是今年在年轻人中正潮的新款，他一个月的工资都不够买。

再看她正在看的书，原版Human Anatomy （人体解剖学），张鸿涛公安大学时人体解剖学也是必修课，只是他们的课本侧重讲解如何在格斗时快速击中对方要害，最好能一击而中的战术，课本也是学校教授编写的。他自嘲地想这本原版书他大概只认得书名。

"同学，你们商学院也要学解剖学？"张鸿涛记得小马的妹妹是商学院的，禁不住好奇地问道。

欧阳蓁自从张鸿涛拉开椅子在她旁边坐下，便感觉有一股无形的压力，偏偏她又编排不出理由不让他坐边上，正因为无法集中注意力看书有点郁闷着呢，便不咸不淡地回道："我不是商学院的，我是医科的。"回答的时候还是礼貌地转过脸看了张鸿涛一眼。

"那你怎么在这儿？"张鸿涛有点怀疑自己是不是走错包间了。

"我朋友让我来吃好吃的。"欧阳蓁将沈冬梅的原话脱口而出，说罢才觉得没表达完整，但她这人向来话少，对方又是陌生人，便也不再多解释。

张鸿涛差点儿笑出声来，好一个没心眼的女书呆。张鸿涛想有女书呆在也没法打电话了，干脆再逗逗这个四眼妹。

"我也学过解剖学的。"看到四眼妹转过头疑惑地看着他，张鸿涛开始显摆背起了"全身骨头口诀"：

"全身骨头虽难记，抓住要点就容易；

头颅躯干加四肢，二百零六分开记；

脑面颅骨二十三，躯干总共五十一；

四肢一百二十六，全身骨头基本齐；

还有六块体积小，藏在中耳鼓室里。"

张鸿涛记忆力特好，虽然大学毕业都两年了，这个解剖学必考口诀还是记忆犹新。

"你知道人体最容易受伤的部位是哪里吗？"见欧阳蓁一脸迷糊地看着他，张鸿涛越讲越来劲，"人体最容易受伤的部位是手腕、脚踝、脚趾、鼻子、手指和面部……"

等联谊双方一共八个人大部队开到的时候，张鸿涛已经从男子格斗要诀讲到了女子防身术，又从口头的理论知识进入到真人示范演示了。

欧阳蓁第一次碰到能这样自来熟的人，也是第一次和同龄男孩单独挨得这么近说话，一开始有点不习惯，有点心慌，后来慢慢地也被张鸿涛的话题吸引，不自觉地参与其中，聊起来后也没了陌生感。

那天的联谊给人印象最深的是沈冬梅的酒量，硬生生地将几个体格魁梧的大小伙子给喝倒了，联谊后最让张鸿涛组里的单身狗们想不通的是队长张鸿涛，他们队长那天晚上竟然对那个四眼妹大献殷勤，一晚上嘘寒问暖又是夹菜又是倒水，每个人都是一肚子的疑问，难道他们英俊不凡的队长看上那个书呆四眼妹了？怎么可能呢？

和一般的生日爬梯一样，最后唱完生日歌吃蛋糕，然后不知是谁，在寿星马小妹的脸上用手指抹了一块奶油，接下来的事就不受控制了，大家纷纷朝自己边上的人下手，含蓄点的，用手指，喝高了的，直接一巴掌奶油拍人脸上，包间里一时人人都成了花脸，笑声，打闹声，声浪一声高过一声。有点不在状态的欧阳蓁一晚上被张鸿涛照顾得有点心惊肉跳，惊魂未定中正盼着吃了蛋糕能赶紧回校，突然飞来奶油横祸，一下子镜片上白乎乎的一片，什么都看不见，赶紧拿下镜片低头用纸巾擦。

张鸿涛在小马安排马小妹坐在他边上起，就闻到了一丝被撮合的味道，这感觉对他太熟悉了。他从大学开始这样那样的被撮合就没消停过。要别人他自然可以不理，可自己队里的兄弟，事情就不一样了，看着另一边上那个安全指数百分之一百的四眼妹，灵机一动，决定暂且用她做挡箭牌，这样就能不伤人地表明态度了。所以他一晚上对欧阳蓁极尽热情，照顾周到。刚才他蘸了一手指头的奶油抹在欧阳蓁脸上，现在看到欧阳蓁低着头擦眼镜，赶紧也低下头关心地问欧阳蓁："你没事吧？"

欧阳蓁手里的纸巾上已全是奶油，一时没法清干净镜片，听到张鸿涛询问，转过身对着声音的方向："能不能麻烦你拿张干净的纸巾给我。"本来十个人一桌大家坐得就挨得很近，刚才张鸿涛是侧转身子对着欧阳蓁说话的，现在欧阳蓁也侧过来，冷不丁的两个人的脸几乎凑到了一块，只见拿下眼镜的欧阳蓁，一双眼睛杏仁似的，估计是拿下了眼镜看不清，迷迷蒙蒙圆睁着，正小鹿似的怯怯看着他；小巧的葱管鼻上一小块奶油闪着诱人的光；少女气息中特有的馨香随着她说话若有若无地呼在他的脸上，小羽扇似的扇得他痒痒的，张鸿涛的心一下子停跳，好像格斗中被击中了要害，沦陷了。一整晚的故事翻盘，剧情重新洗牌，假戏真做，挡箭牌变成了真目标。

联谊后，不相信一见钟情的张鸿涛，对欧阳蓁钟情了。

第十六章：心动马上行动

有句电影台词是这么说的："人生就这短短数十年，你不妨大胆一点，攀一座山，追一个梦，爱一个人。"浪漫的文字简单诠释的就是在男女关系上心动不如行动才能不给自己留遗憾。张鸿涛在那一刻对欧阳蓁心动后，马上放开胆子开始了追人行动。

古人曰：知己知彼，百战不殆。毛爷爷说，不打无准备之战。张鸿涛的计划里首先是要知道欧阳蓁住在哪里，平时作息时间，个人爱好等等，只有对症下药，追爱才能成功。在生日爬梯和社会主义的核心价值观联谊结束的时候，张鸿涛以队长的身份，吩咐原本目标明确直奔脱单人生大计的队员们送马小妹寝室的女孩子回宿舍，以便队友们再有多一点点时间，多一点点空间，可以再给多一点点问候，多一点点温柔，为早日牵手成功脱单再向前迈进一步，他则负责送不住同一栋楼的欧阳蓁回去。

欧阳蓁当场拒绝："不用了，我和她们同路的，到学校里就没事了。"欧阳蓁虽然单纯但并不傻，一晚上张鸿涛对她的格外照顾，已经让冬梅寝室的同学看她的眼神不一样了，特别是马小妹，那嗖嗖的眼刀砍得她心惊胆颤。说她有自知之明也好，说张鸿涛长得太人神共愤也罢，她虽然不知道也不想多细究张鸿涛为什么对她不一样，但绝不会自作多情地认为张鸿涛一见钟情看上她了。所以她说完就拿着书包移开椅子走到了沈冬梅的旁边。

张鸿涛怎么会让他已经看上的小白兔溜走？再说他的第一步计划还没完成呢。长腿一迈，他站到了欧阳蓁的边上，笑嘻嘻地说："欧阳同学，我有事想请你帮忙，需要和你单聊，你不会不愿意帮我吧？"说完很绅士地将欧阳蓁手上的书包拿到自己的手上，做了个请的手势。

欧阳蓁在听到"有事想请你帮忙"后，也没深入思考她一个女学生能帮一个警察什么忙。马上对一晚上张鸿涛对自己的热情恍然大悟。赶紧问张鸿涛："什么事啊？"

张鸿涛见小白兔傻傻地被卖了还帮助别人数钱的认真模样，忍住笑装模作样地说："我们边走边说。"

很多年后，在异乡十五年苦等的寂寞长夜里，在被出狱的张鸿涛拒绝后绝望心碎时，欧阳蓁也曾问自己，如果上天赐予她一次重生机会，能改变她人生中某个转折点，她会选择那天她没有去马小妹的生日爬梯吗？会选择重生的命运和张鸿涛是两条毫无交集的平行线吗？

答案是否定的，正是他们认识后的点点滴滴，桩桩件件的温暖记忆陪伴她度过了那些难熬的日子。在一起时的每一件小事在回忆里都变成了轰轰烈烈的大事，记忆里他的每一个无意的眼神也都变得情意绵长，欧阳蓁想，张鸿涛满足了她一个女孩子对爱情的所有幻想和憧憬，给了她美酒般醉人的初恋，她不后悔。

从校园后门外的东风饭店步行到学区东面的女生寝室大概十五分钟，前面是张鸿涛和欧阳蓁，后面是社会主义和谐价值观联谊八人组合。一路上张鸿涛一直微笑着看着欧阳蓁，随意地问她的课程，问她喜欢在哪里晚自习，问她课余有什么爱好，也会偶尔插几句自己以前学校的事，只字不提帮忙的事，要是换一个场所，完全是派出所民警调查户口的程式。欧阳蓁一开始以为张鸿涛不好意思提帮忙的事在找铺垫，可都到了宿舍区了，和冬梅他们分开了，自己的寝室楼也在眼前了，张鸿涛还是没提什么事要她帮忙，站在宿舍楼的门外只用那有点怪怪的眼神看着她，不知道怎么回事，透过深度镜片，欧阳蓁竟在那目光中看出了几分含情脉脉，这让她浑身打了一个激灵。

"那个，张，张警官……"欧阳蓁感觉人家怎么都是个小队长，喊名字有点不够尊重，斟酌了一下，在队长和警官之间选择了后者。"你说的帮忙的事是什么事啊？"欧阳蓁从小被教育要爱党爱国爱人民，做一个助人为乐的好孩子，既然人家不好意思开口，那就让她来问好了。

"欧阳同学……"穿着制服的张鸿涛郑重其事地开始了他的

请求，说完了四个字，就低头看着直到他肩膀处的欧阳蓁，此时一阵风吹来，晃动了近处大树的树叶，树叶的沙沙声打破了两人对视中的静谧，也将欧阳蓁的一缕头发吹到了她光洁的额头前。张鸿涛心里有点不淡定，这样的书呆妹他以前还真没惦记过，他扫了一眼周围，给自己时间组织语句，这时聚精会神看着他等他下文的欧阳蓁也随着他的眼神看了一下近处，这一眼看得欧阳蓁脸红心跳，浑身不自在，只见几对告别中的恋人正在暗处接吻，他们被月光拉长了的身影让人想不注意都难，夜晚大楼前四周幽静，只有树叶在簌簌轻响，宿舍门外的灯光微弱，朦朦胧胧更增添了一种暧昧的气息。欧阳蓁清晰地听见自己那有点过速的咚咚心跳。

“欧阳同学……”

欧阳蓁被张鸿涛的声音吓了一跳，本能地抬头看他，瞬间有一股陌生的男性气息堪堪划过她的脸颊，几乎烫伤了她，她一下子感到从未有过的紧张，赶紧后退一步。

张鸿涛看着欧阳蓁绯红的脸颊和紧张的神态，也有点不淡定了，声音有点儿低得不自然：“那个帮忙的事，就是问你，我该怎么做可以让我们之间的革命友谊升华为男女朋友？”话音落下的那一刻，伸出右手一把拽住欧阳蓁的左手，紧紧握住。

欧阳蓁全身石化，心里不是通常女生被表白时有的惊喜，反而是惊吓更多一点，一时都忘了要挣脱被握住的手。

欧阳蓁心里一时千转百回，这个张鸿涛，不管从长相还是身份，都是女生们眼中男神级别的，而自己太普通了，尽管她知道自己不难看，身上又具备优等生的光环，但两个人绝对不是一个等级的啊。难道张鸿涛的审美独具一格，抑或是在逗她？想到这里欧阳蓁心里一阵恶寒，连带看张鸿涛的眼神也冷了下来。

“对不起，我觉得我们不合适。”说完，一把抓过自己的书包，逃也似的进了宿舍大门。

第一次被人直接拒绝，对张鸿涛是一种不小的打击，不过年轻时的爱情虽然欠缺些稳重，却纯粹得像水一样，爱一个人的理由不是因为金钱地位，更不求对等回报，而只是单纯地就想和她在一起，想对她好，让她开心！

站在大门紧闭的女生寝室前，张鸿涛自嘲地想，诗仙李白都被拒绝过呢，他这才刚开始呢！他还有机会翻身，转正与否全靠发挥。欧阳蓁是还没发现他的好，只要他努力展现他的诚意，让欧阳蓁感受他从里到外的美好，不假时日，他和欧阳蓁一定会从革命友谊升华为男女朋友。

欧阳蓁那天回寝室躺在床上心还没静下来，她承认张鸿涛是个赏心悦目的男生，被这样的男生告白，她的虚荣心还是有点小膨胀的，可她想到两个人之间的差距，感觉张鸿涛的表白是一个高空突然坠落的巨大馅饼，直线下降，虽然是个大馅饼，可是从几千米高空坠落，砸下来不死也得脑震荡啊！

“不可能，绝对不可能。”

她还想到妈妈对她说过的，不要急着做近视矫正手术，要她在大学里戴着眼镜，使自己的外貌看上去尽可能地平凡，免受其他诱惑，集中精力学习。她自然也知道，学校里的男同学追女生时没有不看外貌只看内心的，同寝室的同学也常常聊到，一个女人如果长得难看，除非那个男人另有所图，他哪有兴趣去探究你的内心？

翻来覆去了一会儿，欧阳蓁也没想明白张鸿涛为什么想做她男朋友，最后得出结论，人家就是心血来潮逗她玩的，既然她拒绝了，张鸿涛肯定也就不会再坚持了。这样一想，灵台清净，马上就睡着了。

欧阳蓁没想到的是，张鸿涛根本没有放弃，接下来的日子，是一系列张鸿涛称之为美好的“邂逅”，而欧阳蓁则视为阴魂不散的纠缠。

第十七章：你敢爬墙

欧阳蓁平时晚自习最爱去的地方是学校的图书馆，虽然它11点要关门，不如通宵教室，但图书馆查资料方便，特别是医学方面的原版书和资料只有这里有。欧阳蓁平时作息时间很有规律，一般都是在12点前睡觉，即使考试的时候也不熬夜，所以通宵教室她一般不去。相对于通宵教室学生流动性大不够安静，在图书馆自习的学生，因为担心到点要关门，大家坐下后基本不再起来走动，所以学习环境更安静。可能是源于家族的遗传基因，欧阳蓁从小便敏而好学。和欧阳家一直生活在一起的欧阳蓁的外婆是个老大学生，经历过三反五反四清反右等一系列运动，她用自己的教训教导女儿，人这一生一定要有一技傍身，但绝不能学最容易因言获罪的文科。

欧阳蓁的妈妈也是一个学霸，一个跳级生。就因为跳级，她赶上了“文革”前最后一届高考进了医学院，否则像她这样的黑五类子女，在毛主席一挥手让知青上山下乡后，不是去北大荒就是奔青藏高原了。欧阳爸爸出生书香门第，也是医生，是医院里公认的脊椎手术的一把刀，业余爱好书法。欧阳蓁从小耳濡目染，可以说是在爸爸妈妈的书堆中长大的，高考时选了医科也是受了父母的影响。欧阳蓁看着文静柔弱，但一开始上人体解剖学实验课时，却不像其他女生那样又是哭又是晕的。她沉着冷静的举止，岂止是巾帼不让须眉，简直让和她一组的男生都几乎要给她奉献膝盖。

欧阳蓁的生活一直都是平静如水的，从高中到大学除了专心学习，就是学习专心。同学关系也很简单，除了沈冬梅，她和其他同学都是不深不浅地友好相处，在同学眼里，欧阳蓁就是一个从来没有新闻的毫不起眼的书呆子。可这一切在马小妹生日的第二天被彻底打破了。

一天傍晚，欧阳蓁在食堂吃了饭，将洗干净的碗装在可以提着的尼龙网兜里，直接去了图书馆。如往常一样，她又坐在离藏书架最近的一个靠窗的桌子边，将书，笔记，字典一溜排开后，开始按着计划学习。因为不在考试的那两周，图书馆的座位并没有坐满，欧阳蓁的书桌上除了她就只有对面坐了一个学生。快九点的时候，一个有点熟悉的声音突然在对面响起："同学，能请你坐到那边那个位置吗？我和她是一起的。"虽然说话者已经压低了声音，可在安静得能听到翻书声的图书馆里，听着还是很清晰。

欧阳蓁抬头，惊讶地看着张鸿涛在对面女生离开后坐了下来。"欧阳同学，真巧啊！"张鸿涛的开场白毫无新意，甚至比情窦初开的高中生还欠水准。而欧阳蓁，经过昨天晚上突如其来的告白，此时再看到张鸿涛心里顿时紧张起来，捏着笔的手指也攥紧了。她没有回答张鸿涛，佯装继续看书，只是从脸颊到耳根一下子就红了。其实，张鸿涛也紧张的，他虽然和女孩子交往过，可主动追女孩子也是庄稼佬进皇城，头一遭。白天上班时，欧阳蓁那迷迷蒙蒙的杏仁眼仿若一直在盯着他看，那温温柔柔的一声"张警官"不断在他耳畔回响，还有月光下那因为害羞而绯红的脸颊，不时晃在他眼前，乱在他心里……下班后，他依旧干什么都集中不了注意力，最后，索性腿随心动，他不自觉地就坐在这里了。

张鸿涛也不是来干坐的，他带了他法学院的课本和笔记，欧阳蓁不是爱学习吗？那他就来陪她一起学习，不是有句话叫：陪伴是最长情的告白吗？

张鸿涛今天没有穿警服，而是上套简单的浅灰色连帽卫衣，下配深色牛仔裤。他182的颀长个子，经过特殊训练的身材精壮挺拔，眉眼又生得好，刚刚这样的一番动静，已经引起了大家的注意。欧阳蓁自从张鸿涛坐下后就再也看不进书了，总感觉周围的人都在看她，每个人的眼光像是大功率的手电光，刺得她皮肤都要烧起来了。张鸿涛似乎是真是来学习的，坐下后便像模像样地翻着书、写着笔记，一副模范生样子。可欧阳蓁就不行了，一个多小时里毫无效率，勉强挨到了十点半，便决定回寝室了。

一分钟后，欧阳蓁在前，张鸿涛在后，在众人眼神齐刷刷的护送下，他们走出了图书馆。那一刻欧阳蓁恨不得找个地方躲起来，心里把张鸿涛从头到脚骂了一百遍。

“欧阳蓁，我们走走吧？”出了图书馆，张鸿涛马上走到欧阳蓁的边上提出建议。

欧阳蓁因为学习计划被打乱心里不高兴，但本性温和说不出伤人的话，只能快步走在张鸿涛的前面不理他。

张鸿涛见欧阳蓁不理他，只好不紧不慢地跟着。

“你，你这样跟着我，别人会误会我们有什么的。”快到寝室时，对还跟着她的张鸿涛，欧阳蓁再也忍不住了，停下脚步，脸憋得通红，看着张鸿涛。

张鸿涛看着急红眼的书呆妹，越看越可爱，越看越喜欢，嘴里却很是理所当然地问：“我们难道没有什么吗？”欧阳蓁气得忘记了矜持：“我们能有什么？我们不是昨天才认识的吗？”

“我们为什么不能有什么？”他状似认真地问欧阳蓁，“难道我不能追你吗？”然后那带电的桃花眼眨了眨，笑着说：“你没看见我们正在朝男女朋友的关系发展吗？”

“你，你……”欧阳蓁恨不得自己有十七八张嘴可以用来对付这个厚脸皮的家伙，可她气结讲不过，只能转身狂奔，逃回寝室。

张鸿涛看着欧阳蓁的背影，无奈地抓了抓头发，却一点都没觉得自己哪里做错了。

时光咔咔走着，烦琐又动人。一个星期后，欧阳蓁的同学都在议论，有个帅得人见人爱、鸟见鸟呆、车见车爆胎的男神级人物，每天都在图书馆和欧阳蓁坐在一起。于是图书馆晚上一下子人员流动也多了，本来泯然一众人，在人群中毫无存在感的欧阳蓁，连在食堂吃个饭都会被人指指点点，其中不乏羡慕嫉妒的，更多的是不解的，感叹一朵鲜花插在牛粪上。当然，此处张鸿涛是鲜花，欧阳蓁听闻议论，不堪其扰。

惹不起躲得起，接下来一周欧阳蓁都没去图书馆，晚上都躲在寝室看书。她实在想不明白张鸿涛为什么会对她有兴趣，心里惶恐害怕，也不知道怎么面对张鸿涛，她对他说他们说不合适，他说他有追求的权利，她和同学解释说自己和张鸿涛没有关系，同学说她矫情，表情愈发暧昧，无奈之下只有在寝室避门不出。

这天傍晚，欧阳蓁打了饭准备回寝室吃，却在宿舍楼门口被副班长叫住了。她和副班长杨子雄在化学实验课上是一个组的，这周的实验报告第二天就要交了，杨子雄想和她讨论一下最后的数据。两个人就在宿舍楼前面的马路边上一起看着杨子雄打印出来的报告，不时地用手指着报告中的某些数据，互相讨论着。

张鸿涛这几天追爱受挫，一腔热情得不到回应，甚是苦恼。他没想到欧阳蓁油盐不进，避他如瘟神，已经连着好几天晚上都没见不到欧阳蓁了，这让他很是气馁。白天他也没时间堵人，今天好不容易不用加班，他警服都没换就来到欧阳蓁的寝室楼门口准备守株待兔，没想到远远就看见欧阳蓁和一个男生头碰头在马路边热烈地说着什么，心中一股酸气立时从胃部直达喉咙口。“哼，在图书馆我坐她对面都不愿意，却和其他男生在大庭广众之下如么接近”。心中有火，脚底生风，长腿一使劲，三两步他就到了欧阳蓁他们面前，人高马大的他一把拽住杨子雄，像提小鸡似的将170的杨子雄小鸡扯到一边，对着欧阳蓁质问：“你敢爬墙……”

欧阳蓁前一刻才被突然冒出来的张鸿涛吓得不轻，后一秒又被这人的恶劣言行气得不行，而此后，被扔在一边的副班长杨子雄又用先疑惑后明了的眼神看着她。几秒钟时间，又有几个同学围了上来，每个人都竖起八卦的耳朵，睁着亮晶晶的眼睛看着他们。欧阳蓁心里这个囧啊，恨不得有个地缝钻进去，这几天的烦恼，就跟风箱似的，把心里的星火呼呼吹成了火焰山。

“你，流氓！”这是欧阳蓁脑袋中最严厉的骂人话了，说完抬脚就朝张鸿涛的小腿胫骨用力踢去。这踢腿术还是那天吃饭前张鸿涛教她的，是所谓女子防身术中的一招，不料竟用在了此时。欧阳蓁踢完一脚，转身就朝宿舍楼跑去，一下就没了人影。

第十八章：一吻定情

有两句话，目前很流行。一句是“颜值即正义”，另一句是“这是看脸的时代”，都是一个意思，是说一个人长得好看，无论是他的能力还是品行，抑或是他的不足还是错误，旁人都有较高的包容度。爱美之心人皆有之，从古至今，长得好看的人都招人喜欢，容易被区别对待。比如汉初三杰，张良、萧何、韩信，都是刘邦的重要功臣，对汉朝的贡献很大，而刘邦多疑，连萧何都不能幸免，却从来不疑张良。吕后心狠手辣，威逼萧何，设计杀了韩信，却敬重张良，为什么呢?因为张良长得好看啊!

刚刚被欧阳蓁骂“流氓”的张鸿涛，此时不但没有被围观的社会主义接班人们扭送去学校派出所，反而因为长得赏心悦目，净化了接班人的心灵洗涤了少男少女的双眼，文化女青年们更是觉得多看一眼都是稳赚不赔的事儿，谁会想去责怪这么美好的人呢?在众人八卦却友善的目光下，捂着被踢痛的小腿，张鸿涛不怒反笑：“F大的女生就是牛啊，文武双全。哈哈！”接着手臂一伸，右手搭在杨子雄的肩膀上，看着随意实则强制地将杨子雄推着离开了人群。“咱兄弟聊聊。”本来还对欧阳蓁有一点旖旎想法的杨子雄，看着这个穿着制服的警察帅哥，自惭形秽，庆幸自己还没有跨出表白的那一步，否则，轻则被送上破坏国家公务员婚恋的道德法庭，重则社会主义公检法的铁拳伺候，他立马决定自此清心寡欲，埋头学问。

在张鸿涛和杨子雄“聊一聊”的同时，话题女主角正躲在寝室帐子里，头埋在被子里掉金豆子，想象着如果跨出寝室门，将会被众人的眼光盯得满头包，便越想越觉得委屈害怕。欧阳蓁从来都不是青春励志模范，她从小因为出身不好而且开口讲话晚被同龄孩子嘲笑，加上本身性格内向，很不习惯被众人注意。寝室的同学这时都去晚自习了，她哭了一会儿坐了起来，看看外面天黑了，决定在夜幕的掩护下去找沈冬梅商量对策。

沈冬梅进校后因为长得祸国殃民且个性泼辣，被学长们连骗带哄地拉进学生会外联部，成了那里的虾兵蟹将。外联部是干啥的？招聘上说它是学校与商家沟通的桥梁，实际的任务就是为学生会和学生活动筹集资金，具体的行动就是为有的没的凡是能被用到的名义拉赞助。沈冬梅平时晚上基本都在那里学习怎么算计本地土豪的钱袋，跟着部长副部长谋划着劫富济贫的大计。正人小志大忙活着的沈冬梅一眼看见学习标兵欧阳蓁出现在办公室门口，还顶着红彤彤的眼睛鼻子，赶紧拉着她到了外面僻静处。“发生什么事啦？”沈冬梅那关切的眼神、着急的问话，使憋了半天委屈的欧阳蓁好像苦大仇深的农奴终于盼到了亲人解放军，眼泪一下子又哗哗地冒了出来。断断续续地将从“吃好吃的”那天晚上开始，到宿舍楼门口的一系列事件描述了一遍。

“哈哈，笑死了，”沈冬梅听完欧阳蓁地叙述，笑得停不下。“蓁蓁啊，你这不是得了便宜还卖乖吗？”沈冬梅看着一脸烦恼的欧阳蓁，开始了她的分析。

“你怕啥呀，那个小警官当然是喜欢你才老找你的啊。你想想，你又不是人民币，不是喜欢上你了，他老来找你干吗？”沈冬梅从小缺钱，看啥问题都是先从钱开始。

“可是，我，我，他那么……”欧阳蓁支支吾吾想说，我长得又不是天仙，那人长得明显就是祸害级别的，而且是老幼通杀型的，他怎么会看上我？

沈冬梅多通透的人啊，马上就明白欧阳蓁的顾虑了：“我跟你说啊，根据马小妹从她哥哥那里得到的情报，那个张鸿涛，家里的身份背景很不简单，要说还真没什么人可以让他有所图的。”欧阳蓁此时眼泪也没了，张大眼睛愈发不解地看着沈冬梅。

“其实我们寝室的马小妹暗恋那个小警官很久了，那天只是想借着生日制造机会的，结果被你截胡了，哈哈，真是无心插柳柳成荫。也难怪，一个男生长成那样，即使是自尊自爱眼界开阔的现代文化女青年，看到他也免不了会生理性的春意萌动啊。”

沈冬梅说着，将两个手伸到欧阳蓁的脸颊旁，揪着她的两块婴儿肥摇了摇：“快交代，那天你们两个先到的，发生了什么？”

欧阳蓁被扯着嘴巴没法说话只能拼命摇头。

“蓁蓁，我估摸着张鸿涛就是喜欢上了你身上这股改革开放新学霸质朴的芳香了，你就大胆的享受帅哥的追求、爱情的美好，让别人羡慕去吧！”

欧阳蓁回寝室的时候心里离享受爱情还是十万八千里，还是有点忐忑，不过已经不那么难过了。

第二天晚上欧阳蓁恢复了图书馆晚自习，她想明白了，躲得了一时躲不了一世，再说她又没做坏事，她干吗要躲呀？面对祸害，她鼓励自己要勇敢一点，如果张鸿涛再来，就和他谈清楚。

九点多的时候，桌子对面的椅子被人拉开后随即有人坐下，欧阳蓁的心不听使唤地咚咚乱跳，差点儿跳出嗓子眼了，握着笔的手都在发抖，眼睛死死地盯着书本一个字都没有移动。这时，一只有着修长手指的手将一张笔记本纸贴着桌面推到了她的面前，欧阳蓁的眼神一下子被纸上的字吸引住了，忘记了紧张，手也不抖了，轻轻将纸拉近，细细地欣赏起来。只见一大张纸上只有一行字：

“对不起，惹你生气都是因为喜欢你。”

这几个字是用钢笔写的，字体是书法上极具个性的瘦金体。欧阳蓁的爸爸是个书法爱好者，欧阳蓁从小被她爸爸熏陶也练书法，而她在众多书法大家中，独独喜欢这种瘦挺爽利、侧锋如兰竹的书体。张鸿涛这几个字写得瘦硬有神，用笔细劲，运转提顿处笔法外露，风姿濯濯。欧阳蓁心里暗叹，这字比自己的写得好多了。

“你的字很漂亮。”欧阳蓁抬头看着张鸿涛认真地说道。

张鸿涛进了图书馆，看到欧阳蓁的那刻又是高兴又是不安。高兴的是，他来的路上还真不确定能不能看到欧阳蓁，没想到竟然见到了；不安的是，担心即使见到了，欧阳蓁还在生气不理他。此时见欧阳蓁居然和他说话了，心里又开始嘚瑟了起来。只见他一脸阳光地将那张纸拿回，唰唰又是几个字，将纸再次推到欧阳蓁那边。欧阳蓁一看，这人在纸上又是签名又是欧阳蓁留念的，末尾还注明日期，敢情真把自己当书法大家了，一字值万金架势！欧阳蓁心里觉得好笑，连生气也忘了。

那天他们说好了，张鸿涛可以和欧阳蓁一起看书，至于男女朋友关系，欧阳蓁说需要时间。

有追求的日子总是过得很快的，特别是少男少女们在憧憬着期盼着爱情的时候。后面的两周，张鸿涛下班有时间就去图书馆和欧阳蓁一起学习，自修结束再送欧阳蓁回寝室，欧阳蓁也慢慢习惯了他在她身边的存在，两个人谈书法，谈各自生活中的趣事，谈自己未来的理想。当然，欧阳蓁多数时候是听众。

这样一晃就是半个多月过去了。

那个周五自修完，欧阳蓁告诉张鸿涛，他们年级这个周末要跟随老师去乡下义诊，周六一早出发，周日傍晚回来。张鸿涛原本已经想好，要在这个周末安排与欧阳约会进而确定男女朋友关系，突然听到这个消息有点失落，然后就站在一栋教学楼前停下了脚步，欧阳蓁见张鸿涛停下，也不走了，看着张鸿涛问："你怎么啦？"

那天的月光特别好，照在仰头问话的欧阳蓁脸上，衬得她的皮肤愈发光洁如玉，张鸿涛看着欧阳翕翕合合肉嘟嘟的嘴唇，体内封印已久的洪荒之力不禁蠢蠢欲动，这时一阵风来，吹乱了欧阳蓁的头发，也呼呼的，吹乱了他的心。张鸿涛一把拉着欧阳蓁走近大楼，一下就将她推到了墙角，然后强势地用手臂将她固定在墙角，霸道地把她的手放在他的手里，温柔地喊着她的名字："欧阳蓁，我想和你有进一步的接触。"

"怎，怎么接、接触？"欧阳蓁那一刻脸红心跳声音发抖。

"你说呢？"张鸿涛扑哧笑出了声，细长漂亮的桃花眼看着她，然后他的脸慢慢靠近……欧阳蓁的眼睛睁大，再睁大……

"啪！"欧阳蓁用力一脚踩在张鸿涛脚背上，趁他吃痛，从他手臂下穿过，飞也似的逃走了。

欧阳蓁班级的义诊是在六小时车程的Z省，周日回程的下午突然风雨交加，租来的公交车在暴风雨中行驶得很缓慢，欧阳蓁有轻度晕车，所以她坐在最后一排，上了车就闭着眼睛休息。

学校原本算好在晚餐前能赶到学校的，现在肯定要晚点了。张鸿涛那天下午一直计算着欧阳蓁他们回校的时间，一天不见如隔三秋，他想书呆妹想得有点心神不定。六点半的时候，新闻里加插了特大交通事故的报道，一辆载满学生的公交车因为雨天路滑，在Z省和华海市交界处与一辆违章转弯的卡车相撞，目前受伤人数还不清楚。新闻镜头里是车厢中间被撞得变形了的公交车。

张鸿涛看着电视上那辆变形了的公交车，心脏忽地一下就像被击中了似的，猛地一闷痛，连呼吸都跟着停滞了几秒。下一刻一个转身就出了门，叫了车直接去了警队。他之所以先去警队是要用警车，警车遇到红灯不用停车。这时他心急如焚，根本不顾违反警队规则，公车私用，一路上他开着警笛，飙到最高速，一个多小时后赶到了出事地点。

这时雨还在下，周围的交通也还没恢复，那辆撞坏的交通车已经被拖走了，现场有两辆警车，还有交警在和司机模样的人讲话。学生和老师已经被安排到了一辆大型面包车上，学生们的脸上都还带着惊慌和害怕，有人身上还有不知是谁的血迹，几个女同学抱在一起低低地哭着。张鸿涛快速停车，朝着面包车跑去，在跨入车门的同时，迅速地在车里前后左右地扫了一遍，没有看到欧阳蓁，他感觉自己的心猛地往下沉了下去，一把抓住靠近车门坐着的男生，急促地问道："欧阳蓁呢？"

本来大家在车祸后都惊魂未定，车上老师们又一直在上上下下，也没有人注意张鸿涛，这时听到声音，都朝他看来，车上除了杨子雄，还有两个女生也在图书馆见过张鸿涛，刚想开口，门口的男生已经回答了："如果不在这里，那就是去医院了。"

"哪个医院？"张鸿涛的声音都变了。

那位男同学才说完"好像是普光医院"张鸿涛已经不见了人影。到底是受过警校训练的，他虽然心急如焚，还是和现场的警察确证了医院后才快速地朝医院赶去。

几分钟后，普光医院忙碌的急诊室里，只见一个高大的身影飞速地跑了进来，逮着一个护士就问："车祸受伤学生在哪儿？"

护士以为是学生家人，连忙安慰道："同志，你别急，有两个在手术室，都没有生命危险，其他都是皮外伤。你可以去左面那间看一下。”

张鸿涛一听急忙再问：“在手术的是男的还是女的？”

“这个我也不是很确定”……还没等人说完，张鸿涛已经跑向了左面那间病房。

进了病房后，张鸿涛的心慌乱得好像血脉都不通了，手脚冰凉，只见室内有五六个学生模样的，身上都绑着绷带，男女都有，但没有欧阳蓁。

“欧阳蓁呢？”张鸿涛一字一顿地问道。

几个同学一下子都看向张鸿涛，一个说道：“欧阳蓁在手术室。”

张鸿涛转身就出了门，正好看见一个穿着手术服的医生走过，一把抓住急切问道：“你知道做手术的学生情况吗？”

这位医生看了满头大汗神情肃然的张鸿涛一眼说：“同志你别急，手术还没完，但都没有生命危险。”

这时走来了一位年轻的女人，她停在张鸿涛面前自我介绍：“我是欧阳蓁班级的辅导员陈萍，听说你在找她，你是？”

“陈老师你好。”张鸿涛伸出手礼貌的和陈萍握了一下，然后继续说，“我叫张鸿涛，是欧阳蓁的男朋友，她现在怎么样了？”

陈萍对欧阳蓁的绯闻帅哥男友也有所耳闻，现在一看果然一表人才，心道还真是人不可貌相，相貌平平的欧阳蓁竟然有这样一位不凡的男友。“你别担心，欧阳蓁没有受伤，她才给手术的同学输完血在休息。你随我来。”

当张鸿涛看见躺在休息室里的欧阳蓁的那一刻，心中的柔情如潮水般猝不及防地一波一波地涌上来，也在那一刻，他真切地意识到那个叫欧阳蓁的书呆妹已深入他的五脏六腑，浸入了他的血液，变为了一种叫做爱的东西。

征得辅导员同意，他在欧阳蓁稍作休息后先带她回校。欧阳蓁本不愿意，无奈献了400cc血后身体虚弱，没力气和他争辩。张鸿涛不顾欧阳蓁的挣扎，弯腰将欧阳蓁横抱着出了急诊室，短短的一条医院走廊，对欧阳蓁来说好像是万里长征，她羞得紧闭双眼，恨不得将自己的脑袋埋到脖子里，张鸿涛顺势还将怀里的人往自己的胸前紧了紧。这个样子在旁人眼里，十足的小女友窝在高大帅气的男朋友怀里撒娇。要不是周围都是老弱病残，要么就是体温太高或体温太低还有惨叫瘆人的，这一幕绝对堪比经典荧幕公主抱般撩人心弦。

回程的时候，雨已经停了，因为是周日的晚上，一路上车并不多，欧阳蓁靠在椅背上闭着眼睛休息，因为头有时会侧着，她将眼镜拿下握在了手里，两个人都没有说话，开出一段后，在一处安静的街道，张鸿涛慢慢地将车停到了路边。

“蓁蓁。”张鸿涛低低的声音在密封的车内听着特别得温柔。这是他第一次这样喊欧阳蓁。

欧阳蓁慢慢睁开眼还没回应，就感觉到一条修长的手臂穿过了她的腰部，然后细密的亲吻自脸颊轻柔地抚过，先是额头，再到鼻尖，再到柔软的唇瓣，欧阳蓁听见张鸿涛的心跳声如鼓擂般怦怦作响，她自己的心也要跳出胸腔了。“蓁蓁，我爱你……”耳边是张鸿涛的温柔絮语，下一秒，一片柔软的舌头肆无忌惮地伸进了她的口腔，然后在她口腔里攻城略地，紧密地与她的舌纠缠在了一起，她一下子犹如电击，连手指都发麻打颤，她的鼻尖都是他的气息，这陌生的味道犹如致命药物，让她天旋地转，身上所有反应神经都瘫痪罢工了，她从来都不知道，原来接吻会给人这样心惊肉跳的濒死感觉。

世界突然万籁俱静，回荡在两人身边的，只有彼此咚咚的心跳。

第十九章：家庭会议

张鸿涛平时自己住在他们家以前的房子，那是他父亲任局长的时候分配的三室户的公寓，房子的结构比较老式，没有厅，厨房也不大，但属于市中心黄金地段。他一个人住后就把一个房间的墙拆了当饭厅兼客厅。因为他妈妈喜欢种花，以前分房子的时候，他们家就选了一楼有个小院子的。他父母现在住在新居，那是他父亲张继科升到市府去后，组织上另外又分给他了的一套房子，是X区新建的楼盘。

周五这天张鸿涛接到他母亲吴瑾瑜夺命连环Call，让他晚上一定回父母那里。张鸿涛妈妈在单位里是妇女主任，在家是没有官方认证却有着最高权力的老佛爷，掌握着家庭其他人员的生杀大权，谁要有丁点儿逆反之心，保准让你的日子从社会主义的小康直接回到吃不饱穿不暖的旧社会。吴瑾瑜女士最厉害的杀手锏是给人精神洗脑，其中最折磨人的是给你单独开党课，吴瑾瑜女士为了将你拉回正确的人生道路，可以从共青团提倡的五讲四美三热爱讲到党中央制定的社会主义核心价值观，再从人民有信仰，国家有力量，民族有希望的精神文明建设延伸到要不断提升青年人思想觉悟、道德水准、文明素养做民族复兴大任的时代新人，几个小时绝对不会重样。张鸿涛二十多年的人生经验告诉他，谁的话都可以不当回事，老妈的话那是绝对一定要当回事的。

此时在门口换鞋的张鸿涛惊讶地发现，很少这时在家的父亲居然坐在沙发边上的椅子上，和坐在沙发上的母亲形成了一个对角，似乎就等他入座马上可以升堂开庭。他眼一抬，看见住家多年的王姨正从厨房伸出头来，很快地朝他用手做了一个抹脖子的动作，这是他们多年来的暗号，表示他有麻烦了。

张鸿涛脑筋一转就明白了，不动声色地喊了一声“爸”，然后一下坐到老妈吴瑾瑜旁边手一伸就搂住了她的肩膀。“哟，吴主任最近又用了什么新化妆品了，这不没几日又年轻了。”吴瑾瑜年轻时是部队文工团的舞蹈演员，五官精致身材高挑，张鸿涛除了眼睛像他父亲，其他都随老妈吴瑾瑜，虽然中年后原本纤细的身材像她喜欢的家乡山东馒头似的发了一倍，但眉眼还是可以看出年轻时一定是个美人。

“你给我老实坐好。”吴瑾瑜伸出食指戳着张鸿涛脑袋，一脸假严肃。她三十岁生了这个儿子，那是宝贝到心里的，儿子也是从小优秀，啥都不用她操心，可现在怎么在婚恋问题上就不让人省心了呢？

“我这不是想您我亲爱的妈妈了嘛！我给老妈捏捏肩。”张鸿涛说着侧过身子就给他妈捏起了肩膀。

要在平时吴瑾瑜最享受儿子的捏肩大法了，那是从肩膀一直暖到心里的，可现在她心里被十万个那是谁充满，不先问清楚了，不要说捏肩，就是一指神功打通任督大脉她也没这个心情。

“你给我老实说，这一个星期，你每天让王妈又是炒猪肝又是炖老母鸡汤，每天再加红枣桂圆汤，还要越补越好，都给谁了？”吴瑾瑜当天偶尔中午回家拿落下的公文才发现王妈正全套坐月子伙食标准忙得不亦乐乎。王妈在东家老佛爷面前哪敢有所隐瞒，一五一十告知这一个星期每天张鸿涛让她帮忙做补品指定是要能补血的，具体是谁她也不知道，因为张鸿涛都是下午自己来取的。吴瑾瑜的想象力当时就在妇委会常发事件的范围内扩展开了，一下子就惊出一身冷汗，头晕眼花中好像看见有个娃娃步子都走不稳摇摇晃晃地从远方向她跑来，一边跑还一边冲她喊“奶奶”，当时就心神恍惚了，赶忙打电话通知老公儿子，晚上务必回家，有十万火急的家庭会议。

张鸿涛一看，不但是平时就一惊一乍的老妈，就是一向不问家务事的老爸张继科都一脸严肃地看着他，知道他们误会了，连忙解释：“事情不是你们想象的那样，这不有人高风亮节给人输血，然后我就古道热肠地给她补血了啊。”

张鸿涛话音刚落，吴瑾瑜紧皱的眉头立马舒展了一半，但马上又问道：“谁这么大面子能让我家儿子这么关心啊？”

张鸿涛本来还没准备告诉父母他和欧阳蓁的事，现在一看这情形，择日不如撞日，还是顺其自然，既然都被问到了，就现在说了吧，其实他也知道，他今天不说，赶明儿他妈一个电话还不是都知道了。“爸，妈，我交了个女朋友，是F大医学院的，她上周给车祸受伤同学献血，我作为男朋友自然得关心一下。”

吴瑾瑜一听就不乐意了，抬起手就朝儿子头上拍去：“什么女朋友，你女朋友不是婷婷吗？我警告你，你可别和外面乱七八糟的女人搞在一起。”

张鸿涛这下急了，抬头朝父亲那里投去救急的一瞥：“老妈你可别瞎说，我和李晓婷从来都是纯洁的发小关系。我对蓁蓁是认真的，她是很好的女孩子。”

“老张，你可别光坐着不吱声，你得管管你儿子，人家婷婷对鸿涛可是一心一意的。”

向来惜字如金的老爸张继科被点名后停了几秒才开了金口：“先听听孩子的吧，鸿涛，你说说那个蓁蓁的情况。”吴瑾瑜心里也是好奇的，自家儿子从小就是被女孩子追着逃的那个，从来也没听他说过对谁认真的话，到底是个怎样的女孩子有这个能耐让自家帅气逼人的儿子这么喜欢，还每天送营养餐？

在张鸿涛被父母会审的时候，欧阳家里也不平静。

二十多年前，还没有微信和智能手机，但很多人已经有可以打电话以及发短信功能的手机了，家用电脑更是在大城市里开始普及，网络上的社交软件已经让世界变得小了起来，无数的人们特别是大学生，都有自己的QQ号码，任何信息的传播速度可以是爆炸式的。有了社交平台，每个人，无论是那时被称为天之骄子的大学生，还是弄堂深处的三姑六婆，都有潜力成为现场直播的好手，相对地，你也可以在瞬间变成公众眼里的新闻焦点。灰姑娘欧阳蓁有个白马王子男朋友的故事，经过欧阳蓁父母在医学院任教的老同学传到他们耳中的时候，已是义诊之后的周四，欧阳妈妈汤思琪和欧阳爸爸欧阳鑫一商量，决定不影响欧阳蓁学习，一切等欧阳蓁周五回家后再说。

欧阳蓁从小就是个听话乖巧的孩子，和爸爸妈妈之间也从来没有秘密。周五晚上吃饭的时候，在被妈妈问起男朋友后，便红着脸从马小妹生日聚会时认识，然后图书馆一起看书，到车祸后确定了关系，还有后来每天的营养餐，一五一十都说了。至于他们恋爱过程解锁到了第几垒，这个欧阳蓁留了小心眼给蒙过去了。

“宝贝，你献血怎么也不告诉爸爸妈妈呢？还有你也喜欢他吗？”欧阳妈妈汤思琪轻轻柔柔地问自己的宝贝女儿。

欧阳蓁红着脸低着眼睛点了点头。

一边的欧阳爸爸看着自己的宝贝女儿为另一个男人那娇羞的神态，心情就像在喝一杯柠檬茶，又酸又甜。想着自己精心呵护的宝贝马上要变成别人的了，顿时对满桌好吃的菜都没了食欲。似乎有东西堵在喉咙口，将原来一肚子的问题全都挡住，唯一能做的只是一个劲地给女儿夹菜。还是欧阳妈妈汤医生处事有条理，喝了口汤对女儿说：“宝贝，你这个周末就在家好好调养，妈妈赞同你为同学献血，但也要照顾好自己的身体。还有啊，妈妈想和那位张鸿涛聊一聊，只是想更多了解一下，你同意吗？”

“好的，妈妈，我问他一下。”欧阳蓁轻轻地答道。

第二天下午，在欧阳妈妈的建议下，张鸿涛按时去了淮海路上的一家咖啡厅见他女朋友的妈妈。

第二十章：分离在即

张鸿涛没想到欧阳蓁的妈妈是汤思琪。他们队里有几次外商投资人来考察时被安排便衣陪同保护时，他曾见过汤思琪，知道她是侨联的主要负责人之一，似乎有很强大的海外关系。张鸿涛从欧阳蓁的穿着上看得出欧阳家经济条件不错，但真没想到她家条件何止不错，和社会大众相比，简直就是富裕阶层。他更没想到汤思琪和他讲话没有一点长辈的架子，更没有丈母娘挑女婿的苛刻，见面一开始就感谢他能抽时间赴约，并请他原谅她作为欧阳蓁妈妈的冒昧。

“小张啊，我不反对你们交往，不过，如果你不介意，我还是想听听你的想法，蓁蓁哪方面吸引你了？”汤思琪在简单的寒暄后，用她惯常对病人讲话的语气温暖却沉着地问道。

张鸿涛在来之前就已经反复想过可能会被问到的问题，也准备好了答案，诸如善良，优秀，有教养之类已经可以脱口而出，再不济加上漂亮来凑。可是对着欧阳蓁妈妈汤思琪那温和却认真的眼神，张鸿涛突然觉得怎么都说不出那教科书般的答案，喝了口咖啡沉吟片刻后坐直身体，很诚恳地回答：“一开始我也不是很确定自己的心的，但和蓁蓁接触一些日子后，我觉得自己每次和蓁蓁在一起的时候，心里会感觉到特别的踏实和满足，我们大多数时间都是一起在图书馆学习，相互都不说什么话，但有她安安静静地坐在旁边，我就感觉可以在那里一直待下去，心里还特快乐。”

汤思琪那天并没有问多少和欧阳蓁有关的问题，倒是很随意地分享了自己职业上的一些经历，也关心地问了些张鸿涛工作上的事。汤思琪聊她刚做医生的时候，因为是女生是被分配到了妇产科，可她家从外祖父母起就是信天主教的，无法违背自己的信仰做计划生育的那些手术，只能仗着年轻装有心理疾病不上手术台，后来兜兜转转好多年，才成了心脏科的医生。

那天回家后，张鸿涛还在想着汤思琪为什么要和他分享欧阳家天主教的信仰，还有汤思琪最后说的那几句话。一是欧阳蓁本科毕业会出国深造，将来很大的可能性是留在美国行医。二是她祝福他们，但她觉得欧阳蓁和他都很年轻，她并不需要他张鸿涛对欧阳蓁一生一世的承诺，但恳请他珍惜和蓁蓁在一起的或长或短时光，无论将来怎样，都要善待蓁蓁，绝不要做伤害她的事。

张鸿涛当时听到说不要他一生一世的承诺的话时，心里有一刻的放松随即便是更多的失落。说实话，在见汤思琪之前，他还真有点担心会被问关于将来的问题，对于二十四岁的他来说，已经不会像懵懵懂懂的少年能轻易地说出一生一世的誓言，虽然他百分百真心实意地喜欢欧阳蓁，但要论及婚姻似乎还是很缥缈的事，可他没想是他的事，但想到人家根本不在乎欧阳蓁的未来里有没有他的份儿，他心里又非常不甘。晚上他翻来覆去思绪有点乱，后半夜的时候终于想明白了，现在他唯一能够肯定的是，他真心真意地对待这份感情，对待蓁蓁，至于以后能延续到多久，他没法去想，也还没准备好去计划。

后来张鸿涛在狱中的时候，很多次都想到与欧阳蓁妈妈的那次见面，感叹生命里有很多定数，早已在他未曾预料的时候就已摆好了局。

恋爱的中的男女总觉得时间过得很快，张鸿涛和欧阳蓁相识在三月，相爱在四月，热恋在五月，一百多天的日子不经意的就过去了。六月的时候，两人都在集中精力备考，一天欧阳蓁告诉她，她在美国的小姨一直在帮她联系医科生的暑期实习，最近终于有了好消息，她将去宾大医学院参加six-week summer fellowship for first-year medical students interested in surgery。系里已经同意让她的考试全部在六月结束，因为实习将在七月一日开始。

望着一脸兴奋激动，毫不畏惧异域人生地不熟还有语言障碍的欧阳蓁，张鸿涛内心五味杂陈，第一次感到了他与这个书呆妹之间的距离，他知道在世俗的眼中，他们之间确实是有距离的，但让他惴惴不安的是，他感觉到的距离是与常人眼中相反方向的距离。

离别的前一天，张鸿涛和欧阳蓁手牵着手走在欧阳家附近幽静的马路上。街上鲜少有公交车的干扰，只有零星三三两两的行人，路边高大的梧桐树对列相间而生，夏季的法国梧桐，枝繁叶茂，浓荫蔽路，顶端墨绿色的叶子隐隐约约地遮盖了沿街那一栋栋欧式风格的房屋，不知已有多少年的常春藤也在一些院墙上枝叶纷披随风而动，远眺近望，画面里都充满了古老欧洲的典雅与浪漫。他们就这样在初夏的微风中沉默地慢慢走着，彼此都因着即将的分别心情压抑，然后在一个街角，欧阳蓁突然抱着他的一条手臂哭了。和欧阳蓁在一起那么久，除了一开始因为他的死缠烂打时他见过欧阳蓁的疏离气愤，张鸿涛从没见欧阳蓁掉过眼泪，甚至连伤心的表情都没有过。这一刻欧阳蓁大滴大滴的泪水，一下子将张鸿涛的心融化了，他一把将欧阳蓁抱住，紧紧地贴在胸口，恨不得将她揉入到自己的身体中。

梧桐树下泪如雨，叶叶声声是别离。他们说好，两个月里他们纸书联系。欧阳蓁一到就会先寄信给他的。

欧阳蓁离开的第二天，张鸿涛晚上回家，竟然在邮箱里看到了意想不到的一封来自欧阳蓁的信，邮戳上的寄信地址是华海市，那一刻他惊喜万分，等不及回屋里拿剪刀开信封，进屋前就用手撕开，差点将信封撕坏了，信封里那张有着少女情怀的粉红色信笺上是欧阳蓁那独特的秀气工整的瘦金体手书：

我一直想要和你一起走上那条美丽的路
有柔风有白云有你在我身旁
倾听我快乐和感激的心
我的要求其实很微小只要有过那样的一个夏日
只要走过那样的一次…… -席慕蓉
Love，蓁

第二天又是一封，这次是英文的：

Youhavebewitchedme，bodyandsoul，andIlove，Ilove，Ilove you.Ineverwishtobepartedfromyoufromthisdayon.–PrideandPrejudice
Love，蓁

第三天中午张鸿涛开着局里的摩托赶回家里，忐忑中在信箱里又看到了欧阳蓁的love letter:

I don’t cry because we’ve been separated by distance， and for a matter of months. Why? Because for as long as we share the same sky and breathe the same air， we’re still together.-Donna Lynn Hope
Love，蓁

......

第八天的时候，张鸿涛收到了从美国宾州寄来的信。

本章幕后小场景：

欧阳蓁：冬梅，这里是七封信，信封背面有1到7的记号，你帮我每天发一封好吗？

沈冬梅：啊哟妈呀，看不出阿拉蓁蓁是个情仙啊，还没分开就开始想念啦。

欧阳蓁红着脸：冬梅……

沈冬梅：寄信当然可以啦，不过，你得先回答我一个问题。欧阳蓁仰头看着高她八厘米的沈冬梅，眼里透着问号。

沈冬梅揪着欧阳蓁脸颊上的原胶蛋白左拉右扯，一脸恶作剧：你老实交代，你们到几垒啦？

欧阳蓁扭扭捏捏片刻，红着脸伸出了两根手指。

沈冬梅眼里闪着八卦的精光，求知若渴地问道：快说快说，和这样的大帅哥亲亲是什么感觉？

欧阳蓁耳朵都红了，结结巴巴：就是，就是……

第二十一章：相思似海深

鸿涛：

我平安到达费城，小姨接我到校园，住宿也安顿好了，我一切都好，就是很想华海，想爸妈妈，想你！

你知道吗，宾大诞生了美国的第一所医学院和第一所商学院(沃顿商学院)，第一所传媒学院以及第一个学生会组织，而宾大医学院还比商学院早二十多年。中国建筑历史宗师梁思成林徽因夫妇就是宾大的校友。我今天去了Van Pelt Library，是宾大（U Penn）校园图书馆里面最大的，藏书达480万本，要是你也在就好了，你一定会和我一样一下子就喜欢上这里的。

我还非常喜欢学校的建筑，老学区的建筑据说是融合了牛剑两所大学的风格，整体呈哥特式风格，基本都是三层小楼。我选的导师是全美心脏科顶尖医生，Dr.Jameson，没想到他看上去就四十岁左右，我跟自己说一定要珍惜这六个星期的实习，努力学习。而我的梦想，就是有朝一日，我也要成为一名像Dr.Jameson那样优秀的心脏科医生。

明天开始我会很忙很忙，但我会在心的一角留一片空间，那里是你的身影，你的微笑，你的声音……

Love 蓁

欧阳蓁的信每天一封，虽寥寥几笔，却言简意赅。写她一开始有点听力障碍，但导师同学都很照顾她，写同学中她年龄最小，但她人小胆大，临床胆子一点不输年长的同学，写美国医院程序的严谨，写她对导师的崇拜，还有每天都有的，信的最后诉说对他的惦念。

张鸿涛从小到大情书收到手软，可还真没有给谁写过情书。为了给欧阳蓁写回信，那段日子恶补情话大全，又是跑图书馆，又是逛书店，肉麻兮兮的小抄占满了书桌，诸如“一个人在静悄悄的漆黑房间里，轻轻地闭着双眼，安静而执着的想念着你”，再如，“想你入骨，连梦中都是你的身影”，还有，“随着天各一方的时间越来越长，我的思念也越来越深”。恶补的结果不尽人意，一堆的小抄先把自己寒碜得毛发直立，一个都没能用上，真是书到用时方恨少啊。在揪掉了999根头发后，他终于决定让所有的小抄都见鬼去，老子想写啥就写啥。

亲爱的蓁蓁：

见字如面，笺短情长。

你离开后的日子里我时时都在想你，你使我第一次懂得了思恋的滋味，你给我的每一封信我都要读好几遍，能认识你，爱上你，我是多么幸运。看到你在宾大一切安好，也已习惯了实习的生活，我很高兴，也为你骄傲，加油，亲爱的！你是那么聪明那么努力，相信在不久的将来，你一定会实现你的梦想的！

我最近也很忙，这周研究生课大考，刑警队下周开始集训然后有重大任务。

.....

You say, “as long as we share the same sky and breathe the same air, we’re still together.”

我要对你说：“此时相望不相闻，愿逐月华流照君。”

蓁蓁，你在美国一定注意身体！

爱你的鸿涛

炎热的七月就在两地书和各自忙碌中过去了，八月的时候，欧阳蓁在信里告诉张鸿涛她六周的实习结束后不能马上回来，她要八月底才会回华海市，到时会给他一个惊喜。张鸿涛虽然心心念念地期盼着八月中旬能见到欧阳蓁，但想着一定是欧阳蓁一家在美国的亲戚挽留，她第一次去也该要多看看美国，多待两周也情有可原。但他的回信里却酸溜溜满腹委屈地写道：

蓁蓁同学，我以引以为豪的人民警察的身份告诉你：全世界最优秀的医学人才不光光都在美国，我们伟大祖国地大人多，只要扎根于社会主义肥沃的土地上，吸取社会主义的奶水，再被社会主义人民警察细心呵护着，你一样可以成长为最优秀的社会主义社会的人民医生。请对资本主义的花花世界保持一百分的警惕，在社会主义的祖国，有世界上最优秀的警察最帅最痴情的男儿等着你，我不要惊喜，只要你快快回来，想到还要多等两个星期才能见到你，我的思念变成了一条充满悲伤的河，不分昼夜，泛滥成灾，将我淹没、吞噬……

欧阳蓁到达华海市是周六傍晚，张鸿涛借了车载了汤思琪、欧阳鑫还有沈冬梅去了机场接机。因为张鸿涛的关系，他们四人直接进入了登机口。两个月没见，每个人要见到自己长久思念的人的心情都是复杂的，有许多不同的情绪杂合在心里激荡回旋，很难用言语来形容。对张鸿涛来说，等待欧阳蓁下飞机的那十多分钟里，有长久不见的紧张、有快要相见的欣喜，也有莫名的丝丝悸动，但每一份情绪里都蕴含着强烈的压在心头的情愫。

当扎着马尾，身着粉色UPENN字样汗衫，穿着牛仔裤的欧阳蓁走出通道的那一瞬，张鸿涛的心突然就跳乱了节拍，他日夜思念的书呆妹，酒瓶底似的眼镜竟然没了。这一刻他的书呆妹正用那亮晶晶的杏眼，朝着他羞怯地微笑着，夏日傍晚金子般的余晖透过机场的玻璃窗洒在欧阳蓁的脸上，更显得她的皮肤白皙又泛着健康的光泽，那还带着婴儿肥的双颊晕红诱人，没有了镜片遮挡的眼睛晶亮纯真透着自己都不知的妩媚，顾盼之际是令人没法忽视的轻灵之气，整个人美得令人窒息，张海涛一下子看呆了。

张鸿涛一直都知道欧阳蓁长得漂亮，但从没见过她竟然这般的美目流盼光彩照人，真是应了一句古诗：巧笑倩兮，美目盼兮。下一瞬欧阳蓁马上投入了汤思琪的怀抱，然后是欧阳鑫，再然后是沈冬梅，可怜的张鸿涛是最后一个给抱的，还是一个礼节性的蜻蜓点水似的拥抱，但抬眸时那一瞬的目光，已足以让他沉沦无法自拔，张鸿涛浑身战栗，整个人都有点傻了，懵懵懂懂地意识到，原来这就是蓁蓁说的惊喜。

那天在将欧阳蓁送回家后，张鸿涛因为局里有任务马上就走了，欧阳蓁在将他送到围墙外时，一直目不转睛地看着他，对她来说，过去两个月里日夜思念的人就在眼前，不管看多久都觉得不够，相见之前总感觉要说的千言万语，这时却无从说起，唯有眼睛里的爱意，源源不断地奔泻而出。张鸿涛整整两个月积压在心里的想念，也在这一刻达到了顶峰，在出了蓁蓁家的院墙后，他一把抓过欧阳蓁，一下将她推到路灯照不到的墙边，低头就吻住了她。

此时天上的月亮，带着祝福，轻洒着素洁如水的银辉，原本镶嵌在天空中的几颗小星星，这时也都羞涩地闭上了眼睛……

第二十二章：月夜如歌

十月的 Bay State，是最适合赏枫的地方。散落在城市各处的哥特式的建筑，为秋日里的红叶添加了许多古典优雅的气质。每当带着海味的秋风吹过，天空中便下起了细碎的红枫雨，满地都是或卷或舒的红叶，色彩绚烂得令人心悸，城市的每一个角落，都充满了独属于金秋的烂漫。

欧阳蓁踏着满地红叶，走在从医院回公寓的路上，一起走着的是坚决要全程陪同的鸿清。不知道是不是怀孕的原因，欧阳蓁最近情绪很容易波动，这一刻她的心情在绚烂秋色的渲染下，欢快无比，上翘的嘴角眉梢似乎在昭告全世界她的喜悦，她才得到了DNA测试结果，再有七个月，她将是一双儿女的妈妈了，用鸿清这臭小子的说法，叫花色品种齐全。

因为是高龄产妇，一周前欧阳蓁去医院做了非侵入性胎儿染色体基因检测（Non-Invasive Fetal Trisomy Test，简称NIPT）。这是最新的产前检查技术，一般在妈妈们怀孕初期（孕8周左右），通过静脉采血的方式就可以进行胎儿性别的检测。这种检测方式是非侵入性的，所以也非常的安全。欧阳蓁的初衷并不是要检测性别，主要是检测胎儿唐氏症、爱德华氏症、巴陶氏症等。目前也只有NIPT检测能通过静脉血样分辨双胞胎的性别。

和欧阳鸿清边走边聊，商量着怎么样把这个消息告诉欧阳爸妈，快做舅舅的二十七岁的鸿清兴奋之情溢于言表，看起来比欧阳蓁还激动。快到欧阳蓁租住的一楼公寓的时候，街角突然走出了一只橘色的大肥猫，步子迈得恍若威风凛凛的将军，看到欧阳蓁和鸿清，便停下脚步，以睥睨天下的眼神看着他们。

欧阳蓁的脸色一下子就变了，直瞪瞪地看着橘猫，恍惚中脱口而出："涛涛……"

一边的鸿清马上扶住欧阳蓁，看着她关切地问道："姐，你怎么啦？"

欧阳蓁意识到了自己的失态，忙解释说："我没事。"一边说一边慢慢走向橘猫，橘猫抬着头，眼神高冷地看着缓缓走过来蹲在它面前的欧阳蓁，丝毫也不怕人。

"涛涛……"欧阳蓁的眼睛已弥漫了一层湿气，哑着嗓子一边轻柔地唤着橘猫，一边小心翼翼地伸出右手温柔地撸着橘猫头顶的毛发和耳朵。

这时鸿清也一起蹲在了欧阳蓁的旁边，很警惕地看着橘猫，担心它会攻击欧阳蓁。

橘猫好奇地看看欧阳蓁，又瞅瞅鸿清，这时欧阳蓁伸出了食指轻轻地按了一下橘猫的一只爪背，见它没反应又再按了一下，橘猫晶亮的眼睛看着欧阳蓁，眯了眯猫眼，接着抬起那个猫爪子稳稳按下欧阳蓁的手指，欧阳蓁用刚被按下的手指再次轻轻地按了一下橘猫的爪背，小家伙马上重复刚才的动作，眯着猫眼抻着猫爪子稳稳又按下欧阳蓁的手指。"涛涛……"欧阳蓁哽咽地唤着橘猫，大滴的泪水从眼眶中滚落。

"Tim，Tim，" 随着声音，公寓区里走出了一个眼神着急学生模样的女孩子，看到橘猫兴奋地跑了过来，一把将橘猫抱在了怀里，然后和欧阳蓁鸿清说了声："Hi"便往公寓里去了，留在身后的是一串人听得懂猫不明白的训责："you，bad boy，why you always run away?"

窝在女孩肩头的橘猫帅气地抬着脑袋，在渐行渐远中一直看着欧阳蓁直到进了公寓的大门。

人的一生，当岁月流转与时光轮回都无迹可寻时，记忆就成了相会的一种形式，刚刚的那一只橘猫，唤起了欧阳蓁记忆深处的沧海桑田，一些好似已经被岁月掩盖了的往事，再次涌上了心头。原来，经过了那么多年，蓦然回首，心还会痛，泪还会流，一度以为已经愈合的伤口，还会再次撕裂。

曾经，她和张鸿涛有一只一模一样的橘猫，他们唤它："涛涛”。

欧阳蓁从美国回来后没多久，有一天傍晚张鸿涛去学校找欧阳蓁，快到寝室楼附近，远远地就见欧阳蓁穿着拖鞋，拿着脸盆磕磕碰碰地追着一辆自行车跑。只见她边追边喊着：“停下，前面骑自行车的，你快停下，你不能抓它，快把它放下。”骑着自行车的是个猥琐的中年男人，见有人追他，车骑得更快了。眼见着距离越拉越开了，欧阳蓁着急之下被自己的拖鞋绊了一下摔倒在了地上，没顾得上手腕膝盖处的疼痛，将脸盆扔地上，爬起来又追了上去。“拦住他，请你们拦住他。”欧阳蓁有点绝望地喊声，只引得路边零零落落的几个学生诧异的眼神，却不见有人出手相助。这时张鸿涛飞也似的跑了过来，一把扶住欧阳蓁，急切地问道：“蓁蓁，发生什么事了？”

“鸿涛，快，快把那个人拦住，他是偷猫贼。”欧阳蓁喘着气指着越来越远的自行车，急得讲话的速度比平时快了一倍。

欧阳蓁的话音一落，张鸿涛立即以100米11.5秒国家二级运动员的速度蹿了出去。

那个偷猫贼是个惯犯，经常出没在校园物色肥壮的猫，偷了后去黑市卖给吃猫肉的人，今天他也是出门没看黄历，运气不佳，刚才他正拿着网兜，悄悄地装被他抓住的大橘猫的时候，被拿着脸盆要去学校澡堂洗澡的欧阳蓁看见了。看着文文弱弱的小女孩竟然不依不饶地从学校的一头追着他到了另一头，此时他边逃边回头看，才看见小女孩摔倒了心里一放松，一眨眼自行车就被人一脚踹倒了，前面车斗里被包着的猫也随即飞了出去。

救猫事件的结尾半是蜜糖半是伤。偷猫贼当场就被人民警察揍成了猪头，并在社会主义公检法的铁拳威胁下信誓旦旦保证以后不再偷猫，再偷一定天诛地灭，家里后代生出来没屁眼。欧阳蓁手腕皮肤擦破，膝盖因为穿着长裤没破皮，留下了一大块乌青。差点儿被人咔嚓了祭五脏庙的胖橘猫幸得侠男义女联手相救保住了一条命，但一条腿在抛物线似的飞出去的时候摔断了。

“蓁蓁，去我家吧，我家有院子，猫可以在院子里活动养伤，而且我那里有急救用品。它的腿需要用夹板绷带固定，你的伤口也要处理一下。”

欧阳蓁都没回寝室换衣服，就这样拿着脸盆穿着拖鞋坐在张鸿涛的摩托车后去了张鸿涛的住处。那个橘猫似乎也知道这两个是它的救命恩人，放它在摩托车前面的车斗里，不逃也不叫，只是一个劲地用它那高冷的眼神看着他们，那样子好似戏本里豪门公子落难时，虽然破衣烂衫，但骨子里的霸气还会不经意地流露出来。

“涛涛”这个名字，就是那天欧阳蓁给橘猫起的，说是代表橘猫感谢张鸿涛的再生之德，还摸着“涛涛”的头让它要世世有赖，不敢弭忘，张鸿涛反对无效，因为欧阳蓁抓着“涛涛”的爪子举起，说三票里两票赞成，要少数服从多数。“涛涛”自此在张鸿涛那里成了家猫，除了偶尔晚上会出去会会“女朋友”，这 “女朋友”据说是张鸿涛用他的侦察技能发现的。每次欧阳蓁去看“涛涛”的时候，最喜欢逗“涛涛”玩的就是按它的爪子，“涛涛”每次都会霸气回按。

“涛涛”在张鸿涛住处落户后没多久的一个周五，张鸿涛和欧阳蓁说好要一起给“涛涛”解除它腿上的夹板。那天欧阳蓁在张海涛住处附近的公交站下车的时候突然下起了大雨，无奈之下只能冒着雨背着书包跑着进了张鸿涛居住的小区，远远看见张鸿涛站在他家门口背对着她正和一个女人讲话，他手里拿着把大伞一大半都撑在那个女人的头上。那是一个高挑的长发美女，做了近视矫正手术后，欧阳蓁视力2.0，一米之内能看清对方脸上的毛孔大小，十米距离不会错过对方脸上的一颗痣。欧阳蓁心里拉着警报在雨中慢慢向他们走去，然后在十米外的一棵树下站定看着他们，长发美女五官明艳，妆容精致，扎着腰带的白色风衣显出盈盈一握的小腰，脚上是一双黑色皮靴，整个人气质清冷。欧阳蓁神情复杂地继续注视没有出声，只见那长发美女似乎瞄了她一眼，然后猛然抱住了张鸿涛，在欧阳蓁反方向的位置亲了张鸿涛的脸颊一下，欧阳蓁看不见张鸿涛的表情，从他背后看，张鸿涛似乎很温柔地拍了拍美女然后扶她站好，欧阳蓁被那温馨的画面刺痛了眼睛，她根本没有办法做到洒脱，一瞬间心里的小宇宙嗖嗖地就爆发了，几步冲到两个“奸人”面前，举起书包就朝张鸿涛砸了过去。“花心大萝卜。”丢下一句话拔腿就跑，心中的悲伤逆流成河。

她哭着跑在雨幕里，大雨浇湿了她的全身，她的视线一片模糊，还没跑出小区就被张鸿涛抓住了：“蓁蓁，这是我姐姐。”张鸿涛的额头被欧阳蓁书包里的硬装书角撞破了，此时雨水合着血水正顺着额头流过眼角。

欧阳蓁的脸憋得红彤彤的，眼里是硬生生忍着的泪水，呆呆地看着张鸿涛好像还没反应过来。

“她是我亲姐姐。”张鸿涛抓着欧阳蓁的一条手臂再次解释。这时始作俑者打着伞步履优雅地走了过来，看着欧阳蓁笑得一脸恶作剧得逞的欢畅：“你是欧阳蓁吧？”然后朝欧阳蓁伸出手来：“我是张鸿嫣，你好。”

十月份的雨，来得快去得也快，没一会儿窗外已是清凉如诗的月华。欧阳蓁换掉了湿透了的衣服，穿着张鸿涛及膝的汗衫给坐着的张鸿涛处理他额头上的伤口。灯光下欧阳蓁的手在张鸿涛的额头上仔细地抹着消毒药膏，屋里安静得只有两个人的呼吸声，吃饱喝足的“涛涛”早已在墙的一角它的小窝里蜷着身子去见周公了，地上是两个人亲密重合的身影，正向着光芒处不断地趋近。张鸿涛的心随着欧阳蓁手指的按压在悸动在激荡，不由自主地伸出手臂搂住了欧阳蓁，嘴唇贴在她细长的脖子边，一点一点地摩擦着，声音低沉而沙哑：“蓁蓁……”

这声音太过蛊惑，欧阳蓁整个人如坠梦境，下一秒张鸿涛结实的胸膛贴了上来，她清晰地感觉到张鸿涛身上的热度和有力的心跳，滚烫又带着魔力，一路蔓延进她心底，使她的身体也燃烧了起来。

远方有火车的声音传来，“呜呜”地鸣响着，合着有情人的爱意和激情，在静谧夜里，听来美妙悦耳。

在那个月色如歌的夜晚，欧阳蓁和张鸿涛都以为他们可以朝夕相望到海枯石烂，可惜如花美眷，终敌不过世事沧桑，多年以后，他不属于她，她也不属于他，只有他们之间共同拥有的，那只叫“涛涛”的橘猫的故事，永远留在了记忆最深的地方。

没多久，张鸿涛的爸爸出事了，欧阳蓁和张鸿涛花一般的爱情，也开始了噩梦般的逆转。

第二十三章：小三璐璐

夏进鹏一直记得欧阳蓁说过的一句话。那时她医院的一个护士老公海归后在国内有了外遇，然后要和原配离婚。原配，也就是那个留守的护士，那段时间身心严重受伤，一直都不能振作。欧阳蓁有感而发：如果那个男人注定是原配的，谁也抢不走，能抢走的，那都是命中不属于自己的，或者是没有价值的，背叛家庭背叛自己当初誓言的人，根本就是没有价值的东西，没什么好留恋的。所以，夏进鹏心有不甘又有点苦涩地想，欧阳蓁在他出轨提出离婚的那一刻起，就已视他为没有价值的东西了，她洒脱地没有说一句挽留的话，第一时间就请了律师，然后告诉他，一切通过律师联系。

欧阳蓁是个温柔的人，夏进鹏一直都知道，可他更确信，温柔并不代表软弱，换句话说，越是温柔的人，决裂起来反而越是彻底。这一刻夏进鹏鼻子上冒烟，急在眼前，他这已经是第五次call欧阳蓁了，前两次还能感觉她掐断电话，后来索性关机。他又试着text message，也是石沉大海，完全是一副与他永从此诀，再无瓜葛的态度。

有人说，世界上男女之间只有两种情感，一种叫相濡以沫，另一种叫相忘于江湖，我们要做的是争取和最爱的人相濡以沫，和次爱的人相忘于江湖。夏进鹏不知道怎么定义他和欧阳蓁的情感，相濡以沫在他和别人有了孩子后已经是不可能了，但想到要与欧阳蓁从此相忘于江湖，他的心里又有些不舍，更不要提他目前的处境，除了欧阳蓁，谁也帮不了他。

星期三，也就是与欧阳蓁的新律师秦玉良面见后的第三天，上次见过的公安局缉毒队的张副队让他去分局签字结案。

“夏先生，上次在你包里搜到的两包粉末，经过鉴定，不是毒品。”张副队在彼此坐定后郑重其事地说道。

夏进鹏松了一口气的同时，又觉得他这一趟跑得多余，既然没事，完全可以电话通知。可张副队接下来的话让他才轻松了的心一下子又跌落了谷底。

张副队看着他一脸凝重地说：“上次是有人举报你，所以我们怀疑那一次的事件不是偶然，你是不是得罪了什么人？而这个人很可能与毒品有牵涉。有可能这次的恶作剧只是对你的威胁或者警告。”

夏进鹏那一刻手脚都发冷了，他从小就是一个智商情商双高的人，性情也称得上沉稳，从记事起他就没有和人交恶过，而且他目前生活工作的环境也并不复杂，怎么会和人命关天的毒品有交集呢？

张副队沉稳的声音打断了夏进鹏的思绪：“夏先生，请你最近注意一下你周围的人，如有可疑情况，请马上和我们联系。”

回家的路上夏进鹏心有余悸，心思百转千回，想来想去，现在他唯一得罪的人就是欧阳蓁，再想到欧阳蓁突然新请的大牌律师秦玉良，和那天秦玉良手中的那些原本都已经删除的微信对话记录，再是沈冬梅夫家官场商场的强大背景，夏进鹏越想越心惊，越想越害怕。沈冬梅曾对他说的那句话：“不用谢我，我是帮蓁蓁不是帮你”反复地在他脑中回放，那种被人卡住死穴似的憋屈和无力感，让他回到家时整个人都忧心忡忡、恍恍惚惚。

“进鹏，你今天怎么早回家啦？”璐璐一边给他倒水一边关心地问道，“今天有封从秦华律师事务所来的信件，说要你赶快联系公证处做房产估价公正，还说要用于离婚财产分割”……

璐璐的话音越来越轻，看着他的眼神充满了不安和疑惑。

夏进鹏拿着水杯的手猛然一抖，想到了周一那个律师秦玉良列出来的一串数据和 bottom line，依照那位律师的算法，他如果要继续住在目前的公寓里，还要倒付欧阳蓁$142万美金，如果他一下子拿不出$142万，那么一旦走法律程序，这个公寓就会被挂牌出售，照目前那个秦玉良手中掌握的材料，如果真的上法庭，他10%的赢面都没有。上次从秦华律师事务所回来后，他原来请的那个傀儡小律师就请辞了，他可以再请律师，但不论从律师本人的执行力、行动力，还是从他和欧阳蓁各自后面的背景看，新的律师也绝没有胜算的可能。夏进鹏心情沉重，强迫自己镇定，拿着信函去了书房并随手关上了书房的门。

门外的璐璐第一次看到这样清冷的夏进鹏，委屈地咬着下嘴唇，有点不知所措。

璐璐全名叫江雪璐，比夏进鹏小了16岁，今年只有24岁。都说小三没有什么道德观，价值观，但这并不能否认璐璐对夏进鹏的真感情。璐璐出生在J省的一个二级城市，家里虽然不是大富大贵但也是小康富足，她爸爸有自己的一个小企业，母亲原来在小学教书，后来在自己家的企业里做会计。她从小学习好，长得也漂亮，一路顺风顺水，也是被富养长大的。璐璐在华海市的大学学生物，这年头大学毕业工作不好找，但她还是靠自己的实力被夏进鹏所在的这个生物制药公司作为实习生录取。夏进鹏长得高大帅气，又文质彬彬，虽然那时也快四十了，但身材结实匀称，还是名校博士美国海归，说实话，他既有成功男士的地位、收入，又有不凡的外貌，相信没有一个待嫁女人会不被吸引。璐璐在见到夏进鹏的第一眼就心动了。

璐璐进公司后被分配到了夏进鹏的工作组，夏进鹏作为项目负责人，自然在工作中会对手下人指点一二，他的专业知识和温和的个性，对璐璐这样的刚出大学的新人，简直就是难以招架的诱惑。随着工作中相处的时间愈长，璐璐对他的好感和喜爱也与日俱增，每每都主动加班想方设法和夏进鹏在一起，一次加班最后只剩他们两个人时，璐璐情不自禁地亲了夏进鹏一下，让璐璐惊喜交集的是，夏进鹏不但没有拒绝，下一刻，不知道是本身也早就喜欢，还是男性荷尔蒙的作用，夏进鹏疯狂地回吻了她。

璐璐没觉得自己有错，她只是在错的时间里遇见了对的人。璐璐虽然知道夏进鹏在美国有太太，夏进鹏也从没有许诺过她婚姻，但即使是小三，昙花一现的爱情也不是她想要的。更何况在相处中他时不时流露出来的无声的温柔，更使她沦陷其中不能自拔。

璐璐觉得夏进鹏也是爱她的，像夏进鹏这样的男人，背叛或坚守不是在与外面的女人较量，而是在与他自己较量，年轻漂亮的女孩能松动他的意志，但最后一道防线谁也攻破不了，是他自己经过一系列的思想斗争后，自己选择放下的。所以璐璐在得知夏进鹏没有孩子的时候，感觉自己成为名正言顺夏太太的机会来了。在璐璐老家，就有亲戚因为没孩子而离婚的。常人都知道孩子是生命的延续，是婚姻的纽带，更何况夏进鹏还是家里的独子，璐璐相信夏进鹏的心里对没能有孩子一定有遗憾，而像夏进鹏那样从小样样出色的天之骄子，是绝不甘心给自己的一辈子留有遗憾的，再浓烈的感情，也敌不过现实的生活和周遭环境的压力，璐璐相信，只要自己有了他们的孩子，她和夏进鹏的关系就能发生根本的改变。

果不其然，在她怀孕后，夏进鹏向他美国的妻子提出了离婚。

虽然只有二十四岁，但璐璐并不单纯，她知道夏进鹏原来的妻子是手术医生，而夏进鹏原来在美国只是一个只有几万块美元收入的博士后，可想而知，他们现在住的公寓，夏进鹏开的车靠的是谁的收入。她也能感觉到夏进鹏似乎在离婚协议中算计他的原配，对这些事情，璐璐一直聪明地保持沉默，潜意识里，她相信夏进鹏一定能搞定他想要的。但从今天的律师函和夏进鹏收到信函时的反应来看，似乎夏进鹏原来的安排出了岔子。璐璐坐在客厅的沙发上，下意识地抚着五个月已经有点突出的肚子，暗暗为自己能否顺利上位担心起来。

第二十四章：遭逢巨变

沈冬梅是在午休的时间在她公司大楼的大堂里见的夏进鹏，这是夏进鹏给沈冬梅留了三个言，再三保证他只需要几分钟后，沈冬梅才让她的特助安排的。

中午的大堂，人来人往却不喧哗，大堂里的几个休息区，三三两两地坐着午休的人们，有独自看书的，有几个围在一起聊天的，也有拿着手机刷屏的。沈冬梅和夏进鹏坐在靠窗的位置，中间隔着一个可以转动的小桌。

“夏进鹏，说吧，有什么事？”沈冬梅开门见山，口气不咸不淡。自从知道夏进鹏出轨还算计欧阳蓁，她对夏进鹏打心眼里鄙视。

夏进鹏从来没有活得这么憋屈过，可人在屋檐下不得不低头，本来他想直接找欧阳蓁协商新的离婚协议的，可欧阳蓁对他如同天涯陌路后会无期，采取不接触不交谈，全方位无视。他现在也不敢耍心眼贪图欧阳蓁在美国的房产和其他资产，更不敢觊觎欧阳家在华海市的老别墅，只想保住目前的公寓。他很清楚，虽然他目前薪水奖金加起来也算高薪，可要在华海市买房，还是要在目前住的L区地段，那还是杯水车薪。更何况他将要有孩子要养，他四十岁，不是二十四岁，在华海市的这几年，看多了有钱能使鬼推磨，无钱半步也难行的社会现状，深谙经济基础决定上层建筑的道理，只要能说服欧阳蓁将房子留给他，他的自尊和面子都可以放下。如果通过律师走法庭这条路，毫无疑问，他目前住的公寓一定保不住。而且，他担心他和欧阳蓁离婚这件事处理不好，他以后会麻烦无穷。这个沈冬梅明显对欧阳蓁有着强烈的护犊子心态，自己明显不是她的对手。

“沈总，我对不起蓁蓁，这辈子都亏欠她。她现在不愿和我有交集我完全理解。”夏进鹏神情真诚，语气沉重。

沈冬梅看着夏进鹏说完，然后抬起手腕，看了一下手腕上的表。再抬头。

夏进鹏心里很感屈辱，暗自告诫自己，小不忍则乱大谋，不动声色一个人继续说下去：“我知道蓁蓁已经再也不会原谅我了，但我希望她能看在我们一起八年的情分上，将我目前住的公寓留给我，我其他什么都不要。你知道，我的孩子还有四个月就要出生了，我目前的收入买房很困难。”

“夏进鹏，”沈冬梅一下子打断了夏进鹏，坐直了身体慢条斯理地开了口，“我知道你的意思了，你的意思是你和别人有了小孩，要蓁蓁帮你一起养？”

夏进鹏赶忙想澄清：“我不是那意思……”

沈冬梅手一抬，眼神犀利，气势十足地打断夏进鹏：“你想用孩子来为自己解脱，那我告诉你，蓁蓁不能和你有小孩，她做的牺牲比你大，毕竟女人的生育年龄期有限。说实话，你这样的，在现在这个花花世界里禁不住诱惑偷吃口嫩的太多了，喜欢年轻喜欢新鲜不怪你，想要自己的孩子也没错，我也没觉得这就能完全衡量一个男人的品行好坏，能衡量一个男人品行的是他做这些事的时候是怎么对待原配的，真正的渣男是自己出轨，还要不择手段地算计自己的原配，转移财产，隐瞒自己的收入，恨不得对自己的老婆赶尽杀绝，榨干对方，说你是渣男里的战斗机都是轻的。”

夏进鹏脸憋得通红，憋屈得手指甲都扎破了手掌，却说不出一句反驳的话。这时沈冬梅站了起来，用鄙夷的眼神俯视着夏进鹏：“不管你是不是录音了，反正我是留了证人了。”说着侧转头指了指隔了五米远的地方坐着的两个人，夏进鹏顺着沈冬梅的手势一看，那边两个人耳朵上戴着耳机，手上拿着手机正看着他，再一看，那两人不就是秦玉良的两个助手吗？

“节约你的时间，我约了秦律师的助手，你可以直接和他们谈。还有，不要再骚扰欧阳蓁了，她现在一门心思在养胎，保持好的心情很重要，毕竟她怀的龙凤胎比你一个要更辛苦。”

左手碰到口袋里开着录音键的手机，夏进鹏对沈冬梅不得不服。原来他是想从沈冬梅那里套一点他被陷害的线索的，结果人家两句话就不想再谈了。想到欧阳蓁有这样的闺蜜，夏进鹏一时心情复杂难辨。本来他还想旁敲侧击地问问欧阳蓁孩子的事，沈冬梅已经推开椅子走了。望着沈冬梅高挑的背影和一路恭谨地向她打招呼的人，夏进鹏沮丧地叹了口气，庆幸自己还好没开口问欧阳蓁孩子的事，否则轻则自讨没趣，重则自取其辱。

沈冬梅回到自己办公室的时候，助理告诉她，永安科技的张总来访，被安排在小会议室里。沈冬梅一听直接就去了小会议室。

理了板寸头的张鸿涛头发已经半白，浅蓝色的衬衫配了条深蓝的领带，坐得背脊挺直，脸上早已不复二十多年前的阳光率真，取而代之的是与年龄不符的冷硬眼神和深邃的法令纹，昭示着这些年他经历的沧海桑田。看到沈冬梅推门进来，张鸿涛站了起来，这些年他对自己苛刻至极，在监狱里也没停止体能训练，出狱后这几年，每天结合跑步加器械，整个人看上去强壮有型，沈冬梅看了眼身材精壮眼神沉稳的张鸿涛，随意地说道：“坐吧。”

“蓁蓁离婚的事秦大状已经接手，你的材料很及时，你辛苦了。下面的事情你就不要再操心了。”沈冬梅以为张鸿涛还在担心欧阳蓁离婚的事。

张鸿涛沉吟半晌，从脚边的计算机包里拿出了一个文件袋，双手递给了沈冬梅：“我今天来是想委托你们公司做我公司转卖的代理，这是永安科技的一些基本资料。”

沈冬梅接过资料袋放在一边，心里一时波澜起伏，忍住鼻端的酸涩问道：“你决定了？”

清代孔尚任的《桃花扇》里有一句台词流传百年，如今依然是网络金句：“眼见他起朱楼，眼见他宴宾客，眼见他楼塌了”，这句话真是说出了沈冬梅原来对张鸿涛的印象。

大二的时候，欧阳蓁和张鸿涛这一对，在沈冬梅的眼里，是神仙眷侣的搭配，俊男美女的组合，那时候校园里几乎没人不知道他们的。张鸿涛对欧阳蓁也确实是好，沈冬梅记忆里就没听欧阳蓁提起过两个人吵架。俗话说天有不测风云，人有旦夕福祸，谁会想到，在二年级快结束的时候，张鸿涛的爸爸张继科出事了。

沈冬梅清楚地记得那天她考完最后一科去了学生会，那时的外联部主任陈浩一见她，就拉她到了一间没人的办公室，一脸凝重地问她："张鸿涛的爸爸，就是你那个欧阳同学的男朋友家出事了，现在还没有见报，你同学现在怎样？"

沈冬梅隐约知道陈浩父亲在北京是个大官，一个圈子里的陈浩和张鸿涛自然也认识，想来这可能还是内部消息，于是怯怯地问了一句："你是说，被，被抓起来了？"陈浩迟疑了一下点了点头。下一秒沈冬梅拔脚就朝欧阳蓁的宿舍跑去。

想想那时欧阳蓁也经历了一夜命运巨变的痛。沈冬梅找到欧阳蓁的时候，欧阳蓁也正着急，本来和张鸿涛每天通电话并说好考完了要一起庆祝的，人却两天没能联系上了，警局的随身听没人接，家里电话也没反应。傍晚时沈冬梅陪着欧阳蓁去了张鸿涛家，大门上是令人心惊肉跳的封条，"涛涛"也不见了踪影。

欧阳蓁在张鸿涛的住处外泪如雨下，沈冬梅抓着欧阳蓁的手不知道怎么安慰。

然后她们又去了张鸿涛的警队门口等，深夜10点，站了半天才好不容易看到了一个熟人从里面走了出来，是马小妹的哥哥，她们才冲他打了个招呼，那个小马就冲他们摇了摇手走开了。

半夜的时候，沈冬梅拉着身心俱惫的欧阳蓁在路边摊上坐下，说："吃点东西吧，晚饭还没吃呢。"

欧阳蓁看着桌上的面条一动不动只是掉泪，沈冬梅拿筷子敲了敲碗，故作镇静地说："这个时候张鸿涛最需要的人是你，你不要自己先倒下了，到时还要张鸿涛照顾你。"

欧阳蓁抬头擦了擦眼泪，拿起筷子撩了面条吃了起来，一边吃一边任眼泪啪嗒啪嗒地落在面碗里。

"冬梅，谢谢你。"欧阳蓁吃了半碗就再也吃不下了，哑着嗓子说。

沈冬梅拉着欧阳蓁的手看着她："蓁蓁，别太担心，会没事的。"

那天沈冬梅和欧阳蓁回到学校已是深夜。第二天还是张鸿涛联系了欧阳蓁，他约欧阳蓁在学校外面的咖啡店见面，他点了一份欧阳蓁喜欢的卡布奇诺和提拉米苏。

张鸿涛看起来很疲惫但语气镇定，他握着欧阳蓁的手说："蓁蓁，我让你担心了，对不起。"

欧阳蓁的眼睛红肿，喉咙堵得说不出话，只是一个劲地摇头，硬塞进嘴里的提拉米苏吃不出任何味道。她不敢问张鸿涛父亲的事，她内心忐忑，生怕一句话会让张鸿涛难受。欧阳蓁想，她现在一定要陪在张鸿涛身边，即使她什么也帮不上，也要让张鸿涛知道，不管发生什么，她一直会和他在一起。

原来以为，即使张鸿涛的爸爸张继科官场失势了，欧阳蓁和张鸿涛患难见真情，还是会在一起的，没料到的是，几天后欧阳蓁得到了更糟的消息。

在和张鸿涛见面后的第三天，张继科的事就见报了，涉嫌违反党纪，贪污公款，已经批准正式逮捕。第四天傍晚，张鸿涛在他父母的住处被穿着制服的警察逮捕，罪名是窝藏贪污巨款和杀人未遂。

欧阳蓁的天塌了。

第二十五章：不负重托

在传统的章回小说里，故事的开头总是这样，适逢其会，猝不及防。故事的结局总是那样，花开两朵，天各一方。说的就是世间很多男女之间的情爱，开始的时候总是很美好，结尾却常常很是凄凉。张鸿涛和欧阳蓁在一个星期里，遭逢突变，原本相爱的有情人，一夕之间，天各一方，再难相见。

欧阳蓁再次见到张鸿涛是在远郊的看守所，看守所里的未决犯是不容许探监的，除了可以见律师，不容许见任何人。审判之前也只能和律师会见，家属朋友均不能探望，幸亏张鸿涛在本地公安这条线上有不少熟人，他们才得以见一面。

根据报纸上的报道，警察在张鸿涛的住处搜查出了张继科受贿的证据，放在卧室床下面的二十万现金。继而张鸿涛打击报复检举人马志人，也就是小马，捅了马志人两刀，造成马志人脾脏肝脏破裂大出血，幸好被路人及时发现，到目前仍旧在医院抢救还没有脱离生命危险。

欧阳蓁在去见张鸿涛的路上就一直在哭，她的眼睛此刻好像一片永远不会枯竭的海，那么多眼泪，多到陪她一起去的沈冬梅在一旁看得心疼不已。

在看守所门口等欧阳蓁的一个小警察说只能进去一个人，沈冬梅二话不说就留在了外面等。欧阳蓁跟在小警察后面七转八绕后进了一个小房间，小警察说了一句“五分钟，抓紧了”，就关上了门。

只见屋里张鸿涛安安静静地坐在墙边的木头板凳上，双手双脚被手铐烤着，原来浓密漆黑的头发不见了，人也瘦了一大圈。乍见被剃了光头、戴着手铐的张鸿涛，欧阳蓁一愣，随即强忍着的泪水不小心渗出了眼眶，她浑身颤抖着扑向张鸿涛，紧紧地抱住了他。“鸿涛……”

被欧阳蓁抱着的张鸿涛内心悲切，强自镇静：“蓁蓁别哭，我没事。”然后将脸埋在欧阳蓁的脖子上，低声又说：“宝贝，不哭，不哭啊……”声音是一如既往的温柔。欧阳蓁感到了脖子上的水滴，心痛到无以复加，张鸿涛怎么会落泪呢？他一向都是个无忧无虑、什么也不怕的人啊。

“肯定不是你，我知道不是你干的。”欧阳蓁绝不相信她爱着的阳光真诚的男孩会杀人。

欧阳蓁的话忽然之间柔软了张鸿涛的心脏，怦怦跳动着的节奏每一次都在提醒着他，欧阳蓁对他真真切切的爱和信任。

这一刻，张鸿涛内心的震动犹如滔天海浪，汹涌激荡。这些日子所有的人都认定了他杀人未遂，只有欧阳蓁相信他是无辜的。这份信任，胜过了她言语里所承载的重量，压在他心上，沉重得几乎令他窒息。他抬头看着欧阳蓁说道：“蓁蓁，我是清白的，但这件事太复杂，你不管发生什么，别忘了自己的理想，好好读书，然后一定要去美国深造。”

张鸿涛话音才落，门一下子被推开：“有人来了，得赶紧离开了。”刚才那个小警察快速说道。

张鸿涛心一惊，然后迅速把头搁在了欧阳蓁的肩上，再抬头看着哭得上气不接下气的欧阳蓁柔声说道：“你快走吧，好好照顾自己。”

生命中的诸多告别，比不辞而别更让人难过的，是平静地说再见，却深知再见遥遥无期。

看着欧阳蓁的身影消失在门外，张鸿涛浑身颤抖得难以平复。他知道，从此以后，他们两个人的命运将被改写，或许几十年，或许一生，他再也不能与心爱的姑娘相见，更不要说一生相拥相守。欧阳蓁，这个他爱到骨子里的女孩，将只能是那个他想见，却见不到；想爱，却不敢爱；想忘，却又不舍得忘的人。一滴泪，从张鸿涛紧闭的眼皮里不小心渗了出来。

如果时光可以回转，张鸿涛想，他一定不会再那么冲动。可现在，错已铸成，他成了那个陷阱里猎人意外的收获，搭上了自己的爱情，也再无法完成父亲的托付。

在他父亲张继科被控制前的几天，很少回家的张鸿涛被他父亲喊了回去。在书房里，一向稳如泰山的张继科破天荒的有点无措和低沉，那天父亲叫着他的乳名谆谆叮嘱：“小涛，你长大了，以后要照顾好你妈妈。”当时的张鸿涛急着要去欧阳蓁学校，就敷衍了一句“知道了，老爸”。

大半夜的时候小马来敲他的门，说是和家里父母吵架要在他这里挤一晚上。他们组里那帮小子本来就经常找各种借口在他的住处打牌喝酒胡闹，小马要住一晚他自然不会介意，看到小马还拉着一个小行李箱，他当时还开玩笑：“你难道要住着不走了？”现在他才突然想起，其实那天小马神色紧张，说话也是支支吾吾，情绪非常反常，可当时他还以为那是因为小马和父母闹别扭心情不好。直到父亲被控制的第二天，反腐办公室的大批警员在他的床下搜出了满满一盒现金的时候，他才反应过来，是自己疏忽引狼入室，心里愤懑难平，怎么也想不到兄弟似的朋友竟然会陷害自己。

可是他真的没有杀小马，他只是一时冲动在小马家附近的路上拦住他质问，气愤之下将小马揍得倒在了地上，小马因为心中有愧并没有还手，那天他离开时小马还好好的啊。这几天在看守所他前前后后仔仔细细地将前因后果都想了个透，想到小马愧疚之下说出的那个人，暗自祈祷险些被杀人灭口的小马能活下来，如果小马不死，愿意做关键证人，那么父亲和他或许还有一线生机，否则，将是万劫不复！

六月底的华海市，正是黄梅雨季，难得露脸的太阳懒洋洋的，和天空中大片大片的云朵捉着迷藏。欧阳蓁和沈冬梅坐在公交车上，车窗外的光线照在她们脸上，一会儿亮一会儿暗。欧阳蓁镇定得可怕，僵直地坐着一言不发，脑海里张鸿涛最后在她耳边轻声说的那句话一直在回旋：“拜托了。”一路上，两个拳头放在自己的腿上攥得紧紧的，一秒都没松开。和欧阳蓁坐一起的沈冬梅眼睛一眨不眨地看着欧阳蓁，关切的眼神里是满满的担忧。

没有什么人能一路单纯到底，欧阳蓁小的时候虽然因为身份不好会被其他小孩嘲笑，但从未体会过何为至悲，长大后的她，在学习上的失败与挫折更是经历得太少太少。父母将她养育得很好，她基本是在蜜罐子里长大的孩子，生活平静安稳，除了那时候被张鸿涛死缠烂打，少年不知愁滋味般地委屈过一阵，人生中真正的大起大落一点也没尝过。可是这一刻起，她的人生充满了悲欢离合，她也不再是原来那个无忧无虑的欧阳蓁了。

到了学校后，欧阳蓁说要先上厕所。这时大部分学生已经离校回家度暑假了，校园里的厕所也是空的。欧阳蓁在跨进厕所后，警惕地扫了一下整个厕所，见没人后，拉着沈冬梅进了同一个小间。沈冬梅正一头雾水，只见欧阳蓁锁上门，然后摊开了左手掌，里面是一张皱巴巴的小纸片。两个人站在马桶边上头凑在一起低头看，纸片上是一个地址，还有日期和时间，地点就在离他们学校不远的一个城郊宾馆，日期是第二天下午两点。

欧阳蓁和沈冬梅都很紧张，心咚咚地打大鼓似的，欧阳蓁拿着纸片的手也微微地颤抖着，两个人你看我我看你，都是一脸的疑惑。然后沈冬梅开口了，她凑近欧阳蓁的耳朵，压低声音问道：“你会去吗？”欧阳蓁红肿的眼睛眼神坚定地点了点头。“我和你一起去。”沈冬梅毫不犹豫地说道。

有些记忆是怎么都不会忘记的，沈冬梅清楚地记得第二天两个人视死如归似的心情。第二天她们早早离开学校特意先去了附近的商场，学着电影里的情节一会儿分开，一会儿前后，反复观察是不是有人跟踪，到了宾馆附近也没有马上进去，沈冬梅拉着欧阳蓁站在近处的一条马路边沉默地看着四周。

就像有人是天生的音乐家、文学家、数学家一样，也有人是天生的领导者，沈冬梅从小就有领导风范，遇事不慌乱，沉着冷静，应急能力很强。这时她看着蓁蓁说：“你等在这里，我进去，十分钟后我不出来你就报警。”

“不行，本来就是我的事，我进去，你等在这里。”欧阳蓁非常坚持。

沈冬梅拉住欧阳蓁的手臂看着欧阳蓁冷静地说：“现在最重

要的是，万一有什么事，绝不能牵扯进张鸿涛或者他爸爸，你和张鸿涛的关系大家都知道，所以只有我去。”没等欧阳蓁拒绝，接着说道：“你不要担心，我跑步最擅长，即使逃也比你快很多。”“还有，如果等会我被人追着出来，我朝右跑，你慢慢往左走，不要回头看，知道吗？”

说完拉起欧阳蓁的手，两个人的手都冰凉冰凉微微颤抖着，沈冬梅敲了敲欧阳蓁手腕上的手表：“看好了啊。”然后穿过马路就进了宾馆。

沈冬梅说的不能牵扯进张鸿涛那部分说服了欧阳蓁，但看着沈冬梅走出了自己的视野，进了宾馆，欧阳蓁还是紧张得心头七上八下，胸口的心越跳越快，仿佛要飞起来一样在胸膛里乱撞，堵得她呼吸都觉得困难。她眼睛紧盯着马路斜对面的宾馆大门一眨不眨，间隔看一下手表，马上又抬眼看着对面，生怕漏掉什么。时间一分一秒地过去，宾馆里的客人不多，几分钟里只有稀稀拉拉的几个人进出，欧阳蓁的心随着时间越来越接近十分钟也越来越往下沉，快到十分钟的时候，欧阳蓁正挣扎着是马上报警还是先冲进宾馆，就见沈冬梅沉稳地从宾馆大门走了出来，但不是一个人，她的手上，抱着一个看上去一岁多的小孩。

欧阳蓁疑惑不安地看着沈冬梅一步一步穿过马路朝她走来，快到她面前时，抱着的小孩猛然朝她转过了脸，欧阳蓁看着那孩子一下子吃惊地张大了嘴巴。

第二十六章：意外不断

人生总会在你意想不到的时候拐个弯，在你没有丝毫准备时，把你带上也许你这辈子都想象不到的道路上。欧阳蓁前一晚想过很多种张鸿涛说的“拜托了”所蕴含的意思，今天来的时候、等的时候心理上也有壮士断腕的决心，可那么多自己准备要鼓起勇气面对的事件中，没有一件是和一个小娃娃有关联的。

沈冬梅从宾馆里出来时抱着的小孩，长得粉雕玉琢，长长的眼帘两边有点上翘，活脱脱的一双再熟悉不过的桃花眼，欧阳蓁惊得张大了嘴巴，眼眶一下子红了：“鸿涛的……”

沈冬梅抬起一个手掌拍了一下矮她八厘米的欧阳蓁说：“不是你想的那样，快走，我们边走边说。”

在两个人离去的背影后面，对面宾馆里二楼的一扇沿街窗户，严实的窗帘被掀开了一角，隐约可见一个年轻的女人泪流满面，正紧紧地盯着他们的背影，在她的后面，有两个老人似乎在说着什么……

欧阳蓁一直侧着脸看着冬梅怀里的那个浓缩版张鸿涛，等着沈冬梅解释。

“阿姨买糖糖。”小奶娃奶声奶气地朝着沈冬梅说道。

沈冬梅朝着小奶娃的脸上亲了一下说道：“要叫姐姐，我们现在就去买糖糖，宝宝告诉姐姐，你叫什么名字啊？”

小奶娃看看沈冬梅，又看看欧阳蓁，那双桃花眼闪了两闪，脆脆地说道：“妈妈说不能说。”

沈冬梅又亲了一下怀里的小奶娃，故意压低声音：“姐姐猜猜啊，你叫张鸿清对不对？”

小奶娃睁着漂亮的眼睛，迟疑了一下点了点头。

“蓁蓁，我告诉你啊，那个女的我见过……”

一个小时后，三个人已经在火车站的候车室里了，小奶娃在欧阳蓁的怀里睡着了，眼睛里还挂着刚才要找妈妈时的泪水。又过了半个小时，欧阳蓁的妈妈汤思琪和沈冬梅的妈妈一前一后一脸着急地来了。

欧阳蓁的妈妈汤思琪最近心情也很压抑，自己女儿喜欢的男孩子，倏然间家庭蒙难，父亲儿子前后入狱，官场的事情她根本插不上手，只能琢磨着怎么安慰自己的女儿蓁蓁。在一个小时前收到欧阳蓁的电话时，她着实吃了一大惊，短短的几分钟，心思就绕着太平洋转了一圈，虽然不齿张继科的行为，可孩子是无辜的，既然女儿牵扯进去了，于情于理，与自己的良心都不能不管，当欧阳蓁提到沈冬梅和自己在一起时汤思琪就有了主意，现在看到她想到的沈妈妈也来了后，沉甸甸的心情舒缓了一点。她拉着沈妈妈的手说："沈妈妈，这孩子现在留在这里会有麻烦，你乡下有没有亲戚可以先照顾一下，等事情过去后再接回来，到时我会想办法。"沉吟片刻后又说："费用方面你不要担心，但他的身份绝不能让人知道，否则冬梅和蓁蓁都会有麻烦。"

沈妈妈其实心里是有点怕的，但看到对她家有恩的汤思琪和自己女儿沈冬梅期待的目光，一下子热血上涌，想了一下说道："我带去我乡下姐家吧，他们村里现在基本都是老人和孩子，我就说是冬梅爸爸那边侄儿的孩子让我照看一阵，小住一段时间应该不会有事。"

四个月后，张继科贪污受贿案开庭，因为赃款追回了一部分，被判了十五年，随后张鸿涛杀人未遂也结案，判了二十年。

这一年多时间，欧阳蓁的人生中意外一个接着一个，都是在她好无防备时突然闯入，有惊喜有惊吓，有旖旎愉悦的，有痛彻心扉的，可生活是公平的，它会在你绝望消沉时，给你一个怦然心动的意外。

半年后，欧阳家收养了一个孤儿，浑身黑不溜秋有着一双漂亮的桃花眼的皮娃，户口本上的名字是欧阳鸿清，这个小了欧阳蓁18岁的弟弟，给欧阳家带来了久违的童趣和生气，让原本因为张家父子的变故而沉闷的家里，有了笑声和活力。

欧阳蓁在张鸿涛出狱前最后一次也是唯一一次见到他是在审判那天。十一月的华海市，黄色的梧桐叶满地，秋风里已有寒意，心神俱裂的欧阳蓁被沈冬梅拉着进了法庭。受害人马志人虽然经过抢救活了下来，但并没有出庭做证，戴着手铐脚镣的张鸿涛走出来时步子有点蹒跚，整个人瘦得颧骨凸出，眼睛显得特别大，他在被告位置站定后面无表情地看了一眼坐在第一排的妈妈和姐姐，然后目光就扫到了最后一排单独坐着的沈冬梅和欧阳蓁，沈冬梅早有准备，赶紧用右手迅速地做了一个OK的手势，随后张海涛的目光在欧阳蓁的脸上停留了数秒，欧阳蓁颤抖着嘴唇，红肿的眼睛悲伤地看着他，张鸿涛缓缓移开了眼神，只是戴着手铐的手紧紧地握成了拳头。

世界上最残忍的事，不是没遇到爱的人，而是遇到却不能相守；世界上最伤心的事，不是你爱的人不爱你，而是明知道她爱你到骨髓，却还要把她推开。二十五岁那年，张鸿涛经历了他人生中最残忍和最伤心的事。在张鸿涛服刑后的一个月，欧阳蓁收到了张鸿涛的信，寥寥几笔，大意就是从此一别两宽，让欧阳蓁忘记他。欧阳蓁写给他的信也全部被原封不动地退了回来。

九月回学校后，张家父子的事情在校园里传得纷纷扬扬，就是平时并不关心政治的女学生们也格外关心法律对他们的最终判决，那天她走进宿舍，几个室友正在讨论这事，其中有个愤愤道："对这样的贪官，判他一万年都不为过。"见她进来，有人咳嗽一声，然后大家诡异地全部噤声各回各位，低头若无其事地做起了自己的事。

欧阳蓁曾经在学校有多被人羡慕，如今就有多少人等着看她的笑话。这个世界向来如此，多的是锦上添花，或是，落井下石。

原来跟张继科交好的官场中人，纷纷和他家划清界限，只想着自保，没人为张继科说话。他们家在X区的房子没多久就被收回，张鸿涛的母亲吴瑾瑜遭逢丈夫儿子入狱的双重打击，提前退休搬回了原来的住处。原来张继科的副手，也就是李晓婷、李保强的父亲李子昂被提拔，升到了原来张继科的职位。

欧阳蓁向来都是个习惯守着自己一方小天地害怕有存在感的人，在张鸿涛出事后，却拒绝了她妈妈让她搬回去住的建议，虽然众人异样的眼光常常让她白天心慌深夜无眠，但她仍然木偶般地留在学校，默默地舔舐心头的伤痛，因为校园里有太多的地方和场景，留下了让她感到幸福的回忆。

这里曾经有个男孩，高大英俊，阳光真诚，坐在她的旁边，一双好看的眼睛看着她，后来所有的一切都源于那个时刻吧？图书馆、医学院，甚至食堂和小卖部，都留下了他们牵手走过的脚印，能够跟这样一个男子相爱，是多么的美好，张鸿涛让她忘记他，怎么可能？她想她这辈子都只会爱张鸿涛一个人，他的出现带给了她二十岁青春生命里最快乐的一段时光。现在的她该做的，是为了他们的将来付出所有的努力，她要成为一个出色的医生，等他出狱，治愈他身体和心灵上的伤。

村上春树有一句话形容那个时候的欧阳蓁再确切不过："孤独一人也没关系，只要能发自内心地爱着一个人，人生就会有救，哪怕不能和他生活在一起。"欧阳蓁一向是个安静喜欢独处的人，在学校被无形隔离被看作异类没有打倒她。开学一阵后，她开始习惯了一个人和被人指指点点的日子，让她焦灼不安的是张鸿涛退回她的信，完全不和她联系，她担心张鸿涛，渴望知道张鸿涛在狱中的情况。所以当她接到自称是张鸿涛同学又是后来同一警局同事的李保强的电话，被告知有张鸿涛的消息要告诉她时，她没做二想，踩着时间就去了约好的一家咖啡厅。

人生的路上有时候是两难选择，一边是地狱，一边是炼狱，无论你选哪一个，都让你痛不欲生。欧阳蓁每当想起那个晚上，胸口总似乎有一团巨大的气压压得她无法呼吸，后面的十多年里，她经常是整晚整晚地做噩梦，梦里的场景里有香烟的烟雾，朦朦胧胧里欧阳蓁一眼就看到了赤裸着身体的张鸿涛，两条手臂被两个人分别压在一边，脸上愤恨屈辱还有痛楚……梦境与现实交叠，如地狱般残忍。

那个人拿着照片推到欧阳蓁前面，痞气的眼神猥琐地从欧阳蓁的脸上移到她的胸前，阴阳怪气地说道："呵呵，怪不得张鸿涛不要我妹，确实有料。”然后身体前倾恶心地将脸在桌面上移到离欧阳蓁一寸的距离：“只要你愿意跟我，我保证你的老相好在狱中平平安安，否则，照片里这样的，还是小意思。”说完痞痞地笑着一把抓住欧阳蓁的手，欧阳蓁用力抽回自己被抓着的手，站起来拿起桌上的咖啡就朝那个人脸上泼去。那个人一脸狰狞，起身朝着欧阳蓁就是一巴掌，然后拽着欧阳蓁就往外拖，欧阳蓁拼命挣扎，内心绝望……

咖啡厅里的其他人都以为是情侣间吵架，没有一个人站出来阻止。

被噩梦吓醒后对着一室黑暗，欧阳蓁还是止不住浑身颤抖，心一阵阵地绞痛，汗水浸透了睡衣，泪水爬满了脸颊。

第二十七章：妒能害贤

当一个人义无反顾豁出一切保护一样东西的时候，能爆发出以往无法想象的能量。

外联部长陈浩今天意外地见识到了他眼中一向纤弱苗条淑女风范的沈冬梅的巾帼风采，叫他大开眼界，惊叹不已。下午他带着他们外联部的好苗子沈冬梅去拜访一家企业的董事长，言传身教如何做到放开内心，丢脸但不丢尊严、讨好但不谄媚的化缘大法，如何说服对方给钱不是赞助是企业学校双赢的理念。

五点半的时候，他们拜访结束出了市中心商业街的金融大楼，走在街上一边讨论晚饭吃什么一边搜寻着两边路旁的饭馆。突然间沈冬梅停住了脚步，伸着脑袋眼神集中地看着马路对面，下一秒，就见一米七的沈冬梅长腿噌地越过他飞速穿过马路进了对面路边的咖啡馆，等他疑惑片刻后追进去时，就看见纤弱苗条的沈冬梅骑在一个男人身上，正用装着学校宣传材料的袋子一下一下地猛砸那个男人的脑袋，动作那叫一个猛，那个悍，神态那叫一个戾，那个狠，一边砸还一边骂："你敢打她，看我不废了你！"看得陈浩愣得一时都回不过神来。

李保强这人一眼看挺招人的，178的个子，五官也算周正，经过四年公安大学的训练，体形壮硕，整个人挺有精神气。可你要和他近距离接触后，就会发现这人眼神有点邪，人说相由心生，一个人的品行最能通过眼睛看出来。李保强的眼睛白眼仁多于黑眼仁，就是我们俗称的四白眼，即是古人畏之若虎的眼睛。这样的面相属于恶毒型，大多内心残忍而刻薄，没有怜悯他人的心。而且这种恶毒是因为恶的本意，就是行恶时的动机是故意的而不是无意的。

李保强从小就和张鸿涛不对盘，主要原因就是羡慕嫉妒。两个人从小在一个大院里长大，小时候身边的大人总是鸿涛长鸿涛短，鸿涛学习好，鸿涛长得好，明明他各方面也很出色的；长大了听到的也只有鸿涛有出息，鸿涛前途无量，明明他和张鸿涛考进了同一所大学。从小李保强就不喜欢张鸿涛，偏偏连自己的父亲都一直要自己多向张鸿涛学习，总是觉得自己各方面都不如张鸿涛。

大学时自己看上的女孩子，喜欢的却是张鸿涛，可张鸿涛偏偏还看不上，为这事他心里一直都觉得憋屈。有一次在学校踢球的时候他和张鸿涛起了争执，心火上涌和张鸿涛打了一架，他一辈子都忘不了，当时张鸿涛一只脚踩在他背上的屈辱，那一句“你再练几年都不是我的对手”，让他心里积攒了十多年的羡慕嫉妒变成了恨。还有自己的妹妹，一心一意地喜欢着张鸿涛这么些年，张鸿涛却不知珍惜，弃如敝屣。

毕业后他们在同一个系统工作，张鸿涛在局里俨然是个红人，处处压他一头，他嫉妒不平，常常恨恨地想，张鸿涛天之骄子的背后，还不是因为张鸿涛的父亲比自己的父亲官高一级吗？李保强的嫉恨随着时日在心里生了根发成芽，并以惊人的速度嗖嗖地长成了参天大树，只有将张鸿涛置之死地才能解了他心头的不平和嫉恨。

他明的斗不过就来阴的，得知张鸿涛小组里的小马喜欢打麻将，他就投其所好，和几个兄弟串通好了先让小马赢，赢了后就是无止境地输，一开始大方地借小马钱说是用来翻本，越借越多后还不是任他摆布？没想到他布的局还真派上了大用处，一次在父亲的书房意外看到内部调查张鸿涛父亲的材料后，他在心里悄悄地有了恶毒的计划，他要利用张继科犯法的机会，用最快最有效的方法挪去张洪涛这块一直阻碍他的绊脚石。

那时他告诉小马那个包里只是一些色情杂志，请小马帮忙放到张鸿涛的住处，原因是因为张鸿涛抛弃了他妹妹，他要张鸿涛出出丑。只要小马肯帮忙，小马欠他的钱一笔勾销。俗话说有钱能使鬼推磨，尽管小马一开始犹豫不决，但终敌不过免去相当于两年薪水债务的诱惑，在张鸿涛毫无戒备的情况下顺利地将那个包裹放在了张鸿涛的床下。

李保强一开始只想能在张鸿涛的父亲倒台后，张鸿涛也因窝藏赃物在司法这条线上混不下去，计划里并没有要牵扯进人命。可在反贪办公室搜查获得“赃款”后，他突然意识到，小马可能成为后患，他开始害怕因为自己的疏忽而可能带来的严重后果。也是张鸿涛命里有劫，谁让他正好看到小马被张鸿涛打得倒在地上呢！谁让那么多人看见张鸿涛和小马在争执呢！张鸿涛被捕后，一开始死不承认杀了人，但失去了张继科这棵大树，他有的是办法让张洪涛认罪。至于小马，算他命大，他一个毫无背景的小警察，谅他也不敢鸡蛋碰石头，压上全家，特别是马小妹的未来说出实情。

张鸿涛被判刑后，李保强着实心花怒放了一阵子，可李保强心里的恨由来已久，这些年一直找不到机会发泄，如今机会就在他面前，他怎么会轻易放过呢？他不但要通过关系让张鸿涛在狱中的日子不好过，还要利用张鸿涛在意的人在精神上折磨他，让他生不如死。

今天他原本只是想把欧阳蓁骗出来，让他的小兄弟拍几张照片，然后拿去恶心恶心张鸿涛的，可看见漂亮的欧阳蓁后，心中的欲念让他改变了主意，没想到看着柔柔弱弱的欧阳蓁性子刚烈，不但不从还泼了他一身咖啡。仗着父亲的权势，他在女人上向来要风得风要雨得雨，哪里忍得下这口气，甩了欧阳蓁一巴掌后正要施强，就被门外冲进来的一个疯女人猛地撞倒在了地上，猝不及防，脸上被猛抽了几下，那个抽他脸的小包倒是不重也不硬，最要命的是那个一脸凶悍的女人一个膝盖死死压着他的老二，痛得他气息都乱了。

沈冬梅能把李保强一下子撞倒，完全是胜在出其不意，否则不要说受过职业训练的李保强，就是一般的男人，武力上沈冬梅也绝对是处于下风的。挨了几下后李保强就反应了过来，挥手一拳就将沈冬梅打倒在了地上，然后一个鲤鱼打挺站直，朝着正被欧阳蓁拉起来的沈冬梅伸出了拳头。

“保强！”随着沉稳却有气势的声音，一条隔空伸过来的手臂，把李保强的手腕紧紧拽住了。李保强四白眼里怒火熊熊，脸上表情狠虐，转头朝着管闲事的就爆粗口“谁他妈的……”，等看清边上的人的脸后，神色急变。“陈少？”口气里是硬生生挤出来的谄媚和无法掩饰的慌张。这时一边桌上有两个男的起身站到了李保强的身边，虎视眈眈地看着陈浩。

陈浩一脸波澜不惊，温和地说道：“他们俩都是我同学，保强，你能不能看在我的面子上不和她们计较？”

李保强内心打鼓，尴尬地努力使自己挤出一个笑容：“陈少误会了，我这不是和她们闹着玩吗？”说完悄悄地踢了边上小兄弟一脚。那两人急忙退出了咖啡馆。

“那个谁，刚才玩笑开得有点过，这里对不起了。”李保强一边说一边想去拍欧阳蓁，欧阳蓁厌恶地躲开了。

陈浩连忙上前解围道：“那我先和她们回学校了，以后有时间约了吃饭。”

李保强看着他们的背影，心中暗自惊魂不定，大骂晦气，今天居然碰到纪委陈家的儿子，还给陈浩看到了刚才的一幕。

第二十八章：入狱服刑

张鸿涛杀人未遂案结案被判二十年，宣判后的第二天，与另外七个新犯人一起被押解至安省第一监狱服刑。

安省第一监狱位于荒凉的郊县，监狱门外是一望无际的荒地，少有人家。监狱的围墙由坚硬的石头垒成，墙上遍布绕着带刺铁丝的电网，沿着监狱围墙，每隔一段距离，就有一座高高的岗楼，岗楼的顶端是站得笔直的武警，他们手上锃亮的枪支在阳光下闪着森严的寒光。入狱的那一天天气晴朗，可围墙内确如北极般的死寂寒冷。

张鸿涛对这个地方并不陌生，工作的这几年里，他曾好几次押送犯人到这里服刑。坐在没有窗户的封闭囚车里，张鸿涛凭感觉就知道囚车先是穿过几幢关押轻刑犯的建筑区，又依次驶过囚犯劳动的工厂，工厂的前方，就是他将要被关押重监区，凡是刑期高于十五年的犯人，都关押在这栋楼里。这栋楼最大的特点是窗户很少，即使是仅有的那几扇窗，也小得可怜，而且窗棂间布满焊死的铁栅栏。

两条手臂在审讯期间被拉伤了筋骨，张鸿涛抬手都发颤，走路也不是很利索，但他神色镇定，紧抿着的嘴唇看不出喜怒。在监狱长一通要感谢政府提供你们迷途知返重新做人的机会的训诫后，新犯人被送入各自的囚室。

囚室里有四个床位，进门的左手边是厕所，开着的门里散出阵阵的骚臭味，靠厕所最近的那个下铺空着，其他位置都已有人。张鸿涛扫了一眼小小的房间，坐在了那个空位上。

“谁让你坐的？”这时一个看着很年轻满脸痞气的人，斜睨着眼看着张鸿涛恶作剧般笑着说道。

看了说话的年轻人一眼，张鸿涛站起来平静地说：“有何吩咐？”

“让你站就站，啰唆什么？”那年轻人一边说一边朝着张鸿涛一脚踢过来，一步距离的对面床上的一个人此时正幸灾乐祸、虎视眈眈地看着张鸿涛，张鸿涛在狭小的空间迅速地抬腿整个人缩进了床上，那个年轻人一脚没踢到张鸿涛却重重地踢在了床沿上，脚上一阵剧痛后恼羞成怒，朝着张鸿涛扑了上来，这时又有五个人下床一拥而上围在了张鸿涛的床前。

“都给我住手。”这时一个阴恻恻的声音在里面床位的下铺响起。

“龙哥，这家伙是个磕板儿，我们替你给顺一顺。”最初那个年轻的一脸献媚地说道。

这时龙哥在几个平方的囚室里踱着许文强似的步子三步站到了围成一团的几个人面前。

“张警官，没想到我们竟然成了室友。”龙哥慢条斯理地对张鸿涛说道，神色语气是止不住的讽刺和得意。接着对着其中一个脸上有疤一脸凶悍的人说道：“你，去挡着。”

那个脸上有疤的个子很高，下一秒马上站到了房间边上的一个位置，他的身体正好挡住监控镜头。

张鸿涛看见这个“龙哥”就知道自己被特殊安排了。“龙哥”全名宋龙，中等身材，看着很壮硕，眼睛不大，目光狡黠凶悍。三年前张鸿涛刚毕业的时候参加了一起特大抢劫案的抓捕审讯行动，宋龙就是主犯之一，抢劫案中另一个抢劫犯田洪亮在抓捕中试图用凶器袭警被击毙。宋龙当时被判了二十年后到安省服刑，张鸿涛就是随车的押解警员之一。

“啪”的一下，张鸿涛还没回过神就被一件衣服似的东西盖住了脑袋，然后就是一个轻微的声音在他耳边：“忍一下，别反抗。”

监狱是藏污纳垢的地方，它和外面的世界不一样，犯人之间哪里有公平道理可讲，这里就是一个弱肉强食的社会，有它自身的运行规则。监狱里犯人之间斗的就是一个狠字，一个号子里最狠的那个就是无形的牢头，其他人对他唯命是从，每次号子里有新人进来，都会被牢头授意“走板儿”，打一顿立规矩。狱警对这事都是睁一眼闭一眼，只要不闹出人命，而牢头能压住自己号子里的犯人不互相闹事，从另一个角度来说，也变相的帮助了狱警有效的管理和控制整个监狱。

“躲猫猫”是监狱里犯人们整人、打人的黑话，简单说就是把被打的人的头蒙起来，其他人对其拳打脚踢。一个人被蒙住了头，在很小的空间，又有几个人围攻，你就是有再好的功夫也没法施展。张鸿涛事先也有被整的准备，但囚室里这样欺负新人的行为一般都是发生在晚上明灯改成暗灯以后，或者在厕所里以避开监控摄像头。他没想到他被安排进了宋龙的囚室，刚进来就被走板儿。看来宋龙因为以前被他抓捕过，现在迫不及待地要向他显示自己的牢头权威。

张鸿涛身上有伤，两条手臂无法正常活动，脸又突如其来地被蒙住，一瞬间身上头上雷阵雨一样的拳头砸了下来，整个人还被从床上拖到了地上，他感到几双脚都在踹他，出于自卫的本能，张鸿涛蜷起了身体，双手护住头部，这时只听到宋龙恶狠狠地骂道：“死条子，看你还神气。”然后张鸿涛的腰眼上被死命地踹了一脚，这一脚用足了力气，张鸿涛一下子眼冒金星，腰部旧伤加新伤，痛彻心扉，脑袋却异常清醒。

“固陵湖！”张鸿涛聚气丹田，忍着剧痛用力喊出了三个字。张鸿涛本能地感到，宋龙今天对他绝不是一般的给新人立规矩，揍他一顿以示权威，宋龙是要在他身上找回以前束手就擒的场子。今天他要是镇不住，轻则被打成重伤，重则以后在这群人里再也抬不起头来。即使以后他伤好了，单挑独斗他不怕，但每天面对这群穷凶极恶的小团体，也总有疏忽的时候，很明显，这里的狱警也有人被打了招呼，有人就想让他生不如死。

宋龙在听到这三个字的那一刻，整个人一下子愣住了，脸上的肌肉就像被电棍击中一样剧烈地抽搐着，凶狠的骂声像突然关闸似的戛然而止，原本踩在张鸿涛身上的脚也忘记了施力，心慌得浑身无力。

“龙哥……”边上的几个人诧异地看着宋龙，一时都停下了手脚。

监狱里的犯人最大的期望就是减刑，试想谁不向往自由的生活，所以狱方管理犯人最重要的手段就是减刑的诱惑。每个犯人都有一个积分表，只要你平时积极完成劳动任务，不惹事，就能加分，加到一定程度就能获得减刑的机会。相对而言，对于一些惯犯来说，他们最怕自己犯下的那些没有被侦破的案子被发现，如果是命案，那可不仅仅是加刑，完全有可能直接改判死刑。

张鸿涛在任刑警队长的时候，最大的兴趣是阅读案例，特别是那些疑难悬案，他花了大量的时间分门别类地分析重大案件和重刑犯人，有几个案子他已经有了破案的头绪，要不是他的人生突然遭遇从警察到犯人的戏剧性突变，现在他可能正因为破案而立功受奖呢。

“固陵湖”是几年前一起未破命案的发生地点，一个企业家连车带人被发现沉尸在固陵湖，案发的前些天，死者曾在银行提款二十万。因为车和人沉在水底好多天，很多证据都被水冲洗掉掉了，只有死者身上的刀伤还能分辨是他杀。当时没有证人，案子也没有结案。张鸿涛走访了案发地点多次，终于被他找到了一个人证，那个人曾看见有两个人与死者在一间茶楼饮茶，但三个人他只看见两个人的面容，有一个背对着门，他看见的两个人，一个是死者，还有一个经过对证就是后来和宋龙一起犯下重大抢劫案被击毙的田洪亮。

人在危难时往往会产生意想不到的能量，张鸿涛刚才灵光突现，猛然就把那个背对着门的人和宋龙联系上了，果然，宋龙一听到“固陵湖”三个字就慌了手脚。张鸿涛剑走偏锋，险中脱身。

“差不多了，都停手吧。”随着宋龙这句话，蒙在张鸿涛头上的衣服也一下子没了。

第二十九章：心似死灰

张鸿涛入狱的第二天就开始了劳动改造，监狱夏时是每天五点起床，冬时则六点起床。五点起床号后，洗漱加吃饭一个小时，六点工厂集合准时开工。他们的工作是组装一次性打火机。虽然说国家明文规定，犯人的工作时间是八小时，可有句老话说，上有政策下有对策，不要说监狱，全国除了大城市，有几个小企业是完全遵守劳动法的？每个监狱大队都有全年的劳动指标，更何况那是二十年前，监狱里管理人员的表现直接挂钩监狱工厂的生产效益，所以每个人的计件指标都很重，下午六点半收工时，新手根本完不成任务，而完不成指标不能离开工厂，不能离开工厂就会错过晚饭，当天的工作得当天完成，所以没完成的人得留下来通宵达旦地加班。

新犯人一般都会被指定一个人带着，但基本上没有人愿意去带新人，因为那意味着你的生产指标和新犯人绑定，得陪着加班加点。一般情况下都是监舍里地位最低的那一个被牢头安排带新人。任晓林，监狱里的人都唤他小林，被指定为张鸿涛第一天的劳动改造的搭档，从小林的讲话声音，张鸿涛听出就是那个悄悄话让他“别反抗，忍一下”的人。

组装打火机的几个环节中，最让新手受不了的是连续不断地用大拇指按打火机的小滑轮，因为指标定得很高，刚开始，大拇指都磨出血泡，有血泡照样得干活，没一会儿血泡就破了，人说十指连心，张鸿涛前面几天痛得晚上都睡不着。小林的大拇指上则是厚厚一层死皮，他告诉张鸿涛，血泡破了几次后，慢慢就会长成厚厚的茧子，到那时怎么按打火机的小滑轮都不会痛了。要不是小林帮忙，最初的一个星期，张鸿涛就是通宵不睡都完不成工作量，完不成工作量就会被扣表现分，负数累积多了就会被惩罚。

小林看起来比张鸿涛还年轻，张鸿涛一开始怎么都不能相信这个长相憨厚皮肤熏黑的年轻人是被判了十五年的贩毒主犯，后来两个人慢慢熟悉走得近后，才知道小林只是贩毒团伙中一个跑腿的，因为父亲急病需要钱治疗，他是收了两万块钱后主动认罪顶包的。小林平时干活就像一台机器，只为了能超额完成指标加表现分。监狱里年终的时候，只有累积分数高的囚犯才有资格被上报法院减刑。小林能在那样的情况下，牺牲自己的时间帮助张鸿涛，实属不易。要知道，对犯人来说，为了能早一天呼吸自由的空气，早一天见到自己的家人，即使累死苦死，即使放弃做人的尊严也不会有人说不愿意的。

所以说无论是什么社会制度，只要不是上帝判案，法律都保护不了所有的好人，更惩罚不了所有的坏人，相对地，监狱里的不一定都是坏人，坏人也不一定都在监狱。每个犯人的量刑，有时候也并不完全代表了公义和公正。

自古警察罪犯是对头，平时罪犯看见警察唯唯诺诺，那是因为警察掌握了罪犯的生杀大权，没有了这个权力，哪个罪犯不是对警察恨得咬牙切齿？！张鸿涛在囚室第一天被立规矩“躲猫猫”时镇住了龙哥，但还有几个同室的囚犯知道他原来是警察后一直都对他虎视眈眈，苦于没有龙哥的点头，不敢直接动手。特别是那个脸上有刀疤的，每次看着张鸿涛时的眼神，都好像是一匹凶残的野狼，闪动着嗜血的寒光。

根据小林的介绍，大家都叫这个刀疤男大海，入狱前是某省黑道上称霸一方“大哥”的得力干将、左右臂膀。在政府扫黑中，因为牵扯到人命，他的“大哥”被枪毙了，他当时被判了二十年，一年后就减刑到十五年。小林说的时候心有余悸，让张鸿涛提防着点大海，说这个人不但狠而且阴，身手也很了得。

第二个周末放风的时候，一帮人在简易的篮球架前打篮球，张鸿涛坐在小小的空地边缘望着天空，心情消沉，小林坐他边上掰着手指计算着自己的积分。突然张鸿涛的头被快速飞来的又脏又破的篮球砸了一下，张鸿涛看了眼人群，只见大海挑衅地看着他，张鸿涛慢慢站了起来，轻蔑地盯着大海的眼睛将球扔回了人群。谁知才刚坐下，猛然又被球砸中，还没坐稳来不及躲避的张海涛斜着身体差点儿倒地，动作十分滑稽，一边传来哄堂大笑，人群中的大海嚣张地朝着他快速地做了一个抹脖子的动作。小林紧张地看着张鸿涛，有点不知所措。张鸿涛这两周一直很小心也很隐忍，他需要时间观察思考也需要时间养伤，但他很清楚，是他的，躲不过，如今当着这么多人，是可忍孰不可忍？他定要杀一杀这个人人畏惧的刀疤男的气焰，让他在这重刑区再也抬不起头来，同时杀鸡儆猴，让其余对他虎视眈眈的人断了要“做他”的念想。

张鸿涛拿着球站了起来，神色平静语速缓慢地对着人群说道：“大海，原名杨海松，要不是你接二连三地惹我，我差点儿忘记了你作为内线的代号，7311，你大哥能被快速抓捕，人赃俱获，亏得了你的内部情报啊，真是识时务者为俊杰，你可真赚，手上有人命的你竟然只判了十五年。”

在黑道上，人们最恨的就是内线，一旦被发现结局大多会很惨。在张鸿涛说出7311的那一刻，大海的腿就开始打颤，这个杀人不眨眼的昔日黑社会魔头竟然紧张得心跳加速，浑身的血液冲到了脸上，歇斯底里地冲着张鸿涛喊：“你，你瞎说！”一旁众人这时齐齐看着大海，眼里是无一例外的鄙视，大海的心沉到了谷底，他知道，没有人会信他，即使以后他出了监狱，日子也不会安定了。

抬头看着天空，张鸿涛叹了口气，他想，一段时间里他可以放松地睡觉了。

在申辩无用屈打成招判了二十年后，张鸿涛心似已灰之木，身如不系之舟，对自己的未来不抱任何希望，想到未来的二十年都要被困在这样一间小小的房间或是见不到阳光的工厂间里，生命变得毫无意义也没有未来。唯一庆幸的是已经将自己同父异母的弟弟交托给了欧阳蓁。

张鸿涛在被捕的前一天收到了一个老人代表女儿的电话，请张鸿涛领回他父亲在外面的私生子。失去了高官父亲的物质和精神上的庇护，父亲在外面那个年轻的女人无力也不愿独自抚养那个身份尴尬的孩子，知道蓁蓁家能够照顾自己的弟弟，自己的父亲可以不因生活腐败而罪加一条，他已卸去了心底的负担。

在看守所被审讯的灵肉煎熬的日子里，他曾经一遍一遍地想着欧阳蓁，他可以放下尊严，放下个性，却怎么都放不下欧阳蓁，他也曾暗自发誓，如果能够洗刷冤屈走出看守所，即使他一无所有，他也要用心爱蓁蓁一辈子，只要蓁蓁愿意。可事与愿违，他的人生终将千疮百孔，他将被监禁二十年，注定大半辈子要在铁窗里过着人活着心已死的生活，对蓁蓁这样的好女孩，他怎么忍心耽误她？在得知李保强被升职后，张鸿涛更是绝望到了极点，因为那意味着他再也无法为自己申诉。

有时，爱也是种伤害，而这种伤害是一把双刃剑，伤己也伤人。入狱最初的一段时间，张鸿涛消沉沮丧，一边发狂似的思念着欧阳蓁，一边拒收来自欧阳蓁的信件，甚至好几次想到要结束自己的生命。人说人生最悲惨的莫过于少年得志，然后从天堂掉到地狱，张鸿涛那些日子每天都经历着从肉体到灵魂的艰难跋涉，那份煎熬那份伤，那份绝望那份痛，生生将一个乐观开朗的年轻生命折磨成了生无可恋麻木度日的木偶。

浑浑噩噩的日子是什么时候开始改变的呢？十多年后的张鸿涛怎么都忘不了那一天看到欧阳蓁照片时的心碎和愤怒，也是在那一天，所有的恨和痛成了他心中的魔。有些人没办法去爱，有些人却没办法不恨。他已放走了心里爱的那个人，从今往后他能做的，也就只剩下恨了。他要战斗，他绝不能屈服于命运。

第三十章：新仇旧恨

李保强最近春风得意，不但除掉了从小到大的眼中钉肉中刺，将张鸿涛送进了监狱，还在父亲高升后，被提拔为刑警队小队长。不要说局里的新人对他恭敬有加，就是局子里的领导们，看见他也都是极力示好，风头之劲，一时无二。唯一让他感到不顺心的是他父亲对他的态度。那天他又是半夜三更回家的时候，出乎意料地，父亲李子昂竟然那么晚了还在书房等他，在他一脚跨进书房时，一个书镇朝他飞来，要不是他躲得快，非被砸破头不可。

“孽障！”随之是父亲李子昂的怒骂。

李保强心里这个气啊，心想你能这么快坐上如今的位置，不也有我的功劳？可面对从小就畏惧的父亲，他只能强忍心中的不平：“我干了什么了？”

当天下午李子昂的秘书交给他照片的时候，李子昂是又气又惊，照片里自己的儿子一副强抢民女的恶霸样子，还是在公共场所，要不是那封信被自己的手下看到，他还真不知道自己的儿子竟然如此胆大包天无视律法，自己儿子好色这一点一直都令他十分头疼。

“啪”，李子昂将李保强在咖啡馆硬拽着欧阳蓁的照片狠狠地拍在桌上：“你看看，你在外面都干了些什么，你还有点人民警察的样子吗？这样瞎搞，总有一天，要进监狱！”

“不就是一个女学生吗？有这么严重吗？”李保强不服，小声说道。

李子昂气得眼珠子都爆了出来：“女学生？女学生你就可以强迫人家了？还在公共场所？”

“我又没把她怎样，什么强迫？”李保强一边说一边想，谁他妈的多管闲事？要给他知道绝不放过。

“你还遗憾了？我告诉你，你还好没怎么样，要不然你现在还能这么太平？我警告你，以后不许再去找她。她可不是一般的女学生，她是汤思琪的女儿，你明白吗？”李子昂用恨铁不成钢的眼神看着自己的儿子，气得心跳加速。“还有，以后注意自己的行为，再让我知道你在外面不检点，绝不轻饶！”

本来那天在欧阳蓁那里吃了瘪，心里已经不舒坦了，现在又在父亲这里受了委屈，李保强一肚子的火在心里翻腾，烧得他都无法控制愤恨的情绪，回到自己的房间坐立不安，总觉得一定要做点什么，否则心中的恨和怒火就要像爆炸的锅炉一样将他吞噬。

张鸿涛所在监狱一般一个月可以探视一次，每次三十分钟。张鸿涛在判刑后就忍痛割舍了和欧阳蓁的联系，他不愿意欧阳蓁看见他阶下囚的样子，更不愿意耽误欧阳蓁的未来，其实那也是他以决绝的方式，了断自己内心无法剪断的念想的无奈之举。张鸿涛的妈妈吴瑾瑜在丈夫出事后血压飙高，捧高踩低的社会现状更让吴瑾瑜痛感世态炎凉人情淡薄，那段日子里，不论是原来张继科忠心紧跟的上级还是张继科一路提拔的下级都避她如瘟疫，以前一直被人讨好奉承的吴瑾瑜一下子从天堂掉到地狱。残酷的落差，让她在短时间里苍老了十多岁，身心重创下，终于在张鸿涛被判刑后小中风，才五十多就半边身子不灵活了，所以张鸿涛入狱后和吴瑾瑜也只是在探视日有过电话联系。

当张鸿涛被狱警通知有探视的时候，他还以为是他的姐姐张鸿嫣，根本都不会想到坐在会客间里的是一脸小人得势穿着制服的李保强。

看到是李保强，张鸿涛掉头就想走，被门口的狱警拦住：“老实坐好配合警方调查。”原来李保强假公济私，是用调查他父亲犯罪细节的名义来羞辱张鸿涛来了。张鸿涛握紧拳头，默默坐下告诫自己要冷静。

“看来你过得不坏啊，换个制服换个发型还挺有精神。”李保强一边说一边得意地哈哈笑着，看张鸿涛面无表情无视他，李保强将身体前倾，凑近张鸿涛继续说到："你的小情人让我问候你。"

"你对她做了什么？"张鸿涛一下子眼神阴冷，厉声问道。

李保强似乎对张鸿涛的反应很满意，开心的脸上志得意满。他坐直了身子，双眼看着张鸿涛，故意磨磨蹭蹭地从上装口袋里摸出了两张照片，将照片的反面对着张鸿涛，然后凑近张鸿涛，用猥琐的音调压着嗓子："不得不佩服你的眼光，真是个美人啊，还是波霸呢，啧啧，是男人哪个能不动心呢？"说完就将照片正面朝上摊在了桌上。

张鸿涛快速一瞥，一张照片上是欧阳蓁和李保强在咖啡馆，李保强的手盖在欧阳蓁的手上，一脸色眯眯地看着欧阳蓁，欧阳蓁脸有点侧向一边，表情看不清，还有一张上是李保强拽着欧阳蓁似乎要强行拉走欧阳蓁，欧阳蓁满脸泪水。

一股压不住的怒火冲上了张鸿涛的胸膛，一拱拱地顶上脑门，血液在太阳穴里发疯似的悸动，张鸿涛的胸膛急速起伏着，眼里闪烁着一股无法遏止的屈辱的怒火，握着拳头的手不住地颤抖。

"那滋味可真销魂啊！"李保强看着挣扎不已的张鸿涛再次补刀。

"砰"李保强的脸上吃了重重的一拳。站了起来的张鸿涛额上青筋暴涨，怒目似火，像是一匹被逼急了的野兽，整个人朝着李保强扑去，可还没挨近李保强就被闻声进来的狱警电棍击倒。

看着倒在地上在电棍电击下痛苦地抽搐着身体的张鸿涛，李保强上前狠踹了一脚，然后一脚踩在张鸿涛的身上，对着狱警颐指气使地说道："这样的罪犯，看来还要加强改造啊。"

目视着被狱警戴上手铐脚镣强行拉走的张海涛，一脸狞笑的李保强满足地离开了监狱。

冲动是魔鬼，张鸿涛为那一拳付出了极大的代价，被关了整整二个星期的禁闭。

监狱里最让犯人闻风丧胆不是电警棍，而是关禁闭。

禁闭室大约宽两米，长三米，里面就一个几十厘米高的水泥床、一个蹲坑，其他啥都没有，进了禁闭室，整天得戴着手铐，有时还要加上脚镣，在这里面，你不用上工、没有报纸，最多就是站起来在几平方大小的地方走两步。睡觉时有人送铺盖卷儿给你，白天睡醒马上收走，从进去开始就没人跟你说话、唠嗑，就是让你一人在里面反思。

当然，到了饭点，还是有人给你送饭的，保证你饿不死，吃完后碗筷马上被人收走。

“心理学实验证明，正常人的精神在没有任何刺激下经历一天就会开始紧张，两天时则明显变焦虑，三天后完全属失去正常。这是因为，包括你的判断力在内的任何思维都是建立在外界有规律的刺激下的，在失去时间感后，你会逐渐绝望，本来七十二小时的惩罚会变得如几年那么长，这对一个普通人来说是个灾难。”

在禁闭室里，空间的极度压缩使人感到极度的压抑，没有时间和空间感，被剥夺了所有的感官，被黑暗和恐惧包围，看看地震灾区那些被困的人解救以后的精神创伤你就知道它的杀伤力所在。

这时候你想死都死不了的，因为里面没有任何尖锐、索状物品，别说上吊，想撞墙死都难，里面24小时亮灯，狱警在值班室用监控摄像头24小时把你盯着。

在这种环境下，头两天还好一点，到第三天以后，孤独感、苦闷、烦躁就越来越严重，再熬一天都难受极了，人简直都要疯了、呆了、傻了。一般人待个一周左右都要崩溃的，比起关禁闭，能跟其他罪犯一起吃饭、训练、工作，简直是天大的幸福。而且，凡关过禁闭的，监狱都要登记在案，对以后的处理，诸如分到一般监区还是分到严管监区服刑，能否减刑，都会有影响。所以，对于服刑人员来说，关禁闭室是最大的惩罚。

半个月后张鸿涛走出禁闭室时头重脚轻差点儿摔倒，走路像是踩在棉花上，被外面的阳光一照，一阵恶心，头晕得天旋地转，但他的心智在那一刻却比以往任何时候都清楚坚定。

五百多年前，圣人王阳明遭宦官迫害后龙场悟道，创立了“知行合一”的新学范，而张鸿涛被小人陷害在禁闭室的两个星期里，也执着地将心中的恨消磨掉了之前二十五年的良善与慈悲，一改之前的消沉，从此以后，他的人生又有了目标。

第三十一章：出狱归来

有句话说，我们之所以努力，不是为了改变世界，而是为了不让世界改变我们。

欧阳蓁和张鸿涛在分别的十五年里，各自努力，一个为爱，一个因恨。

当欧阳蓁在美国为爱坚守身心十多年，为梦想独自奋斗小有成就，成为医生教授的同时，监狱里的张鸿涛则生生地被恨驱动着，发狠似的要与命运抗争，为出狱后储备能量。他不但苛刻地在体能上训练自己，每天在立锥之地的牢房里做俯卧撑，仰卧起坐，一有放风的机会就跑步，还努力自修完成了计算机本科硕士的全部专业课程。

张鸿涛特别感兴趣的是网络信息安全方面的技术，诸如公家私人银行的信息安全方案设计，各大互联网公司的云盾技术重点，加解密技术，还有信息监察，网站监控，病毒杀毒等涉及信息安全方面的技术。对电信，网通技术安全的维护，政府各个部门的网络安全监测等他也很熟悉。

机会总是给有能力的人，即使是在监狱。张鸿涛能在服刑的第十二年得到减刑五年的幸运，也是因为他的知识储备。他那片刑区的狱警队长当年有个在读初中的孩子，一般监狱所在的地方都不是教育水准相对较高的大城市，知道张鸿涛拥有大学学历后，狱警队长便唯才是举，吾得而用之。张鸿涛辅导了队长儿子初中高中直至进入大学，相对地，辅导的同时，张鸿涛也能见缝插针地自学。在他服刑的后面几年，他更是成了狱警们计算机问题的百宝全书，特别是游戏软件备置组装方面的。所以张鸿涛能减刑，与其说是因为老老实实接受改造，还不如说是知识就是力量，知识改变命运。

张继科和张鸿涛父子同年前后出狱。十五年过去了，外面的世界发生了翻天覆地的变化，最大的变化应该是互联网，它改变了世界、改变了人们的生活方式，社交媒体已经成为人们生活不能缺少的一部分。张鸿涛的家也早已不同以往，七十岁不到的吴瑾瑜疾病缠身，行动不便，幸亏几年前吴瑾瑜老家亲戚介绍了一个年轻离异的帮工朱小娣住家照顾，才使吴瑾瑜的生活有了些改善。

朱小娣照顾吴瑾瑜几乎是全天候，吴瑾瑜因为提早病退，退休金并没有按她当时的副处级标准，她原本是没能力按照全职保姆市场的工资付朱小娣的，但朱小娣心地醇厚，知道吴瑾瑜家的情况后，很同情这个她绕了十七八弯的远房大姨，她只要市场一半的工资，但希望能够带着她幼小的儿子虎虎住在一起。这几年，吴瑾瑜亏得有了朱小娣和虎虎相伴，她不但得到了很好的照顾，而且原本冷寂孤单的日子也因为有朱小娣母子同住而有了生气。吴瑾瑜对朱小娣和虎虎感激在心，也视若家人。

俗话说，墙倒众人推，有时候这句话对婚姻中的男女双方也一样。没有了娘家原先与夫家匹配的社会地位，张鸿涛的姐姐张鸿嫣在父亲弟弟相继入狱后没几年就无奈离婚了，孩子判给了夫家。因着当年是外语系毕业的，这几年张鸿嫣独身在中学教外语，日子过得并不舒心。相对地，这些年里，在美国的欧阳蓁通过沈冬梅对张鸿涛的妈妈一直都有关注，在得知张鸿涛要提前出狱的时候，她让沈冬梅在近郊当时刚开发地区代购了一套带着小院的复式公寓，买的时候是放在了欧阳鸿清的名下，就等张鸿涛出狱后把房子过户给张鸿涛。但后来张鸿涛坚决不要，但因为家里实在住不下，才答应暂时借住。这是后话。张鸿涛出狱那天，在迈出看守所大门的时候，站着深深吸了口气，半天没有动弹。他抬头看着天空，硬生生忍住了欲溢的泪水。十五年了，他已经和外界脱离得太久，好多事情都已不是他记忆中的那样了，他也不再是原来的那个张鸿涛了。

张鸿涛看到有司机开车来接他的沈冬梅的那一刻，前尘往事恍若遗世之梦，突然一一闪现在脑海之中。沈冬梅告诉他，考虑到张鸿涛要先和家人有时间在一起，欧阳蓁和他从未亲眼见过的弟弟鸿清两天后到，但他的住处已经安排好了。看着和记忆中完全不一样了的沈冬梅，欧阳蓁美丽的脸庞闪现在他眼前，想起他们曾经的甜蜜爱情，张鸿涛的心无比酸楚。

两天后见面的那一刻，面对知性优雅比十五年前更美丽动人的欧阳蓁，张鸿涛的自信完全被打破，在欧阳蓁满含期待含情脉脉的眼睛里，张鸿涛看见的是自己满脸风霜比实际年龄显老的脸。一时间他内心悲凉崩溃，他的人生早已在十五年的时光里千疮百孔，他拿什么回馈蓁蓁的爱？他已经欠欧阳蓁太多太多，蓁蓁因为他失去的时光，他无力挽回，因为他所经受的伤害，他无力改变，他能做的就是，从今往后，再也不能因为自己连累这个他爱到骨子里的女人。抛开世俗的物质，即使在精神上，他心中十五年里积攒的恨也已经让他没有能力也无法像以前那样去爱一个人了。

“欧阳蓁，谢谢你和你家人这些年对鸿清所做的一切，我这一生无以为报，如有来生，我定不负你。”张鸿涛忍着刀割似的心痛，语气疏离冷淡。

“我还有一个请求，那就是，请你带着鸿清回美国，不要再回来。”张鸿涛在狱中告诫了自己千万遍，一定要和欧阳蓁撇清关系，再也不要欧阳蓁因为自己而受任何伤害。欧阳蓁值得更好的人生！

张鸿涛的话就是一把双刃剑，如刀子般地扎着欧阳蓁的心，而他自己，也被伤得体无完肤。

刚见完欧阳蓁的那几天，他机器人似的过着日子，带着鸿清见自己的父亲；木然地坐着听母亲的唠叨；和监狱里一样囫囵吞枣快速吞咽食物；剩下的大段的时间，一个人坐着发呆。在他没有焦距的眼神里，是满满的苦涩，命运在他和欧阳蓁之间筑就了一道跨不过去的沟，他再也不能拥有这么好的蓁蓁了。虽然那时只是十月底，他的心却似萧瑟的冬夜。

他知道，他应该忘了欧阳蓁，他也很努力地在做，可为什么，他常常会不由自主地想起蓁蓁，其实一开始他并不想住到欧阳蓁买的房子去的，但在原来的住处，有太多他们共同的记忆，摩挲着房中的角角落落，想着与它们有关的每一个故事，令他心痛难安，无法入眠。后来他搬去新的住处了，可还是常常在某一瞬间毫无预兆地就很想欧阳蓁，在听到某一句熟悉的话时很难过，很难过。

他不断地告诉自己，其实我很好，只是不习惯，只是偶尔难受一下罢了，一切都会过去的。

出狱的时候张鸿涛已经快四十一岁了，张鸿涛的妈妈吴瑾瑜有意让他娶朱小娣。虽然朱小娣文化不高，还有过婚史，但朱小娣心地善良，这几年对吴瑾瑜照顾周到，真心实意地待人，而且人又勤快。吴瑾瑜这几年看透了世态炎凉，只希望自己的儿子能够找个实实在在的女人，踏踏实实地过日子。吴瑾瑜还有一个说不出口的理由，那就是张鸿涛今非昔比的身份。张鸿涛即使在母亲的眼中千好万好，但他一个劳改犯还没工作，一般的姑娘谁愿意嫁啊？而对朱小娣来说，如果嫁了张鸿涛，十年后朱小娣和她儿子就可以有市区户口了，所以吴瑾瑜很肯定朱小娣一定也是愿意的。

吴瑾瑜把这想法和朱小娣一说，朱小娣一下子脸就红了。朱小娣十八岁结婚，二十二岁时在特区打工的丈夫有了外遇后，回乡下和她离了婚。她一个人带着幼小的儿子在家乡过得不容易，幸好亲戚那时给她介绍了这份工作。这几年她也是很感谢吴瑾瑜，别人眼里是她照顾吴瑾瑜，她心里总觉得是吴瑾瑜收留了他们母子，所以她特别珍惜这份工作，对吴瑾瑜的感情早已不是雇主，而更像是亲人。

原来她是不敢对张鸿涛有想法的，被吴瑾瑜一提，想到张鸿涛虽然眼神凌厉不苟言笑，但细看下，那盖不住的英俊相貌和不凡气度，都让她禁不住怦然心动。

第三十二章：雪中送炭

有一句歌词是这样的：“不是因为寂寞才想你，而是因为想你才寂寞。”

欧阳蓁刚离开的那段时间，张鸿涛日日夜夜思念她，想着她美丽又深情的眼睛，想着她绝望又悲切的转身，想着他们多年前刻骨铭心的爱情以及后来那痛彻心扉的分离。这种感觉，就像是一个无处不在的幽灵，扮演着天使与魔鬼的双重角色，交替上阵在他内心纠缠不休。心里想着欧阳蓁，张鸿涛有时会觉得很幸福，但幸福的瞬间便是无边的寂寞。常常午夜梦醒，梦里的希冀、痛苦、绝望是那样清晰和深刻，深刻得让他觉得生不如死。

其实张鸿涛是根本没有时间伤春悲秋的，寂寞对一个身怀仇恨立志“欠我的，伤我的，统统都要还回来”的他来说是一种奢侈。他早已经在十多年的监狱里习惯了痛苦和绝望，多这么一次对他来说，已经没有什么稀奇。

留恋过去只会阻碍他的脚步，现在的他该做的，是为积攒了十多年复仇的执念付出所有的努力。痛苦的时候，张鸿涛就这样告诫自己。

他白天在家设计安全软件，晚上按着计划找了一份保安的工作，越来越忙，表面看来，他每天精神抖擞，仿佛黑夜里辗转反侧时的软弱与孤单从不曾存在过，仿佛那个压在他心头让他牵挂难舍的女人早已被他放下。

张鸿涛出狱的时候，李保强的父亲李子昂已经不在政法系统了，官场如考场，其实也是一座独木桥，虽然不是高考那样的千军万马，但也绝对可以说是成群结队的人挤在入口，能走过去的又有几个？过了七十的李子昂几年前就已经换岗处于半退状态。李保强前面几年凭着父亲的人脉和心思狡诈，已经坐上了副局的位置。

虽然在出狱的那一刻，张鸿涛就恨不得马上手刃仇敌，以解心头之恨，但他知道，那时候出手，无疑是以卵击石，不但报不了仇，还会把自己再次送进监狱，再有一次，那绝不会是十五年，极有可能搭上性命。所以在最初的两年里，张鸿涛极力控制自己的情绪，静心等待时机，也在等待之外尽自己最大的努力使自己变强大。

在张鸿涛挣扎在爱恨之间最终选择恨的同时，回到美国的欧阳蓁卖掉了几乎所有仅剩的股票凑足二十万美金转给了沈冬梅，让冬梅以其他名义给张鸿涛。在“天下熙熙，皆为利来；天下攘攘，皆为利往”的商场摸爬打滚多年的沈冬梅当场泪奔。

有句话说，自古最是痴情苦，三生三世求不得，沈冬梅对张鸿涛是哀其不幸恨其不争，放着这么好的女人不抓紧，简直不可思议，但她还是尊重好朋友的意愿，以一个空头公司的名义将二十万美金兑换成了人民币无偿贷款给了张鸿涛。

张鸿涛没有拒绝这雪中送炭，只是面对沈冬梅紧抿着双唇，喉结一上一下地起伏着，心潮澎湃却说不出一句话。沈冬梅心里叹息，这么英俊的一张脸，硬生生被这凌厉的眼神、冷冷的气质给毁了。

没多久，张鸿涛就以一百万人民币注册了一个软件公司，职员就他一个人。同时他将和他差不多时间出狱的室友小林也叫来帮忙打杂。他花了一年的时间卖出了他设计的第一款软件，是按他要求以入股的形式转让专利，俗话说万事开头难，慢慢地，他公司的业务铺开了，几款软件都积攒了不少用户，五年后公司不但盈利还发展到了有近一百个员工的规模，那还是为了享受小型微利企业的优惠而故意控制的。

回溯张鸿涛出狱后没多久就找了份保安的工作，得从当初被李保强设局陷害张鸿涛的小马，马志人说起。马志人因为脾脏肝脏破裂大出血，虽然救活了，但身体严重受损，出院后转到了局里的后勤部门。这些年小马对张鸿涛深感内疚，对李保强时时心惊胆颤，四十岁的人未老先衰，一身疾病。一天下班后，当他在住家下面见到张鸿涛时，丝毫没有山雨欲来风满楼的紧张，心里反而是一种解脱。马志人等这一天等了很久了。

两人在小区的石凳上静坐，谁都没有意愿要先打破沉默。深秋的树叶在他们身边盘旋飘落，近处的路灯没一会儿一盏盏亮了起来，十五年的光阴，穿梭在两人的叹息里，充满了苦涩。还是马志人先开了口："头儿（以前他们小队成员都是这样叫张鸿涛的），我这条命是欠你的，只要能用，都是你的。"

张鸿涛只是沉默地坐着，他对马志人的心情很复杂，照理说他是应该恨马志人的，可是经过十五年的牢狱，他早已不是原来那个容易冲动、血气方刚、对事对人不是白就是黑的张鸿涛了，看到马志人的现状后，他心里其实也只剩下叹息了。

"李保强外面有几个相好，几个大的夜总会他常去，听说他最喜欢的是白金会所里的那个。他有个儿子，十二了，在著名的育华中学住读，他老婆是……"张鸿涛听着马志人气息虚弱的声音，内心五味杂陈，暗自喟叹，真不愧是自己曾经调教过的刑警队队员啊！

白金会所位于城西新开发区与旧县城交接的地方，十五年前这里还是大片农田，四层的楼房，外面看并不起眼。白天四周更是清冷，建筑的四周只有稀稀落落的几辆车。下午五点左右很多员工开始打卡上班，中间不少是人高马大保安模样的。七点过后窗口的Open霓虹灯一亮，就好像魔术师举起了魔棒似的，没一会门口就停满了车，其中不少是价值不菲的名车，会所一时进进出出人潮不断。最早一班有仿若集队而来的二十左右的年轻漂亮姑娘，八点后有三三两两的职场人士，有男女结伴的学生，还有不少开着百万名车的中年男人。半夜一点后客人开始离开，三点后差不多结束营业。

张鸿涛在白金会所外面间断地观察了一个星期后，决定找一个周末的晚上进去踩点。

第三十三章：仇人出现

对于夜总会，很多人的第一反应就是纸醉金迷，毒品淫乱，里面不是有钱人，就是流氓、小混混，还有坐台小姐，其实不然，夜总会其实就是老辈子人说的俱乐部，里面什么人都有。对上班族来说，是娱乐、休闲、放松的娱乐场所，是能够释放压力的地方。当然，人一多自然会鱼龙混杂，也会被一些不法分子利用人多进行非法活动，诸如贩毒卖淫，但那绝对是和夜总会无关的，是法律所严禁的，只能暗暗进行的。

白金会所内部装潢和外面呆板大众化的建筑设计浑然不同，会所内部高雅大气，入口通道两侧的几幅黑白摄影简洁大方，过道后几步就是一楼娱乐中心，中心顶部几盏亮度不一样的水晶吊灯烘托着四周古典图案的墙纸，格调不俗。整个会所有酒吧、KTV、歌舞厅，每一层都有包房，根据包房接待消费人数的多少，分为大型、中型、迷你型包房。包房内一应俱全，有沙发、茶几、工作台(调酒柜)和衣帽架等，包房的布局与规划都有专业设计师打造，充分利用空间并兼顾隐私感和氛围感，每个包房的局部与整体的风格相辅相成，给消费者营造出一种温馨舒适的环境。

会所为客人提供酒水、食品、空间、设施设备等，以满足客人吃、喝、玩、乐、放松等需求。一般的消费规格是越高层越贵。

张鸿涛是九点过后进去的，因为是周五，一楼的吧台上几乎满座，中间舞池里也是人头攒动，酒吧上的灯光不耀眼却也不昏暗，照在年轻帅气穿着制服娴熟的调酒酒保身上，显得静谧又有情调。中心舞池的音乐很劲爆，但音响调节得高度适中，选的曲子如瀑布般让人畅爽。张鸿涛进门后习惯性地审视了几个可能的安装摄像头的位置，在避开镜头的死角坐下，要了一杯啤酒，他一条长腿撑在地上，手握啤酒杯目光不经意地扫着周围。

舞池里男男女女们随着节拍疯狂痴迷地扭动着身躯，好似在抛洒现实生活中的种种不如意，帅气的服务生们拿着放着酒杯的托盘穿梭在每一个角落，还有几个年轻漂亮的女孩子走东逛西招呼一些男人们买酒，之中也有几个油头肥脑的猥琐男在恶心地吃小姑娘们的豆腐。会所内不断有一些谈生意模样的人进来，然后由服务生带他们去事先订好的包间，有些包间的客人也会花钱雇几个会所里的陪酒姑娘，不过那似乎也仅仅是陪着喝酒聊天。

这一晚，张鸿涛坐了一个小时后离开了。

接着的两个星期，张鸿涛每周五晚上都会去坐一下，点一杯啤酒，留不多不少的小费，然后离开，可张鸿涛那几次都没有看见李保强。

第四个周五，张鸿涛还是坐在老位置。十点，正是会所里最热闹的时候，花红柳绿的酒水，快速震耳的音乐，疯狂痴迷的舞步，和前几周一样，唯一不同的是，这天挨着张鸿涛很近坐着一个有着大肚腩的中年男人，这人似乎在张鸿涛到之前已经喝了不少，脸红红的，呼呼的喘气声连舞池中的音乐都盖不住。

其实很多一个人去酒吧喝酒的，很多时候是心情不好，或者失恋，或者工作不顺，也或者是因为家庭的纷争，他们借助酒吧，得以短暂的逃避，也借助酒精，释放心中积压的郁闷和纠结。

张鸿涛注意到邻座没一会儿就三杯高浓度洋酒（shots）一口闷下，满脸抑郁，眼神彷徨，看上去满腹心事。一首曲子过后，就见那人突然右手捂住胸口，左手撑住吧台，呼吸急促，满头冷汗，吧台里的调酒师此时正忙着为客人调酒，根本没有注意到吧台这边的角落。受过急救训练的张鸿涛感觉边上的胖子可能是心肌梗塞发作，他原本不想多事，但又于心不忍，正犹豫要不要出手，下一刻胖子的身体就斜着倒了下来。

张鸿涛一把托住胖子的身体，一边朝着酒保呼救："快打急救电话，这人可能心脏病发作了。"

一个酒保快速跑出吧台，帮着张鸿涛扶住胖子。“先打急救电话。”张鸿涛镇静地对慌乱的酒保说。这时边上其他人也围了上来。

“其他人散开，让出一块地方将他放平……你们谁有包放他脚下，将他的脚垫高。”张鸿涛一边说话一边将胖子稳稳地平放在地上，同时一脚跪地将手放在胖子的脖子动脉处，感觉脉搏在跳动后，马上又吩咐酒保：“检查他口袋看看是不是有药。”果然，酒保在胖子的口袋里拿出了一个小药瓶。

可能是张鸿涛的气势太足，酒保想也不想就将药瓶递给了张鸿涛。张海涛接住放在眼前看了一下后，发现是硝酸甘油片，马上倒出一片，手掌在胖子脸颊上两边一掐，将药片塞进了胖子的嘴里。

这时人群又围了上来。“人群散开，病人需要空气，请将音乐关掉，保持安静。”这时会所管理人员模样的人也闻声赶来了，听到张鸿涛的话后立马帮忙疏散人群，吩咐关掉音响。张鸿涛再次伸手检查胖子的脉搏，并不时用手指在胖子的鼻翼下看是不是呼吸顺畅。没一会儿，“哔哩”“哔哩”的救护车声音就到了会所门口。

医护人员进来后，张鸿涛马上将手上的药瓶递给了其中一个，并将刚才的过程简短地交代了一下。看着胖子被小心翼翼地抬上了担架，张鸿涛松了一口气后也抬脚往门外走去。

“先生请留步。”已经出了门的张鸿涛被疾步赶来的酒保喊住，张鸿涛站定回头，沉默地看着酒保。

“先生，我们老板想当面谢谢你，你可以跟我来吗？”酒保客气地说道。

张鸿涛正想着要不要进去的时候，只见一个三十多岁，留着小平头的男子走了过来。这人个子不高，但眼神很有气势，人还没到手已经伸了出来，一把握住张鸿涛的手中气十足的自我介绍起来：“我是蔡明，大家都叫我阿明，是这里的夜场经理，刚才真是谢谢您了，想请先生您喝一杯以示感谢，不知道先生能不能赏脸。”

作为夜总会经理，蔡明识人无数，刚才看到张鸿涛镇静沉着有条不紊地处理险情时的气势，此刻又面对面地看着张鸿涛不卑不亢的眼神，心里已认定张鸿涛必然不是池中之鱼，原本只是单纯的感谢，现在更有了想结交的心思。

礼貌的寒暄了一句后，张鸿涛大大方方地跟着蔡明进了会所。

一个月后，张鸿涛成了白金会馆的特殊保安。他并没有隐瞒自己坐过牢的经历，也很坦白自己曾经是警察的身份，正是这份诚实打动了蔡明，会馆里鱼龙混杂，打架斗殴时有发生，有经过训练的前警察做保安，不是更镇得住场子吗？

之所以说是特殊保安，是张鸿涛仅仅在周末才去会馆，如果没有大事发生，他主要待在电脑控制室。张鸿涛答应过蔡明，他会将会馆的电脑和会馆内的摄像头全部更新为市场上的最新技术。没多久，小林也以打工的名义到了白金会馆，在厨房做帮手。

张鸿涛第一次在会馆看见李保强是三个月后的一个周五。

会馆每个周末都有驻唱歌手表演，其中有个女孩叫晶晶，是个大学生。晶晶不是每周都来，一般一个月才来一次。每次她在华丽的舞台上一站，台下就有无数观众为之尖叫，为之疯狂。晶晶有着天使一般的清纯气质，五官长得很精致，身材高挑嗓音动人。她一般都唱外国歌曲，模仿小布兰妮的歌尤其逼真，她有无数的追捧者，每次表演完自然也有很多的献花者。张鸿涛注意到，蔡明在晶晶登台的时候，总是亲自带着两个保安坐镇台下，非常谨慎地保护着晶晶不受任何人地骚扰。

那个周五，晶晶又在鲜花和观众的尖叫声中走下了舞台，这次她没有回到她的卸妆室，而是由蔡明陪着上了四楼。张鸿涛在控制室的屏幕上看着他们进入了四楼的一间包房。而那间包房是四楼几间没有安装监控的包房中的一间。

“李保强外面有几个相好，几个大的夜总会他常去，听说他最喜欢的是白金会所里的那个……”张鸿涛想到马志人曾告诉他的话，马上调出会所后门的监控，果然，半小时前有个穿着便服，身材微微发福的高个子男子戴着棒球帽从后门进入会所直接去了四楼。尽管那人低着头，尽量遮掩自己的面貌，张鸿涛还是一下子就认出了那人就是李保强。

张鸿涛看了眼房间号，走到厕所，拿起电话，拨通了小林。

第三十四章：惊见白发

张鸿涛在电话里只说了“四楼，小包间”这几个字。他知道小林明白。

三点会馆打烊的时候，李保强还没离开会馆。张鸿涛回家后长长地舒了一口气，出狱大半年了，他的复仇计划，今天终于有了一点头绪。

躺在床上看着漆黑的窗外，稍一翻身，牵动了肩膀连着手臂处的筋犍，隐隐作痛，这份隐痛伴了他十多年了，在天气阴冷和孤单的时候，伤痛多了一丝让人难以忍受的孤凄之意。十多年前在看守所那屈辱受刑的场景又浮现在眼前，他将身体躺平，身下的席梦思恰到好处地平衡着后背的肌肉和骨骼。他房间就属这床最贵了，痛的时候只要平躺，马上会舒服很多。张鸿涛在黑暗中努力地紧闭双眼，好像那样就能将那一幕忘记。这不长也不短的十五年，他一直伤痕累累地活着，痛已经麻木，恨却越来越清晰。

闭着眼睛也无法入眠，索性随心所欲地将眼睛睁开，有淡淡的月色从窗帘的缝隙洒进来，那是过去十五年中数千个夜晚的奢望，那时他厕所边的床位根本看不见任何月光，黑暗中只有从厕所里散出来的阵阵骚臭。长长地吸了一口气，张鸿涛忍着痛，轻轻地转身将身体朝着月光，想到在监控中看到的李保强，心里充满了既兴奋又感伤的别样情绪。他告诫自己一定要因势而谋、应势而动、顺势而为，耐心等待时机，要么不动手，动手就要一击就中。他已经在监狱里等了十五年，出狱后也将近一年了，难道还在乎再等几年吗？

后面的几个月里，张鸿涛一直忙着更新会所的计算机系统和监控设备，为将来击倒李保强做准备，就在快完成的时候，他妈妈吴瑾瑜突然急救进了医院。

意外来得太突然，又像是早有痕迹，但张鸿涛还是被打得措手不及。

吴瑾瑜是因为突然胃出血急诊送医后被查出来是胃癌中晚期。年轻时明眸皓齿，中年也圆润富态的吴瑾瑜经过丈夫儿子相继入狱，由人生赢家到处处遭人白眼讥讽的大起大落，七十不到的人看上去犹如风烛残年。

躺在病床上的吴瑾瑜，皮肤干枯，脸上泛着菜青色，原本丰润的双颊早就瘦下去了，两个颧骨像两座小山似的突出在那里，一双大眼睛如今空洞无神。张鸿涛坐在吴瑾瑜病床边，心一阵阵抽痛，那一刻，他才知道自己潜意识里是多么在乎多么爱自己的妈妈。以前总以为时间很多，等自己将心里的其他事情处理后再尽为人子的孝心也来得及，但是这一刻面对医生不容乐观的诊断，他幡然醒悟，原来生命如此的脆弱，脆弱到不堪一击，随时他都有可能再也见不到老被他嫌唠叨的母亲。张鸿涛握着妈妈枯瘦的手，心里充满了无助。

在打点了一圈后，好容易说好能尽快手术，一周后就可以安排，吴瑾瑜却坚决不点头。老人一辈子彩虹风雨，最近的十多年更是看够世态炎凉，如今丈夫儿子女儿都能在身边，她早已放下一切，唯一让她牵挂的是儿子四十多了依然孤单一人。一年前儿子出狱的时候，她曾有意让张鸿涛娶朴实善良的朱小娣，一来是勤劳的朱小娣可以照顾自己的儿子，二来朱小娣和朱小娣的儿子虎虎也可以因为婚姻在十年后获得城市户口，那样也算是报答了这些年朱小娣对她尽心尽力的照顾。当时朱小娣倒是很愿意的，可到了自己儿子这里却被彻底否决，她逼得紧一点后，这小子竟然搬了出去，十天半月也不见回家一次。如今她命悬一线，生死未知，儿子的终身大事再一次提到了心口。

“妈妈不怕死，妈妈最怕的是妈妈死后你没人照顾，也没个后代。”吴瑾瑜一双悲凉的眼睛温柔地看着自己的儿子，一行清泪从眼角滑了下来，干裂的嘴唇一张一合，拉着张鸿涛的手一刻都不想放。“就算妈妈求你了，朱小娣是个好孩子，让她照顾你，否则妈妈死了也闭不了眼。”

一旁的张继科看着自己的老妻心里叹息，知子莫如父，自己的儿子虽然坐过牢，但岂是市井俗辈，哪里会看得上朱小娣？可他心里深感愧对自己的妻子，吴瑾瑜这些年受的苦，都是因为自己的过错，出狱后他事事顺着吴瑾瑜，就想尽自己最大的努力补偿以前的亏欠。现在虽然不认同老妻的想法，却什么都不表示，只是在一旁看着张鸿涛。

“好，只要妈妈答应好好治疗，我听你的。”张鸿涛的话音刚落，吴瑾瑜原先没有生气的眼睛里一下子有了光彩，张继科则一脸惋惜。

借着妈妈的病情，张鸿涛辞去了白金会馆的活，他要将自己彻底排除在李保强的视线之外。离开之前他快速完成了留下的工作，蔡明对全新的监控特别满意，再三关照张鸿涛任何时候都欢迎他再回去。小林和他原本就是装着不认识的，自然是继续留在会馆。

吴瑾瑜的手术很成功，医生说只要好好调养，存活三五年应该没有问题。几个月后体力恢复了的吴瑾瑜就开始催着自己儿子和朱小娣完婚，心里还期盼着有生之年能抱上亲孙子。

朱小娣虽然文化不高却是个明事理的，心里明镜似的，男人喜不喜欢你，她还是能从眼睛里看出来的。张鸿涛看她的眼神白开水似的，怎么着也知道张鸿涛看不上她，她也早已经从当初的怦然心动走了出来。如今吴瑾瑜旧事重提，她碍着身份也没说反对，心想张鸿涛肯定不会答应，谁知道出乎她意料之外，张鸿涛竟然同意娶她，她倒是一下子蒙了。心里说不上高兴倒是有点忐忑不安。只要是女人，不管出生是名门大户还是市井小家，谁不想嫁一个爱自己的男人？朱小娣有过一段失败的婚姻，被抛弃的经历，对婚姻的顾虑自然更多。

还是后来张鸿涛对她的一番推心置腹的谈话打消了她的顾虑，同时也彻底粉碎了她心底些微残存的粉色希冀。张鸿涛告诉朱小娣，他心里有一个人他爱到骨子里，不是朱小娣不够好，而是这辈子除了那个人他再也不可能爱别人了。张鸿涛请求朱小娣能帮他一起满足他妈妈最后的心愿，和他做名义上的夫妻，不管婚姻能保持几年，他一定会想办法给朱小娣和虎虎办好华海市户口。朱小娣早已和吴瑾瑜有了家人般的感情，与张鸿涛假结婚还能解决他们母子的户口问题，于情于理，朱小娣都没法拒绝。就这样，他们顺着吴瑾瑜，决定在春节的时候领证。

张鸿涛原来以为他和朱小娣也就领个证，让重病的母亲高兴一下，谁知道沈冬梅受欧阳蓁委托节前去看望他妈妈，他妈自然将他结婚的好消息与沈冬梅分享了。沈冬梅和欧阳蓁那么铁，这个“好消息”没几天就穿过了太平洋了。当张鸿涛在住处外看见欧阳蓁的时候，一瞬间心头狂喜，恨不得马上跑过去将欧阳蓁拥入怀里，但下一秒，监狱里李保强给他看的照片清晰地又浮现在眼前，有过前车之鉴，张鸿涛最不希望的就是将来欧阳蓁再因为他而受连累，尽管他内心煎熬，依然忍着血液中翻滚的爱意和渴望，拒绝了他真正爱着的女人。

人永远都要为自己的选择负责，无论对与错。几个月后沈冬梅打电话给张鸿涛，告诉他，欧阳蓁结婚了。

那天一向自律得苛刻的张鸿涛喝醉了，朱小娣将张鸿涛扶到他二楼的卧室，直听到张鸿涛一个劲地喊着“蓁蓁，蓁蓁……”那么绝望那么痛苦，朱小娣还是第一次看到一向冷静如磐石的张鸿涛如此的脆弱。朱小娣回过头想想，才发现张鸿涛其实一直是不快乐的，他的眼睛看似冷静，实则里面暗潮涌动，想到几个月前看见的那个美丽优雅的女人和当时张鸿涛伤心、痛悔、无助的神情，朱小娣一声叹息，无论贫富贵贱、智愚美丑，世上的人啊，都免不了有落寞与失意。

半夜的时候张鸿涛酒醒了，睁着眼睛看着天花板，脑海里全是那天欧阳蓁失望的眼神，那眼神仿佛像一只马蜂在他心里使劲地蜇着，每想一下，心就跟着痛一下。他终于深刻地认识到，他和蓁蓁的距离，已经远到他再也无法触及，他这一辈子，注定再也不会有爱情了。

如果可以，他真的想回到二十年前，他想回去牵着那个书呆妹的手，天崩地裂世界末日他也不放开，一直到发白到齿落，生生世世。可他不能了，也不会有这样的机会了，他的蓁蓁已经是别人的新娘了。而这，不正是如他一直希望蓁蓁的吗？他痛彻心扉地一遍遍地告诉自己，说服自己，现在和蓁蓁在一起的那个人，一定比他更能让蓁蓁幸福！

第二天早上，张鸿涛洗脸的时候，突然发现耳边鬓角的头发白了，这是他第一次看见自己有白发，他将手指放在白发上，愣愣地看着镜子里的自己，咬了咬牙，对自己说道：振作起来！

第三十五章：大仇得报

吴瑾瑜手术后终是没有活过五年，在第四年的秋天，离开了纷繁的烟火尘世去了天堂。去世前唯一让她遗憾的是结婚近四年的儿子没有一子半女，其他的，她都放下了。

那个年底，城里还发生了一件叫小老百姓跌破眼镜的事，司法系统的副局长监守自盗，因为偷窃被没收的毒品赃物而被捕。

电视报导中的李保强已完全面目全非，原来阴狠的三白眼变得呆滞浑浊，几年前发福的身体像卸了气的皮球，只剩下了一个骨架……

李保强记不得是什么时候发现自己的香烟有问题的，但记得发现的时候已经上瘾。一般的毒品是一朝吸，十年戒，一生痛。当时凭他多年同贩毒分子作战的经验，他上瘾的那种毒品，还有他吸入的剂量，上瘾后根本无法戒除。

他香烟只抽广东中烟的双喜典藏逸品，一千多一条，自己基本都不花钱。送礼的人自然有的是千奇百怪的方法，只有想不到没有做不到，送得天衣无缝，拿得自然而然。所以有一阵他私人车上出现两条包装精美的整条双喜典藏逸品和两瓶80年陈酿茅台他并不觉得奇怪。可几周后他就发现不对劲了，每次吸烟后人情绪异样高涨，身手非常敏捷，似乎有用不完的劲，办事效益也奇高，但几个小时没有烟人就像三九天被冻似的，马上就感觉明显的精神运动性迟滞，还伴着心慌心悸，胸闷气短。起先两支烟之间的时间可以是四小时，慢慢地间隔越来越短，而且人也变得暴躁易怒，只有猛吸几口才能安稳情绪，等他将那两条烟抽完的时候，他已经根本离不开毒品了。而在这个过程中，他对这两条烟的来源毫无头绪，所以也无从查起。

刚开始的时候，李保强不是没想过戒，可这种毒品靠个人的毅力根本没法戒除。去医院去戒毒所更不可行，他是什么身份？他有毒瘾的事一公开，不要说他的仕途，就是进监狱都有可能。他的父亲在两年前已经退下了，跟着消失的是无形的关系网和保护伞，俗话说长江后浪推前浪，如今官场的人事变动如早晚的潮汐，看似平常实则凶猛，就是他目前系统里实实在在掌权的，一大半都是外调来的，他们都希望能将自己原来的部下安排进来。这些年他巴结了不少人但得罪的更多，只要他一有风吹草动，毫无疑问，投井下石的马上蜂拥而上。

有了毒瘾的人在犯瘾的时候是没有理智的，李保强最后的结局源于一开始的侥幸心理。当那两条烟抽完了之后，他开始将手伸向了局里缴获的毒品。起先几次都没有被发现，随着他的毒瘾越来越重，他偷的频率也越来越频繁，被抓获的时候，所有他身边的人都早已经怀疑他是瘾君子了。

电视新闻里长篇累牍地解说着一个国家干部怎么偏离了党的教导，为官后逐步迷失堕落的过程，张鸿涛关上电视，若有所思地从手机加锁的文档里调出李保强和晶晶在床上的照片，犹豫片刻，伸出食指一点将文档全部删除了。然后是一声长长的叹息，就这样了吧！

六年过去了，他终于将李保强送进了自己曾经被关了十五年的监狱，可他的心里却没有一丝喜悦和解脱。他突然想到了大仲马的一句话：凡是倾泻复仇苦酒的人，自己也冒着风险，也许会尝到一种更苦的滋味。这六年里，他失去了挚爱，失去了母亲，也失去了这一生快乐的源头。他呆呆地坐了许久，竟然感到十分空虚，一下子不知道从明天起，他的人生目标又是什么，他往后该干些什么？

他又拿起手机，在微信里打开鸿清的个人相册，一张一张慢慢移动，在有欧阳蓁合影的地方，他久久注视。有些他已经看了成百上千次了，有些是最近的，他想他这辈子都忘不掉欧阳蓁，可那又怎么样？他只能在心里记得她了，如今不管他如何放不下她，她再也不会回到他身边，她身边的男人帅气又年轻，他们站在一起是那么般配，蓁蓁对着那个男人笑得那么自在轻松……

张鸿涛看着欧阳蓁和夏进鹏的照片，不由自主地抬手摸了一下自己已经花白的头发，染霜的双鬓，心里那些矛盾的自卑的嫉妒的心思，在这一刻又清晰了起来。

这些年里，当他偶尔在街上看见戴着大框眼镜背着书包，梳着马尾辫子的姑娘，蓁蓁的样子会立时活生生地出现在他眼前，让他胸口闷得生疼，脑子里全都是她在图书馆静静学习的专注，在宿舍门口踢他一脚时生气的模样和说不出话来时红红的脸颊，还有在看守所抱着自己时眼里的泪水与痛苦……

从今往后，他的生活里就只剩下回忆了。张鸿涛就这样静静地坐了好久好久，期间朱小娣上来了两次想喊他吃饭都没敢打扰，他就那么一直坐着，直到夕阳西下，月上枝头。

小林比张鸿涛早五个月出狱，像他这样生在贫困地区、低保家庭的人，劳改出狱后，是很少人能有机会开始自己的第二次生命走上正途的。打工，没人雇你，自己创业，没有资金也没有这个能力，在大山里种地，自己都养不活。大多像他这种情况的，出狱后不多久都又干回了原来入狱前的不法营生。但是小林没有，他牢记出狱前张鸿涛对他说的话:“你一定不能走回头路，千万熬到我出狱然后到华海市找我。”

穷苦地区的孩子从小与黄土为伴，一般马马虎虎读过小学就不再上学。小林小学都没读完，没什么文化，他们那里靠近边境，有毒品走私的犯罪集团，不少年轻人不愿在农村种地，又没有人带着去大城市打工，禁不住利诱就走上了这条犯法却暴利的道路。他以前虽然只是个跑腿小马仔，却是术业有专攻，就像他对张鸿涛描述的，是个识别毒品的“专家”，不要说用眼看，他说他几米远就能闻到有没有毒品在附近，更是凭直觉就能在人堆里发现谁在卖毒品。

穷乡僻壤落后不发达地区的人都迷信，小林也不例外，小林对张鸿涛有一种崇拜的心态，他第一眼看见张鸿涛就从面相里看出张鸿涛命里有财运。张鸿涛耳大贴面，相面术中有“对面不见耳，主大好”之说，说的就是贴面的大耳相，这面相的人思考谨慎，行事果断。这样的人一定大有前途，绝对有机会发富，成为有钱人是一定的。还有张鸿涛高挺的鼻梁下鼻头却圆润有肉，这是典型的财帛宫丰隆的人面相，这面相的人一定会财运亨通，很容易成为有钱人。入狱没多久张鸿涛光翻翻嘴皮子就让狱舍里两个穷凶极恶的魔头看到他就绕道走，更奠定张海涛在小林心中的神一样的地位，可以说经过近十五年在一起服刑，小林对张鸿涛的膜拜早已经是滔滔江水黄河泛滥。

出狱的前两年里小林看着张鸿涛一开始按兵不动都替他急，但小林相信张鸿涛必定有大招在后面。他毫无疑义地按着张鸿涛吩咐去做，先是注意每次那个姓李的点什么吃的，再是锁定姓李的每次去会馆开什么车，是不是同一辆，虽然张鸿涛没对他说，但他绝对肯定张鸿涛有在姓李的每次来时过夜的四楼小包间里私自装了监控，而且，张鸿涛后来虽然早早就离开了会馆，但小林绝对相信，张鸿涛可以遥控进入会馆的监控系统。小林是在李保强出事前的一年按照张鸿涛吩咐离开会馆的，很久前他搞到那两条烟后张鸿涛就不让他插手姓李的事了，但他一直相信，姓李的被张鸿涛盯上了，毫无疑问，兔子的尾巴长不了了。果然，前不久，他在电视里看到了姓李的出事的报道。

以前在走私毒品老大那儿做马仔的时候，不少血淋淋的事件就教会了小林一个道理，知道得越多，处境越危险，千万不要去探究老大不告诉你的事。“难得糊涂”这四个字小林还是知道的，所以他一直都是按吩咐办事，从来不问张鸿涛“为什么”。就像一年前，张鸿涛让他辞了会所的活，给了他一笔钱让他回老家待着，他就回家。他百分百地信任张鸿涛，知道风头过后，张鸿涛一定会让他回来。

第三十六章：致命一击

站在L区自家公寓的门前，欧阳蓁花了几秒缓缓地平息自己的呼吸，然后才伸手按下了门铃。这个公寓是三年前夏进鹏海归时两个人一起选的。国内房产证上只能写一个人的名字，因为公寓常住人是夏进鹏，房产证上就只写了夏进鹏的名字。但在夏进鹏的离婚协议里，这个公寓竟然不属于夫妻共同财产。欧阳蓁提出异议，律师的回复是：公证过的房产证上，屋主是夏进鹏的母亲。

开门的是个年轻女人，身着居家吊带裙，看上去妩媚又漂亮，高挑的身材看不出身孕。她疑惑地睁着大眼睛看着欧阳蓁，用柔柔的声音问道："请问你找谁？"

欧阳蓁心在抽痛，沉吟片刻说道："我是街道派来的，上次物业服务满意度调查没见你家的，催了也没回应，就来问一下。"

"这事我不知道，我老公回来后我会问他的。"年轻女人说完就关上了门。

七月骄阳似火，站在小区门口的树荫下还是热浪滚滚，外面的气温超过了摄氏40度。欧阳蓁拿着纸巾不停地擦着脸，分不清是泪水还是汗水，难过得想哭又怕别人看见，抬了几次头努力想让眼泪回流。路上行人匆匆，每个人都有自己的目的地，只有她没有方向，明明是自己的家却不能进去，明明是自己的丈夫却成了别人的老公。欧阳蓁红着眼睛，心凉得冰似的，自认对夏进鹏也是真心真意，爱得不留余地，这一刻却是被伤得如此彻底。

作为杰出科学家，几乎每年暑假欧阳蓁都会被国内大学邀请，做短期学术交流活动报告。只要排得出时间，她都会受邀。今年年初她和夏进鹏商量好，她在暑期安排好长假，计划在母校学术活动后和夏进鹏一起自驾游一周。正如人们常说的，计划赶不上变化。六月的时候夏进鹏突然提出离婚，理由是八卦剧本里的桥段，小三怀孕了。

欧阳蓁自己都不知道是怎么到了这里的，下飞机第二天结束了在母校的讲座后，她谢绝了几位同行聚一聚的邀请，不由自主地坐了地铁到了自家公寓。也许是心底深处还怀着自己都没有意识到的一些希望吧，但现在除了被伤得更深，剩下的也只有一颗彻底冰冷的心了。

“嘟嘟嘟……”打开有电话提示的手机，发现是夏进鹏的来电。欧阳蓁没接也没掐掉，没一会text message显示：“蓁蓁，是你吗？你来华海了？刚才去公寓的是你吗？”

没一会儿又一条信息：“蓁蓁，我们见一面好吗？”

如此无耻的背叛算计后，竟然还能这么淡定，欧阳蓁无语，更不想理睬夏进鹏。她将手机放回包里，默默回望自己公寓的那幢楼那扇窗，三年前和夏进鹏一起选窗帘、选床、选家具的情景不由得出现在眼前。那时他们是爱着的，也是幸福的，她也从没怀疑过他们是会共度一生的。也才不过三年时间，美好成了回忆，丑陋成了现实，她没有防备的心受到致命一击。

在高温天暴晒后的欧阳蓁头痛难忍，黯然回到宾馆，马上就吃了止痛药。宾馆房间的窗帘没有打开，空调和昏暗的光线阻断了外面的暑气。欧阳蓁靠在床上，神情虚弱却睡不着。脑子里像放幻灯片，闪过一幕一幕场景，八年来的点点滴滴清晰地在她眼前回放。

三月底的瓦尔登湖，湖面的冰层已经融化。碧绿的湖水，倒映着四周小山树木的倩影。各色鸟儿在小山上穿梭。气温依旧很低，湖边的沙滩上鲜有游客。夏进鹏和她走在沙滩上，带着些许暖意的春风拂面而来，他们手挽着手感受着瓦尔登湖四季如一的宁静。突然，夏进鹏站定，默默看了她几秒后单膝跪下，她的左手无名指被夏进鹏拉着，套上了一枚戒指……

随着这些情景，欧阳蓁没能控制住情绪，一颗豆大的泪珠顺着眼角缓缓滑落。

房间里光线昏暗，压抑而沉闷，欧阳蓁心里泛起阵阵酸楚。她用力皱了下眉头，抹去嘴角的水迹，起身去小冰箱里拿水喝，又躺回床上，闭上了眼睛。

盛夏的新英格兰，最好的度假地之一是麻州东南部伸入大西洋的一个海岬半岛，也叫鳕鱼角（英语：Cape Cod）。之所以起这个名字，是因为这块半島形状犹如鳕鱼的尾巴，是麻州东部的一块狭长半島，拥有东岸最长的沙岸。

他们结婚后，每年夏天都会去鳕鱼角住几天。记忆的画面里，海面沐浴在余晖彩霞中，晚风微拂，送来一阵阵花木的幽香，一高一低两个影子在沙滩上被夕阳无限拉长，低个不时地踢一下沙子。周遭有风声，浪声，海鸥声，还有脚底的沙沙声。高个停下，两人额头抵着额头，高个说着什么，低个踮起脚尖，同时伸出双臂抱住了高个的腰。

天色渐暗，海面发着幽蓝色的光，白色的潮汐上是一道缠绵的剪影……

记忆太过美好，美好到被伤害得再深也舍不得去忘记。

画面停在那一年的圣诞。波士顿的公寓里，客厅一角的圣诞树被彩灯点缀得五彩缤纷，树底部的红毯上是两个大大的礼盒，分别用印着红色圣诞花和银色雪花的包装纸包着。这是她和夏进鹏各自送给对方的礼物。两个人都在猜对方的盒子里是什么。谁也不会想到，礼盒里静静躺着的，竟是两套品牌款式一模一样的男女滑雪装。

闭着眼睛的欧阳蓁看见了自家壁炉中红红的火舌，在圣诞的夜晚一团一簇地燃烧着，温暖而浪漫。狭小的客厅里，夏进鹏搂着她的腰，她的右手搭在夏进鹏的肩上，左手放在夏进鹏的右手心，各自穿着对方送给自己的滑雪服，跳着华尔兹……

月光轻柔，窗外的街上静谧安详。从夏进鹏的眼瞳里，她看见了自己的笑容和满满的柔情。那一刻，她听到了来自心里的声音：Allen……

时光匆匆，婚后的第一年过得特别快。十月夏进鹏的论文在著名学术杂志上发表，她随他去佛州参加学术年会。高大英俊的夏进鹏穿着西装，在讲台上朗读他的论文。夏进鹏首先感谢自己的妻子对他论文的帮助，坐在最后一排的她热泪盈眶，一颗心像被什么温热而有力量的东西撞上了，撞得严严实实却清晰明了。

欧阳蓁个性温和，但她一向清楚自己要什么。她对夏进鹏的感情一开始确实是因为感动，但在一起后的相互陪伴和共同积累的点点滴滴，随着时光早已衍变出了另一种感情。她喜欢夏进鹏，也爱这个人，更相信夏进鹏也是爱她的。可就在她一心一意要和夏进鹏共度一生的时候，命运再一次以一种猝不及防的方式将她从云端打落。

她知道世事无常，时移势易，也知道一方海归对婚姻的风险，可她没想到的是，这样的悲剧会发生在自己身上。更让她心碎的，曾经的山盟海誓一夕之间竟变成了决绝。

欧阳蓁抬起手，轻轻拭了拭眼角，压抑了多时的泪水彻底失去了控制滚滚而出。欧阳蓁抱着枕头，失声痛哭。

嘟嘟，嘟嘟，嘟嘟……五点多，沈冬梅的call来了。两人约好一小时后地主婆请客，去市中心的慧公馆吃饭，然后去两条街外的星星酒吧喝酒。

知心闺蜜，千金难求。从发小开始，几十年间，她们相互之间总是能预见对方的需要，或默默倾听，或热血相助。

不久前沈冬梅知道欧阳蓁正在“被离婚”。电话里欧阳蓁只说已交给律师，一切在走法律程序，让沈冬梅不要担心。但她知道蓁蓁心里肯定不好受，知道蓁蓁来了海市后，赶紧排了一天，要与闺蜜好好聊聊，希望能帮蓁蓁排遣郁闷。

慧公馆是新中国成立前一位黑道大佬送给姨太太的奢华小别墅。别墅红瓦屋顶，赭色百叶窗，窗外花园里香樟榆树款款而立，树下设座椅。从窗口望下去，一树一花一灯一椅，充满了浓浓的法式浪漫，优雅得不动声色。因为店小又太受欢迎，订位至少要提前两天。

沈冬梅穿着浅藕色真丝职业套装，提前五分钟到了，坐在预订的阳台房红色座椅上。一向讲究办事效率的她拿着菜单先点菜和饮料：葫芦模样的一壶一茶，加干冰的养胃仙草炖功夫汤，招牌菜入口即化的雪花牛肉（很小的四小块，吃的是情调），地道国货蟹粉竹笋芦笋，江南独有的清炒野生河虾仁。主食是特色菜黄鱼面。特意问了，鱼肉很新鲜，蓁蓁一直像是属猫的，小时候最爱小黄鱼。甜点是放在冰盆上有玫瑰花瓣装点的杏仁白玉，据说是手工磨制的，最后上解腻的祁门红茶。

刚点完菜，欧阳蓁来了。进门的时候沈冬梅眼前一亮，只见她穿着一袭面料很垂的丝棉长袖连衣裙，非常合身，浅浅的天蓝色，上下连裁显得腰特细。适中的过膝裙摆下，是一双白色的半高跟尖头小羊皮单鞋。胸前挂着和裙子相配的复古手工挂件，手上挎着一个白色小香包。漆黑齐肩的头发微烫成大波浪，一部分头发散在光洁的脖子和肩膀上。整个人看上去稳重中自带时尚感。

“冬梅！”“蓁蓁！”两人几乎同时出声，下一刻便抱在了一起。

好朋友在一起，最美好的感觉就是自在，欧阳蓁和沈冬梅两个人在一起就算不说话也不会感到尴尬。两个人聊聊吃吃，沈冬梅突然冒出一句：“你回来后见夏进鹏了？”

欧阳蓁本来强迫自己不去想这事，被沈冬梅一提，忍不住眼睛红了。对着沈冬梅，她摇了摇头，不敢开口，怕开了口眼泪就会流下来。

两人吃得也差不多了，沈冬梅看着欧阳蓁难过，马上结账叫了车直奔星星酒吧。

古诗云，何以解忧，唯有杜康。沈冬梅自己的经验是，心情不好的时候，和知己喝一杯，心中的郁闷就可以借酒表达出来。醒来之后，重新开始。

十多分钟后，两个人坐在吧台边，静静地听着歌手的演唱，谁都没有说话。欧阳蓁是手术医生，平时基本不喝酒。沈冬梅自作主张给没有酒量的欧阳蓁叫了一小杯啤酒，“千杯不倒”的自己则要了也称杜松子汽酒的Gin Fizz。这天是工作日，酒吧并不喧闹，先进的音响设备把歌手的声音烘托得更加悦耳动人：

为什么最真的心
碰不到最好的人
我不问我不能
拥在怀中
直到他变冷
盼不到我爱的人
我知道我愿意再等
疼不了爱我的人
片刻柔情它骗不了人
我不是无情的人
……

听着听着，欧阳蓁的泪水夺眶而出，她拿起沈冬梅的杜松子汽酒就是一大口。“冬梅，我看见那个女人了，就是今天下午。”欧阳蓁脸红红的，眼睛也红红的。

“在哪儿见到的？”沈冬梅想将自己的酒杯拿回来，欧阳蓁却将酒杯换了个沈冬梅够不着的地方，然后拿着又是一大口。

“她好年轻，也很漂亮，还问我是谁？”汽酒让欧阳蓁轻轻地打了个嗝，入口冰冰甜甜的。她觉得很舒服，又喝了一大口。“冬梅，我是不是很失败？谁都不要我。”说着说着泪水再也没忍住，她拿着纸巾抹了一下眼角，然后一口气将杯子里剩下的酒喝完。沈冬梅站起来想要去夺下她手里的酒杯，晚了一步。

“蓁蓁，是姓夏的不是，你很好，真的。”沈冬梅拉起欧阳蓁的手轻声说道。沈冬梅心里在叹息，多么好的蓁蓁，怎么在感情上这么不顺呢？

此时欧阳蓁的眼神已经迷迷蒙蒙，美丽的眼眶里全是泪水，感觉脑袋特别沉，心里有很多话想对冬梅说，但舌头似乎不配合。“冬，冬梅，那时，他说会照顾我一辈子的。我，我也是，是真心真意的。他说是孩子，我，我……”还没说完，欧阳蓁已经一头趴在吧台上了。

沈冬梅一下子懵了，只知道蓁蓁不会喝酒，没想到酒量这么差。正想拍拍欧阳蓁唤醒她，包里的手机响了。沈冬梅拿出来一看，是儿子暑期夏令营打来的。

“是，我是沈冬梅，是云轩的妈妈。”

“什么，打球时摔了，啊？在拍片，在哪个医院？”

“好好，我马上来。”

“蓁蓁，蓁蓁……”沈冬梅在欧阳蓁耳边又唤了几声，她没有反应。正当沈冬梅着急怎么办时，突然脑海中灵光一闪，然后拿起了电话。

第三十七章：欧阳遭劫

纵使欧阳蓁的想象力再丰富，也不会想到在头痛欲裂中睁开眼睛的时候，第一眼会看见故人。

欧阳蓁只记得昨晚和冬梅在酒吧喝酒听歌，自己触景生情想到夏进鹏的背叛和绝情很难过，然后似乎就睡着了。但睡得很不安稳，一刻不停地做着各种各样的梦，很多场景在梦中如梭般不停地交织纠缠，一伙儿是夏进鹏对自己说一辈子相守，一会儿是那个年轻美丽的女人堵着公寓的门不让自己进去，一会儿是夏进鹏的母亲怪自己不会生孩子，重重叠叠，来来回回，像紧箍咒似的压着脑袋，让她痛苦不堪，自己苦苦挣扎想要逃跑，却无处可逃。然后梦中依稀有人喊自己："蓁蓁，蓁蓁"，声音熟悉却遥远，好像还有个女人在自己喉咙似火烧的时候喂自己喝水。

忍着爆裂的脑袋，欧阳蓁用手撑着身体坐起来，眼前一开始是朦朦胧胧的，尔后一张消瘦英俊的脸庞进入视线，那人刚才还趴在床沿，在欧阳蓁起身时抬起了头，此时一双乌黑深邃的眼眸正担忧地看着欧阳蓁，欧阳蓁也怔怔地看着他。

隔着长长的八年，欧阳蓁以为她和张鸿涛之间会是两条平行线般再也不会有交集了，而命运之神喜欢神来之笔，突然将他们之间的平行线变了方向，再次相见，竟是在这样的地方，以这样的方式。过去的八年，欧阳蓁也并不是完全没有想象过自己和张鸿涛会不会再见，又会是怎样的重逢，但无论哪一种想象，相见都不会是在张鸿涛的床上。欧阳蓁的唇微微动了动，漆黑的眸子里尽是茫然。

张鸿涛昨天晚上在市中心的海鲜馆谈生意的时候，意外收到沈冬梅的电话。张鸿涛公司这几年的审计都是委托沈冬梅的咨询公司做的，平时他们之间也会有一些公事上的联系，不过晚上给他打电话还是第一次。通话后沈冬梅第一句就问他在哪里，知道他在市中心饭馆后让他赶紧去同一条街上的星星酒吧帮忙，他正想说他一下子走不开时，就听到电话那头沈冬梅惊慌的一声“蓁蓁……”，一向深沉不露千年冰山脸的张鸿涛一下子就不淡定了，赶紧和客人说对不起，留下副手疾步就朝酒吧奔去，几分钟里还给司机小林打了电话让把车开到酒吧附近。

酒吧这里沈冬梅有点手忙脚乱，一个手里拿着电话，另一个手正努力防止欧阳蓁滑下吧台，看见张鸿涛进门一下子松了一口气：“我儿子受伤在医院，能不能麻烦你送蓁蓁去宾馆？”

张鸿涛踏进酒吧后眼睛就没离开过欧阳蓁，心怦怦跳到嗓子眼，人有点手足无措，被沈冬梅的声音惊醒，一下子意识到自己的失态，马上上前一步抱住欧阳蓁问道：“发生什么事了？”张鸿涛看见欧阳蓁眼角的泪痕心一紧立刻紧张地问道。

“被离婚心情不好……”沈冬梅一边和张鸿涛往外走，一边简短地交代了几句。

小林这时已经驾车等在了酒吧外面，看到自己老板抱着个女人一下子朝西看了一下，确定没有出太阳又紧盯着欧阳蓁瞧，心里充满好奇。自己的老板别人不知道，他最清楚了，这么多年完全不近女色，好像在修炼断子绝孙大法似的，有一阵他还怀疑张鸿涛的性取向，想入非非时甚至一度担心每天和老板在一起的自己的安全，清醒时照照镜子骂自己杞人忧天，自己的老板要能力有能力，要外表有外表，只要老板愿意，不要说美女，美男也不会缺。

“愣着干什么？快开车门。”张鸿涛冲着发愣的小林喊了一声，回头又对沈冬梅说，“你坐前面，我先送你。”

“我儿子的医院不顺路，我自己叫车，你好好照顾蓁蓁。”沈冬梅帮着张鸿涛将蓁蓁安顿在车后座，挥手就让张鸿涛先走。看着车灯一闪一闪加速而去，沈冬梅默默背诵毛爷爷金句：“任何事情都具有两面性，有时候坏事也能变成好事。”张鸿涛，下面就看你的啦！阿弥陀佛！

在红绿灯的地方，张鸿涛马上让小林改道："不去宾馆去我那。"然后小心翼翼地扶着欧阳蓁的头靠在自己的肩膀上，"开稳点，打电话给朱小娣，让她去我那儿。"

朱小娣两年前已经和张鸿涛解除了婚姻关系，张鸿涛疏通关系也帮她办好了户口，如今基本住在老房子里照顾张继科，偶尔也会去张鸿涛那儿帮着收拾收拾。

小林一边打电话一边在后视镜里悄悄地瞄着后面，自己老板的眼睛一刻都没有离开过边上的女人，眼神里是他从来也没有看见过的温柔和深情。小林这两年在朱小娣的影响下迷上了偶像八卦剧，这时在他知道的不多的成语里挖掘出八点档里学到的两个，原来老板不是练功清心寡欲，而是为人守身如玉。哇，小林禁不住为自己喝彩，可惜朱小娣不在，不能在第一时间向她展现自己有文化的一面。

小林想到朱小娣嘴角弯弯，又瞄了眼后视镜，那个已经被老板半抱着的女人，虽然眼睛闭着也掩不住姣好美丽的容貌，看似年近四十，岁月的年轮却遮不住身上的高贵气质。"好好开车。"小林正一面不时瞄后视镜，一面搜肠刮肚地想着形容词，突然响起的老板的声音吓了他一跳，赶紧收起眼神，专注开车。

张鸿涛几乎一夜没睡，坐在床边一直目不转睛地看着床上的人，生怕视线一离开那人就要消失一样。

半夜里欧阳蓁说梦话，"Allen"出现了好几次，每次喊着喊着就有眼泪从眼角滑落，张鸿涛看着听着，心像被针扎似的，好几次都想抱住伤心的欧阳蓁说："蓁蓁，别哭！"都硬生生忍住了，他有什么资格安慰蓁蓁，他不就是害蓁蓁伤心的始作俑者吗？

快天亮的时候他才趴着床沿睡了过去，迷迷糊糊中感觉有动静，抬头就看见欧阳蓁坐了起来正迷迷瞪瞪地看着他。

记忆中的马尾巴被一头大波浪代替，原本圆润的鹅蛋脸硬生生瘦出了尖尖的下巴，还有那双娴静清澈的眼睛，变得忧郁而疲惫，不复从前的光彩。欧阳蓁看着他的眼神，仿佛像刀扎在张鸿涛的心尖上似的，蓁蓁的眼神，怎么能那么忧伤和冷漠呢？张鸿涛心血上涌，细胞里分分秒秒叫嚣着，努力控制着要将欧阳蓁搂在怀里的冲动。

这些年欧阳蓁频频出现在张鸿涛的梦里，在梦里总是伤心绝望地看着他，对着他落泪，每一滴都像锥子扎在他身上，张鸿涛挣扎着，看着泪水不停地从欧阳蓁的大眼睛里滚落心如刀绞。他无数次地追着欧阳蓁缥缈的影子，对着欧阳蓁喊："我错了，我不想让你再那么伤心，我想回到你身边，原谅我，我错得离谱，原谅我吧！"可欧阳蓁听不见，或许是不想听，只是流着泪转头越走越远。每次从梦中惊醒，张鸿涛握着一片虚空，只能悲戚地哀叹，太晚了，一切都无法挽回了。

两个人的视线静静交会，纵使内心都波浪滔天，却都没有开口打破沉默。欧阳蓁是不知道说什么，张鸿涛则是千言万语无从说起。

"笃笃，笃笃"，突然的敲门声打断了房间里静谧。"欧阳医生醒了吗？"

朱小娣推门进来后，张鸿涛站了起来对朱小娣说："你照顾蓁蓁梳洗，我出去一下。"没等欧阳蓁说话就走了出去，随手拉上了房门。

欧阳蓁看着朱小娣礼貌地说："昨晚打扰你们了，你不用忙，我这就走了。"

"欧阳医生，你大概误会了，我和张鸿涛不是你想的那种关系，我是在他家帮忙做事的，都干了十多年了，昨天晚上他特意喊我过来照顾你的。"朱小娣想到张鸿涛的吩咐，赶紧带着浓浓的山东口音将主要任务先完成。欧阳蓁看了眼朱小娣下了床没有出声。

"卫生间在这里，你的洗漱用品都准备好了在里面。我熬了醒酒汤，你洗漱完了下来喝吧。"朱小娣一边说一边给欧阳蓁放拖鞋。

欧阳蓁并没有留下喝醒酒汤，才去了趟卫生间，沈冬梅就来了，神色疏离的欧阳蓁对张鸿涛客气地道了谢，在张鸿涛热切担忧的眼神中，拉了沈冬梅就离开了。

这两天发生的事情太多了，多得令她措手不及，欧阳蓁心里很乱，这些人，这些事，毫无预警地出现在她的生活里，一下子令她无法消化，也很难接受。

沈冬梅看到欧阳蓁身上皱巴巴的还是昨晚上的裙子决定先送欧阳蓁回宾馆。她儿子只是脚踝扭伤万幸没有骨折，解释了昨晚的情况后，她一路上都在和欧阳蓁讲张鸿涛这几年的创业史和李保强几年前的入狱过程。看似无意地调侃张鸿涛被很多人怀疑不是有隐疾就是取向特殊，要不这样金光闪闪一表人才正值壮年的男人这么些年怎么会从来都没有过女人？因为张鸿涛平时绝对的清心寡欲，他生意圈里的人都喊他张和尚。沈冬梅一边说一边察言观色，想从欧阳蓁的脸上收集点蛛丝马迹，可惜向来心思单纯的欧阳蓁这次毫不配合，完全是一副不喜不悲、不嗔不怒、不怨不恨的淡定样，沈冬梅费了半天口舌，火热的八卦心丁点都没有得到满足。

两人在外面简单吃了早餐后，一个去公司上班，一个回宾馆休息，约了晚上冬梅来接欧阳蓁一起去看望冬梅妈妈。

七月是一年中最热的时候，就是下午六点多，空气还像是凝固了似的一丝风都没有。欧阳蓁穿着雪纺纱短袖和七分休闲裤跨出了宾馆大门，门外的热浪瞬间扑面而来，习惯了新英格兰凉爽夏季的她感觉自己好像在蒸气室，被熏得皮肤都火辣辣地发烫。她看了下马路两边，想要穿过马路去不远的地铁站。

这时街上已经亮起了五彩缤纷的路灯，马路上一眼望去是长长的火红车灯，画面煞是壮观，同一时间的人行道上布满了行色匆匆穿着时尚的下班人流，这时有一辆黑色SUV从不远处慢慢开了过来，在欧阳蓁站着的马路边缓缓停下，欧阳蓁正想挪步，SUV驾驶座上下来一个四十左右长相平淡身体壮实的男人，他走到欧阳蓁前礼貌地问道："请问您是欧阳医生吗？"

"我是，你是？"欧阳蓁礼貌地回复。

“您好，欧阳医生。沈总让我来接您先去她办公室。”说完拉开后座车门，做了个请的手势。

欧阳蓁正疑惑着要不要给沈冬梅打个电话，那个司机已经以外人看不清的手势，用力将欧阳蓁推进了车里，然后马上关上了车门。欧阳蓁还没坐稳，突然有一股气味在鼻尖一闪，下一刻就失去了知觉。

第三十八章：乡村之夜

小林今天较往日早了几分钟去接张鸿涛，这个几分钟是专门为了他认定的未来老板娘留的。

昨晚他只是在后视镜中瞄了几眼，漂亮的老板娘眼睛一直闭着，本来想下车后仔细瞧瞧的，结果老板一下车就快速抱着老板娘直接上了二楼。虽然他很想满足自己的好奇心跟上去，但好奇心害死猫这个道理他还是懂的，老板的卧室岂是他能进去的？尽管老板当他是兄弟，他要是当老板也是兄弟，那他岂不是傻或是癫？但有个名人说过，人的好奇心是灵魂的鞭子，他驱赶我们向前……

小林一大早就被灵魂的鞭子驱赶着提早来看睁着眼睛的老板娘。

用密码进了屋后，只看见朱小娣一个人在厨房忙活，屋里静悄悄的。小林朝楼上瞄了一眼，然后像鬼子进村似的踮着脚走到朱小娣边上。“人呢？”小林掐着嗓子问道。

朱小娣看都没看小林，抬手朝楼上一指，继续收拾厨房。小林一下子眉开眼笑，凑到朱小娣耳边兴奋得像中了乐透似的问：“还睡着?”心中XXYY乱窜，暗自为自己老板千年铁树开花高兴。“啪”的一下，正天马行空自嗨的小林头上被锅铲用力敲了一下。“你干什么？”小林摸着被敲痛的头看着朱小娣，这个彪悍的山东女人，动不动就打人这毛病可真得治。

“你瞎想什么呀？欧阳医生早走了。”然后压低声音继续，“那个医生走后他一直把自己关在房里呢，让我告诉你今天他不去公司。”

小林一脸茫然又不甘：“那，昨晚他们？”朱小娣对着他摇了摇头。“啊？”小林这个失望啊，他昨晚都看见的，明摆着老板喜欢那个欧阳医生，两人待一个房间一晚上竟然什么也没有发生？怎么会这样？还以为老板在昨天晚上以后就可以官宣脱单了呢！唉，这有学问的人就是麻烦，明明简单的男欢女爱都能绕出个十七八个弯。

朱小娣被小林急老板之所急想老板之所想的思想境界感动，决定跟他多分享一些内部消息。

朱小娣一把拉过小林，一块干毛巾往他手上一塞，一边让他将洗完的碗擦干，一边开始我告诉你啊，巴拉巴拉……朱小娣每天追剧，一肚子的狗血剧情，张鸿涛昨晚今早在她的描述下，活生生就是一个为情所困，为爱所累，情根深种却得不着苦苦挣扎的可怜楠竹。小林在朱小娣绘声绘色的讲述下，快速进入剧情，出门去上班的时候一脸凝重，回头望着楼上紧闭的房门，暗暗有了主意。

乡村的夜晚，静得出奇，也黑得出奇。黑色的SUV在零零碎碎的星光照耀下，快速地行驶着，车内后座的徐助理此时的心情可以用八个字来形容，“上了贼船下不来了”。看着前面开车的小林，悔得想死的心都有。

早上的时候，一脸大事不妙的小林找他说老板遇上了感情上的大事，问他愿不愿意帮忙一起去劝劝老板，他当然说愿意，他跟了老板快两年了，没见没听过老板身边有绯闻对象。刚才小林提到老板遇到了感情上的事，一下子吊起了他的八卦心，而且这个小林说起来是老板的司机，平时从来也不插手公司的事情，可他听说小林和老板是生死之交，公司里所有的员工都对小林恭恭敬敬的，现在人家请他帮忙，那是给他面子，他当时还有点受宠若惊呢。唉，都是好奇心加虚荣心害的，他这个名校毕业生结果就这样栽在了这个英文字母都念不全的开车的手里了。

当场小林就让他安排房车，说是为老板的浪漫之夜做准备。要是知道后面会发生的事，不要说房车，就是自行车他也不会借。

当时他跟着小林去了老板家，在进了老板书房后，下一秒就看到小林将老板药倒，猝不及防的他吓得腿都软了，不是说给老板做做思想工作吗，怎么成绑架了？他只是怀着八卦心来看未来老板娘的啊，可那时他哪里还有退路？小林动手的时候他就站在一边，愣谁都会相信他是共谋啊。唉，脚都踏进泥潭了，拔出来还会干净吗？想到这里，不禁重重地叹了口气："唉"。

"小徐啊，别担心，等老板抱了大胖儿子，有你大红包的。"前面开车的小林像知道徐助理的心思似的，笑眯眯地说道。

什么大胖小子，还大红包呢，这想象力也太丰富了，现在唯一可以确定是，不定两天他就被炒鱿鱼了，徐助理暗暗腹诽。

"欧阳医生。"只听小林一声招呼，徐助理赶紧看一边，只见那个被称呼欧阳医生的正睁着漂亮的眼睛看着他们。

"欧阳医生，对不起让您受惊了，我们没有恶意。就是带您去见见张总。张总自您离开后生不如死，不吃不喝，班都不上了，要知道全公司一百多号人，加上他们的家属一共好几百，要是张总有个三长两短，他们可都要露宿街头了，我们看不过去就自作主张，您千万不要怪张总，他根本不知道的。"徐助理不禁对小林刮目相看，这生不如死，不吃不喝都能信手拈来，还有神马露宿街头，都可以拍剧了。

欧阳蓁默默无语，醒来后还没回过神来，看着漆黑的窗外心里七上八下。

Z省山区临近华海市的一处露营区，只有孤零零的一辆中型旅行房车停在那里，车内幽暗的灯光照着狭窄的空间，只见张鸿涛的手被绑在小小的铁桌子脚上，平时冷静漠然的神色此时却满是愠怒。在家里猝不及防被小林药倒，醒过来就在这里了。小林这小子真是吃了豹子胆了，张鸿涛看到这房车就知道小林在搞什么名堂，被暗算醒来后他一直在担心欧阳蓁，不知道蓁蓁会不会害怕，一路颠簸会不会身体吃不消。外面黑漆漆的没有人声，只听得青蛙、蛤蟆、蟋蟀叽叽嘎嘎地叫得欢，突然有车子驶进的声音打破了宁静，然后就是小林轻声恭谨的声音让欧阳蓁小心下车。张鸿涛心咚咚地跳着，眼睛紧紧盯着车门。

欧阳蓁下车的时候心里还在生气，刚才那个自称小林的在车里给沈冬梅打电话，让沈冬梅别担心，说她和张鸿涛在一起正忙着，等明天早上张鸿涛和她一定会和冬梅联系的，她心里恼怒这个小林撒谎，又不敢和小林发生正面冲突，只能在心里生闷气，可在被“请”进房车后看见被五花大绑着坐在地下的张鸿涛，心一下子又软了，因为车内密不透风，张鸿涛的脸上全是汗。

“蓁蓁。”张鸿涛担心地看着欧阳蓁。

“他有点脱水了，这里有水吗？”医者仁心，欧阳蓁见张鸿涛嘴唇干裂，脸色潮红，冲着小林问道。

“有，有，”小林马上从口袋里掏出了一瓶水。见欧阳蓁打开水瓶给张鸿涛喝，又不顾反对硬把一边徐助理口袋里的一瓶拿出也放在小桌上。然后看也不看张鸿涛拉着徐助理飞速逃离，临走不忘关照：“小冰箱里有吃的。”接着就“砰”地关上了车门。

欧阳蓁给张鸿涛喝了几口水后，赶紧蹲下解他身后反绑的绳索。车厢里门窗紧闭，又闷又热，灯光还暗，欧阳蓁跪着费了好几分钟才将绳索解开，本来担惊受怕了一路，人已经很虚，这一刻突然站起来后，一阵晕眩，幸好张鸿涛伸手扶住了她：“蓁蓁，你没事吧？”

欧阳蓁生气地推开张鸿涛的手，扶着椅背坐了下来，这时张鸿涛也在小桌对面的椅子上坐下，神色不安又热切地看着欧阳蓁。小小空间里俱寂无声，只有孤独的月光远远地透过小窗凝望着他们，刚才叽叽嘎嘎的青蛙、蛤蟆、蟋蟀们似乎已入酣梦，没了声息，大自然静悄悄地孕育着一个不安宁的夜晚。

张鸿涛觉得口干舌燥，微微前倾拿起水瓶又喝了几口，咫尺之外若有似无的馨香，一如记忆里的沁人心脾，张鸿涛的身体片刻起了本能的反应，几乎一瞬间就要丢盔卸甲，这时欧阳蓁拿起了另一瓶水，打开正对着嘴要喝时，张鸿涛突然伸手猛然将水瓶打落：“别喝。”

欧阳蓁一愣，抬眼看张鸿涛，只见他面色潮红，呼吸短触，额头上全是汗，刚刚黑白分明的眼睛出现了醒目的血丝。欧阳蓁心里一惊，马上意识到水瓶中的水里有催情药。

这时露营区的另一头，小林正躺在斜倒的座椅上，闭着眼睛哼着小调晃着腿，另一边的徐助理则一脸纠结，一边眼刀嗖嗖砍小林，一边心里暗暗计算着自己的存款，毕竟很可能从明天起就要吃自己的了。

“徐助理，别担心，等老板抱了大胖儿子……”

“停，我都要被你害死了，你还有心开玩笑。我年底都要准备结婚了，这没了工作……”徐助理都愁得要哭了。

“啪”，小林伸手就在徐助理的头上狠狠拍了一下。“我什么时候开过玩笑，我告诉你啊，老板的面相里子孙运可旺了，你看老板的人中……”

山区夏季多雨，没一会营地刮起了风，接着一阵倾盆大雨哗哗就下来了。外面的气温一下子就降了下来。一边SUV里的小林已经打起了呼噜，而房车里两个人此时却尴尬地忙得不可开交。

欧阳蓁刚才在第一时间就让张鸿涛去厕所将喝进去的水吐出来，一番翻江倒海的折腾，张鸿涛感觉胃都要转方向了，再也吐不出一滴水后，欧阳蓁又从小冰箱里找到了几瓶没开封的矿泉水，让张鸿涛喝了两瓶，但即使这样，一部分的药性还是到了肝肾。张鸿涛觉得难受极了，身体像被热油烹煮着，他一眼都不敢看欧阳蓁，就怕看一眼后下一秒会忍不住做出伤害欧阳蓁的事，可药性凶猛，他只能尴尬地一次次往厕所去。

欧阳蓁从一开始的着急到后来心有不忍，她默默坐在一边拉下的小床边，看着张鸿涛心情复杂。很多陈年的回忆快速且不停地涌上心头，那些她一直以为已经割舍的东西，在这一刻，突然发现自己依然放不下，只是压在了心底。就如八年前看着张鸿涛绝情的转身后，那些曾经以为天荒地老的情感经过岁月的淘洗，终将苍白消失，可是欧阳蓁没有想到，看着那个以为再也不会有交集的人如此苦苦煎熬，那些尘封的回忆顷刻汹涌而出，一切都被唤醒了。欧阳蓁都不知道一切是怎么发生的，当张鸿涛又一次起身的时候，她伸出了手。

男女之间有时就是那么零点零一秒的一段距离，一个手势，一切就无法阻止，下一秒张鸿涛的吻铺天盖地地落了下来，他的身躯像一把炽烈的火焰，带着欧阳蓁一起燃烧，他浑浊低沉的气息占据了欧阳蓁全部的思绪，像多年前的那个晚上一样，黑暗中，只有他们彼此的心跳声。

第三十九章：前缘难续

山区的清晨，宁静淡雅，没有城市的喧闹，整个世界清亮纯净，阳光透过淡淡的雾气，温柔地洒在树梢草尖，微风过处，是阵阵怡人的青草香。

张鸿涛是在火红的朝阳透过小窗照到他脸上的时候醒的，醒后马上意识到欧阳蓁不在身边，跳起来眼光在车内一扫，也没见欧阳蓁，瞬间寒冷侵袭全身，心一下子就沉了下去。胡乱套上衣服鞋子打开车门就跳了出去，外面只有徐助理蹲在不远的一棵树下，看见他后站了起来，然后一脸惶恐不安地看着他。

徐助理已经在树下蹲了一个多时辰了，心里早已几百几千遍地问候过了小林。

一个多小时前，黎明的第一缕晨曦才刚升起，夜晚和清晨交接时淡淡的薄雾尚未散去，那个欧阳医生就来敲他和小林的车窗，请他们马上送她回城。语气之严肃，神态之坚决让一直都很淡定的小林都紧张了起来。他一时还在疑惑状态，不知该怎么办时，小林这个过河拆桥、卸磨杀驴、忘恩负义、恩将仇报的家伙，竟然骗他下车然后载着欧阳医生扬长而去，丢下他一个人守着老板的房车担惊受怕提心吊胆了一个早晨。谁说仗义每多屠狗辈，负心多是读书人的？小林这个没文化的害起人才叫翻脸不认人，不讲一点人情。

“还愣着干什么，快上来开车回城。”张鸿涛在外面只看见徐助理没看见其他车就明白发生什么了，刚才因为担心欧阳蓁安全而紧绷的神经一下子拉得更紧了，蓁蓁一定生气了。

张鸿涛坐在快速开往城里的车里，心里忐忑不安。他和蓁蓁之间隔了那么多年，除去前面十五年他在监狱，八年前是自己为了尘世的种种，舍弃了美好的爱情，自私地推开了对他一往情深的蓁蓁，深深地伤害和辜负了蓁蓁。如今他凭什么突然又要她回到他身边？这么些年，天都已经是不同的天了，人又怎可能还是当初的人？连他自己都缺乏勇气跨越，更何况蓁蓁！

想到那天晚上蓁蓁梦里喊着“Allen”，张鸿涛觉得无力极了，那些曾经属于他的幸福、那些原本只对他一个人的温柔，在那些年中，已悄悄溜走。过去很长一段时间，他觉得此生爱情再也不会眷顾他，除了蓁蓁，他也不可能爱别人，他像机器人一样活着，复仇、挣钱、吃饭、睡觉，日复一日，可夜深人静的时候，常常想蓁蓁想到心痛难眠，没有了爱情，即使报了大仇，内心却还是那么地空虚。前天晚上听到沈冬梅说欧阳蓁“被出轨被离婚”时，他自私地觉得是上苍对他的怜悯，他内心急切地想要抓住这个机会，可现在，他不得不承认，他真的不知道该怎么做才能挽回这段感情。

张鸿涛心里自嘲，昨晚他们之间的亲密，想来沉溺的也只有他，蓁蓁本来就是被半强迫的，那些行为对他们的关系不会有任何改变，或许，只是让蓁蓁更想逃离他了。

回城的路上，太多的担忧，太多的回忆，太多的自责煎熬着他，在被这些情感来来回回折磨着的同时，张鸿涛突然意识到，这两天在和蓁蓁在一起的时候，他竟然都没有对她说一声“对不起”请她原谅，也没有表达过自己内心对她真切的渴望和深刻的爱意。不行，张鸿涛暗下决心，他一定要蓁蓁明白他的心意，他一定要追回这曾经属于自己的爱情。是啊，多想无益，现在他该做的，是为了让蓁蓁再次爱上他付出所有的努力。

这边，一早慌忙逃离张鸿涛的欧阳蓁正在赶往机场的路上。她一到宾馆快速收拾了自己后，决定马上改机票回美国。一路上心乱得静不下来，这两天和张鸿涛之间的纠葛完全超出了她的想象。她极力说服自己不要去想过去的那一个晚上发生的一切，可是无能为力，脑袋里全是自己和张鸿涛的过去和现在，那些画面不受自己控制地自动播放，如黑白老电影，情节压抑而沉重。她想她并不后悔昨晚发生的事，但也没有准备或者想过要和张鸿涛再进一步。唉，人说世界上的事情都有它的逻辑和解释，唯有人的感情，剪不断理还乱，她只有逃离。

进机场的时候充电后的手机显示多起未接电话和留言，除了两个是沈冬梅的，其余都来自夏进鹏。想到原本是自己的公寓里的那个年轻漂亮的女人，欧阳蓁疲累地叹了口气，她真的很难再相信爱情了，两个她都用了无比炙热的真心爱过的人，一个为了复仇舍弃她，一个出轨和别人有了孩子还算计她，人到中年才悲哀地发现，一直走在朝圣爱情路上的自己，一直以为爱情大过天，真爱在人间的自己，原来早已成了爱情的祭品。

排着队等改票的当口，欧阳蓁给沈冬梅打了个电话，在电话里她拒绝了冬梅的再三挽留。

欧阳蓁运气不差，签到了一张下午一点的商务舱票。人生真神奇，八年前她被张鸿涛拒绝伤心离开时，改签的票也是下午一点，只是八年前那次是冬季，而八年后的这次则是盛夏，岁月都有四季交替，唯有自己在不同的时间扮演着同样的角色。

办完手续，人一下子感觉饥肠辘辘有点虚脱，欧阳蓁拉着小行李箱朝着机场里的星巴克走去，就在这时，她的心猛地一跳，只见机场大门处一个熟悉的身影慌乱地跑了进来，那人焦急的眼神进门后迅速地扫了大厅一圈后锁定在了她身上。

“蓁蓁！”张鸿涛看到欧阳蓁的那一刻一直悬着的心终于放了下来。刚才他接到沈冬梅的电话得知欧阳蓁要离开的消息后，马上让徐助理直接开到了机场，一路上心急如焚，不停地祈祷老天爷能帮他留住蓁蓁，他心里害怕，就怕错过了这次，他将再也没有机会。

没几秒后，满头大汗的张鸿涛就站在了欧阳蓁的面前，隔着半步的距离，他深深地凝望着她，周围的世界好像都静止了，这个他这辈子都没有放下过的女人，此刻脸上不喜不悲，正以一种疏离的姿态与他对视着。

静默几秒后，欧阳蓁转身继续刚才的方向，下一刻身体就被从后面抱住，张鸿涛的双臂紧紧地环住欧阳蓁，欧阳蓁清楚地感觉到后面贴着的胸膛里快速有力的心跳，咚咚地敲打着她茫然无措的心，她一下子大脑空白，愕然得忘了说话。

“不要走！”低沉的嗓音带着难以抵挡的温柔和伤感。“蓁蓁，再给我一次机会，求你了。”

欧阳蓁感觉脖子上有水滴落下，心猛的一悸动，几乎就要沉溺其中，深深地吸了一口气后，欧阳蓁轻声说道：“我们去那边坐着说。”

机场的咖啡馆，简单狭小，没有寻常咖啡馆浪漫的装潢，没有缓慢幽雅的古典音乐，只有三三两两的几个客人。欧阳蓁和张鸿涛挑了个墙边的小桌相对而坐，心潮都难以平静。欧阳蓁直直地盯着张鸿涛，强自镇定的心瞬间就乱了，泪腺像是被拉开了闸门，眼泪猝不及防的簌簌滑落。隔着厚厚的水光，眼前的张鸿涛，在相隔了八年后，奇异的是，竟然没有一丝陌生的感觉。可她知道，她和他一切到此为止了。

张鸿涛见欧阳蓁落泪，一把抓过欧阳蓁的手，声音哽咽地说：“对不起，蓁蓁，以前是我负了你，你怨我是我活该，这些年我一直自责，请你再给我一次机会，这一生我绝不会再让你伤心。”

欧阳蓁的泪水大颗大颗地落在桌上的咖啡杯里，从水光朦胧的视线里看着张鸿涛，喉咙堵得一个字都说不出。

“那时候我怕连累你，害怕你会受到伤害，也害怕万一我出事，没法照顾你一辈子，蓁蓁，其实后来我就后悔了，没有了你，我，我根本就没有快乐。”张鸿涛哽咽，一句话停顿了几次，但他强迫自己一定要把内心压抑多年的话说出来，否则他会后悔余生。

“鸿涛，你能对我说这些话，我很感动，我不怨你了，真的，可是，我们都不是以前的那个人了，回不到从前了不是吗？”欧阳蓁抽回自己的手，拿纸巾擦着眼泪不无苦涩地说。

“可以的，蓁蓁，如果你现在不能接受我，请你给我机会重新追你，蓁蓁，求你不要推开我。”张鸿涛心中悲切，眼神热切，再一次抓住欧阳蓁的手紧紧握住。

欧阳蓁觉得难受极了，张鸿涛的眼神深情隽永，教人不容怀疑他的真诚，她曾经深爱这个男人，从豆蔻年华的少女开始，延续了近二十年，他刚刚说的这些话，她怎么会不动心？可现在她真的没有准备好开始一段新的感情，她不是情场高手，没办法收放自如，还没结束的那段失败的婚姻，更让她害怕再次沦陷。

再次抽回被张鸿涛握得紧紧的手，欧阳蓁轻声却果决地说：“对不起，鸿涛，七年前你让我离开你，我离开了，现在你又要我回来，我，我真的做不到，我没法随时随地都按照你的步调。鸿涛，你把我放下吧。”

张鸿涛终是没有留住欧阳蓁，那天从机场回家后大病一场。欧阳蓁黯然回到美国后，一边忙于工作，一边加紧联系离婚律师。

第四十章：大结局

写在终章前

为什么有人会说：文艺作品中的爱，生活中如何都渴求不到，那是井中月水中花。可是你看到文艺作品中人物的坚持了吗？你有没有如故事中的他或她那样为一份爱，押上生命中的一切去努力过？就算路不坦荡，连呼吸都是痛，浑身伤痕也坚守初心？爱情千种万种，爱得一往情深，就是最美的爱情。

和世上其他令人渴望的东西一样，爱，有了坚持不一定成功，但没有坚持，就注定失败。

我时常在想，也很想知道，不再年轻的你我他，在经历了人生百态世间冷暖后，是否还相信爱？是否还能为爱坚持？是否还能在你的笑容里，保有年轻时的那份温暖纯真？

如果你是，那你一定是一个幸福的人，或者正朝着幸福而去！

~~~~~~

鸿清是初中的时候随养父母移民美国的，除了一开始两年因为不同文化的撞击，有时会有身份认同的困惑与迷茫，但经过这些年，27岁的他早就摆脱了身份认同困扰，完全融入主流社会文化思维，虽然他并不会忘掉自己祖上的根，但他更习惯美国的社会文化。自然，在男女爱情这件事上，他觉得爱是纯粹的，是两个人的事，爱或不爱都应该直接说出来。所以他真的很难理解自己哥哥鸿涛和姐姐蓁蓁两个人之间兜兜转转的感情纠葛。

姐姐蓁蓁回美后不久，他那个便宜哥哥鸿涛送了他一个大大的红包，“顺便”要他收集正在和姐蓁蓁离婚的夏进鹏的信息，诸如护照号，微信号，工作地方，国内住址之类，他当时完全没
~~~~~~

反应过来。对这个哥哥，他就是在鸿涛出狱的时候，姐姐蓁蓁带他回国见生父时见过一面，其他都是零零散散从养父母那里听到的，包括哥哥和姐姐曾经的恋情。

他观察到，在家里，当着姐姐蓁蓁的面，哥哥鸿涛这个名字是不会被提起的。不解归不解，他还是将夏进鹏的信息都告诉了哥哥鸿涛。他曾将这事告诉养父，那个他眼里温文尔雅总是笑眯眯亦父亦友陪伴他长大的老头听后，似乎很高兴，看着他然后拍了他一下说道："你哥曾是一个很好的警察。"他还等下文听破案故事呢，老头竟然撇下他哼着小曲去书房练字了。鸿清当场脑袋里就出现了最近从同寝室的国内来的室友那学到的一句话：话到嘴边留半句。用西方的例子解释，最形象的就是维纳斯的断臂，至今无人接续，为什么？并不是古希腊之后再没有雕塑大师，而是大师们发现，无论怎么接，新的胳膊都不如留在脑海里想象的胳膊好。

等鸿清想明白那下半句已经是一个多月后了。

鸿清在查尔斯河河畔的知名学府读计算机博士，一年后就要拿到学位了。他一直感谢上帝给他一个很管用的脑袋，从小到大，他学东西都很快，基本没什么事是他整不明白的，可最近他哥鸿涛让他不明白的事太多了。

继上次要夏进鹏的信息后，一个多月后他收到了他哥寄给他的一个快递大包裹，让他转给他姐。被老爸老妈喊回家拿包裹时，他看着那个大号硬纸板盒子有点发怵，一旁的老爸老妈一左一右夹着他，四只眼睛闪着充满求知的光，谁让他为人子又是一个很懂得父母心思的孩子呢？看了眼老爸老妈，他果断拿起手机，一条信息给姐："我哥寄给你一个大盒子，大的没法拿，我可以拆开分装吗？"

书呆子姐姐不出所料地回复："OK。"

三个人六只眼睛看到"OK"后，马上就有开箱刀递了过来，反应速度令鸿清叹为观止，三两下扒开，三个脑袋凑在一起一看，全都傻眼。

眼前是满满一箱写着蝇头毛笔字的宣纸，鸿清虽然中文水平仅限看卡通，但那三个字还是认识的，还有每张宣纸下写着的阿拉伯字体的日期，起先他还以为每张纸上写的可能不一样，结果抽了几张看，发现写的全都是一样的三个字，只是日期不一样，再一看，OMG，每天一份啊。

鸿清还在发愣，左右两边已经伸手各拿了一张瞧上了，老爸满眼欣赏啧啧赞叹："好字，真是瘦挺爽利、侧锋如兰竹。"老妈将一张宣纸平摊在桌上，聚精会神用食指一个一个在count。鸿涛小时候调皮，屁股坐不住，老爸欧阳鑫让他练字坚决不从，因为欧阳鑫喜欢书法，他耳濡目染也知道点零星皮毛，五大类字体的行书、草书、隶书、篆书和楷书还是知道个大概的，可对这不怎么流行的宋徽宗独创的瘦金体就不知道了，看老爸说好，便凑过来做好学状。爷俩这边看字，那边汤思琪惊呼："520个"。然后三个人面面相觑，赶紧将两张拿出来的宣纸仔细归位，立马打发鸿清出发做邮递员。自那以后，每星期一箱，雷打不动。

鸿清曾将姐姐蓁蓁的地址给他哥，可他哥好像没看见，依旧每周让他转，他不解，问他国内来的同学，人家说这是在布局建立联盟，是团结一切可以团结的力量的攻心战。再看姐蓁蓁，每次拿到邮寄，什么也不说，脸上一点也看不出是喜欢还是厌烦，搞得他也吃不准那个攻心战到底有没有效。没多久后，姐突然自己发现怀孕了，才一天，他哥马上又是视频又是留言，要他一定好好照顾欧阳蓁，还有一张可以买个房子的大支票，让他转给老爸老妈。这时他才茅塞顿开恍然大悟，鸿清由衷感叹，中国有世界上最悠久的五千年的文明历史，中国长大的人脑袋里的弯弯也比别人多。

朱小娣最近对张鸿涛又有了新的认识，这个看上去总是冷冰冰又沉默寡言的人，竟然那么能"撩妹"，而且还撩得那么有文化。"撩"这个字朱小娣也是从剧里学来的，剧里楠竹一般是用话撩，诸如"我想要的很简单，时光还在，你还在"，还有"我明白你会来，所以我等"之类。可鸿涛是用三个字代替千言万语，堪称张氏独创，说他是撩妹界奇才当之无愧。

上次张鸿涛机场追老板娘没追回来后，大病了几天，为这，那阵子小林头上没少挨她的锅铲。没几天后，朱小娣发现鸿涛这隔三岔五有网购的大纸盒，她掂着感觉还挺沉，每次鸿涛都直接将纸盒拿去二楼书房。她一开始还以为是买的书，有天她打扫书房的时候，看见书房里桌上，地上铺满了写着毛笔字的纸，再一看，乖乖隆地咚，怎么都是一样的三个字啊？

朱小娣虽然不认识那个“蓁”字，可“欧阳”她认识，八点档里有这个姓，而且她记得鸿涛爱得死去活来的漂亮医生就姓欧阳。人啊，永远不要低估了劳动人民的智慧，在八卦这等事情上，小学文凭的朱小娣和高知的汤思琪显现出了同样的热情和直觉。朱小娣挨着门边最近的那张，一五一十点了几分钟，冰狗（bingo)，真的是520个耶！

朱小娣想到最近追的一部剧里的台词：“不好的爱情让人变成疯子，好的爱情让人变成傻子，最好的爱情让人变成孩子。”鸿涛用情至深，却用简简单单的三个字，将520爆满，这下，小林江湖看相术中的大胖小子应该会有了吧？大姨在地下也该笑了吧？朱小娣想到这里，眼眶湿了。

日子每日重复，一样的四季交替轮回，如往年一样，新英格兰地区凉爽的夏，绚丽的秋转眼就过去了，十二月的时候，窗外已是素雪纷飞。六个月身孕的欧阳蓁因为行动不便已经不出门诊和做手术了。俗话说，时间是医治伤口的良药，它让人遗忘该遗忘的，放下该放下的，此时的她早已走出了几个月前的心伤和低落，满心满眼地期待着未出世的两个孩子。

人生总是充满意外，十月底的时候，秦玉良律师给她传来了夏进鹏修改后的离婚协议，夏进鹏愿意放弃原先其他所有的财产分割要求，只希望能保全他目前住着的陆家嘴公寓，她没有采纳律师关于再分割的建议，毫不犹豫地答应了。还有一个月，她和夏进鹏的离婚就可以Finalize了，她只愿人生中的这场劫数快快过去，她可以以全新的心态迎接上帝给她的馈赠，她的孩子们。

还有一个意外是元旦后的新冠疫情，疫情不仅对世界造成威胁，对每个人的生活也造成了一种深层次的影响，无论是亲情友情还是男女之间的爱情，有的感情因为这次特殊的疫情而破裂，有的感情则在这个特殊时期萌发。

欧阳蓁作为医生，在疫情公布的第一时间就意识到了这个病毒的致命性，她在叮嘱沈冬梅切切不能掉以轻心，一定要严防的同时，心里竟然自然而然地担心起了张鸿涛，他们之间自她回国后就没有直接联系，但她每周都会收到张鸿涛寄给她的邮件。看着书房堆起来快占满一堵墙的快递纸盒，她拿出最近一周收到了那盒，打开将上面的一张铺开在书桌上，默默地注视着，然后伸出食指轻轻地触摸着那熟悉的字体。室内寂静无声，时光在她的指尖流转，一个柔柔的声音穿越时空在她耳际响起："你的字很漂亮。"那是十九岁的自己抬头看着张鸿涛时认真说的。

欧阳蓁走到书架前，小心翼翼地踩在垫脚凳上，在最上面的一层抽出了一本书，然后又慢慢回到书桌旁的椅子坐下，这是她大学一年级课本原版Human Anatomy。她在书中找出了夹着的一张对折着已经有点变色的笔记本纸，轻轻打开的那一刻，像电影蒙太奇的慢镜头扑面而来，浪漫唯美，画面里高大帅气的小警官正用他修长的手指将一张笔记本纸贴着桌面推到了她的面前，上面写着："对不起，惹你生气都是因为喜欢你。"欧阳蓁的眼神往下，看着下方的签名和日期，禁不住嘴角上翘，那个人给点颜色就开染坊，夸他字好看马上又签名又欧阳蓁留念，末尾还注明日期，敢情当自己是书法大家，一字值万金的名人呢。

一月的新英格兰，冰天雪地寒风呼啸，她却感到自己曾经冷过的心再次温暖了起来。

沈冬梅一直以为张鸿涛要三月上旬才去美国，因为欧阳蓁的预产期是四月，而张鸿涛委托她转卖永安科技的事至少要二月份才能最后拍板，结果疫情后张鸿涛心急如焚，特别是听到美国也开始有人确诊后。可那时国内疫情紧张，出国机票一票难求。也不知张鸿涛使了什么法子买到了机票，二月底的时候竟然抛下公司交易，转机东京去美国了。他撂了担子跑了，沈冬梅被买家盯得满头包，只能叹气自己命里劳碌。

再说张鸿涛到达大洋彼岸波士顿后被安排住在了原先欧阳蓁租住的公寓里，在自动隔离两周的时间里，心里忐忑不安，他不确定蓁蓁能不能接受他，但对他来说放弃自己爱的人就等于放弃自己。在凶险的疫情面前，他一分钟都不想等，他比任何时候都想守在那个叫欧阳蓁的女人身边，生命是如此渺小脆弱，他一定要在这个特殊时期和自己爱如生命的蓁蓁在一起，一起迎接和见证他们共同的两个小生命的到来。

村上春树有句名言：在我们寻找，伤害，背离之后，还能一如既往地相信爱情，这是一种勇气。张鸿涛不断给自己鼓劲，这天他又打开手提箱，如前面几天一样拿出一个精致的首饰盒，里面是一枚晶莹闪亮的结婚戒指，他久久注目，心潮起伏。二十五年了，他一直期待的美好能如期而至吗？没有比这一刻更让他想要仰望上苍的怜悯和力量，在他的人生历经磨难和失望后，能开出一朵花来，而那朵花的名字就叫，如你所愿！

曾听公司里年轻人讨论，是年少时懵懵懂懂却最认真地说出的誓言珍贵，还是在历经沧桑成熟之后，对好不容易找到的人说出的“我爱你”更珍贵？他当时想，对他，这不是选择题，他和蓁蓁，年少相识倾心相爱，如今他信誓旦旦永世不离。

新英格兰的冬天，每天的气温几乎全在零下。隔离二周后，那天鸿清来接鸿涛去蓁蓁父母家。自二月份后，欧阳蓁一直住在父母那里待产。那天天气阴湿寒冷，天空阴沉，一大早鸿清已经按着哥哥的要求订购了九十九朵玫瑰花，这时又见张鸿涛穿着一身笔挺的西装差点儿没笑得背过气，但看自己哥哥神色严肃紧张，马上忍住笑，装着一本正经的样子，拍着鸿涛肩膀安慰：“relax，no worry!”

快到达的时候突然下起了雪来，大片大片的雪花从天空中纷纷扬扬地飘落下来，绵绵白雪一会儿就让周遭成了一片银白。张鸿涛下车的时候院子里琼枝玉叶，粉装玉砌。一个挺着圆滚滚大肚子的女人，不施粉黛，布衣简衫，正站在纯净透明的世界中看着他，她的脸变圆了，身材也变圆了，晶莹的雪花一片片地掉落在她的肩头，张鸿涛的心跳猛然加速，这一刻天地河山寂凉如诗，他的眼中只有她。

张鸿涛看着雪中的欧阳蓁，一步一步地朝她走去，鸿清站在不远的车旁，被眼前的画面感染，不自觉地屏息静气；一楼窗口，欧阳鑫和汤思琪两个脑袋挤在一起看着窗外。只见张鸿涛在离欧阳蓁一步远的地方停下了脚步，深深地注视着自己眼前的女人，然后跪了下来，抬起在欧阳蓁面前的手上是打开的戒指盒，里面的钻戒，在飘飘洒洒的雪花中闪着耀眼的光芒……雪簌簌地下着，空灵澄澈，如诗如歌，轻吟浅唱着那个跪在雪地里的男人的心声：

在青山绿水之间，我想牵着你的手，走过这座桥，桥上是绿叶红花，桥下是流水人家，桥的那头是青丝，桥的这头是白发。

注："在青山绿水之间，我想牵着你的手，走过这座桥，桥上是绿叶红花，桥下是流水人家，桥的那头是青丝，桥的这头是白发。"摘自沈从文《致张兆和情书》。

《不道离情正苦》番外

欧阳鸿清番外

施晓琳去采访陈浩的时候，意外地在学生会看见了沈冬梅，心一下子掉进了冰窟，吓得舌头都僵住了，浑身紧张得像拉满弓的弦。接下来的采访，完全处在状态之外，中途不得不以身体不适提前结束。反观沈冬梅则像没事似的。惶惶不安的施晓琳事后抱着一丝侥幸：难道沈冬梅没认出我来？

张继科出事的时候，施晓琳是F大新闻系二年级研究生。她读本科在电视台实习时，被张继科看中，成了张继科的情人。大学毕业那年，她有了孩子。张继科那时也不知怎么想的，坚持要她将孩子生下来。当时的张继科权大势大，向她保证生下孩子以后一定送她出国留学。

接下来的事是施晓琳始料不及的。孩子一岁多时，张继科出事了。那时她父母坚持要她将孩子送回张家。她出生在小城镇，能考入大城市的大学，所付出的努力和艰辛要比大城市的孩子不知要多多少。年纪轻轻，拖着罪犯的私生子，很可能前途尽毁。虽然母子连心，她最后还是被父母说服，为了自己的前途舍弃了两岁不到的孩子。

总以为即使没有了张继科，孩子在张家也比跟着自己强。谁知祸不单行，张家的儿子紧接着也进了监狱。那一阵施晓琳夜不能寐，特别牵挂孩子，可又不敢也不知从哪里打听孩子的下落。唯一让她有一点放心的是，关于张继科的新闻报道里没有提到私生子的事。她只好自欺欺人，以为孩子一定被妥善安排好了。

那天看到沈冬梅，施晓琳舐犊之情顿生。母爱本来就是世上无论是动物还是人类都有的与生俱来的本能，施晓琳也是爱自己孩子的，她迫切地想知道她的孩子现在怎么样了。那天后，施晓琳是既担惊受怕，又控制不住自己，隔三岔五地去学生会，故意在沈冬梅面前晃，她有一种直觉，沈冬梅不会出卖她，她们都不愿意其他人知道鸿清的身份。

终于有一天，沈冬梅与她擦肩而过，轻轻丢下一句“他很好，别担心”后若无其事地走了。施晓琳猛然醒悟：我这是在干什么呀？她暗骂自己幼稚，还没有比自己小好几岁的人考虑周详。自那以后，她不再故意去学生会，在学校偶然看见沈冬梅也装着没看见。

时间是治愈伤痛最好的良药，它能让人学会遗忘，也能让人学会放下。毕业后施晓琳进入传媒业工作，没几年后结婚生子，并通过努力在自己的领域小有成就。虽然伤口一直都在，常常提醒自己曾经失去的那个孩子，但她一直竭力掩盖以减轻伤痛。她再次见到沈冬梅是十多年后了。那次集团要制作一档关于十大杰出青年的专访，她的采访对象就是沈冬梅。

俗话说血浓于水，世界上最难割舍的情感就是血缘关系，其中尤以母亲对孩子的爱最为极致。施晓琳这些年从来没有忘记过鸿清，但因为张继科身份的特殊性，她不敢公开寻找，怕给鸿清带来麻烦。可从那一天开始，通过沈冬梅，她时刻关心着鸿清的一切。

再说鸿清，他从小知道自己是被领养的。这从爸爸妈妈欧阳鑫和汤思琪的年龄上可以看出来。他懂事后，爸爸妈妈也告诉他，他的亲生父母去了很远的地方没法照顾他，有一天他们一定会回来接他的。但他和姐姐欧阳蓁一样，都是这个家庭的一员，爸爸妈妈一样爱他。在他成长过程中，他一直觉得养父母就是他真正意义上的父母。他生病时，他们心急如焚；他在其他孩子那里受了委屈，他们立马会将他抱在怀里；住校的他周末回家，他们会做他最爱吃的菜；他在学校取得荣誉，他们会高兴得合不拢嘴。

他们给了他和亲生孩子一样的足够的爱，记忆中那些不间断的爱的浇灌，让他从没感觉因为是领养的而有所缺失，无论是情感上的满足还是物质上的得到，他都觉得自己比大多数孩子幸运。可血缘终究不是一个能够抹杀的东西，在长大后，他一度也对于是谁把自己带到这个世界上来的问题感到好奇，很想知道亲生父母到底是谁。但后来姐姐带他回去看到亲生父亲的那刻，他却并没有自己想象中的激动，更多地，是一种完成任务后的轻松。甚至在和亲生父亲告别拥抱时，他都觉得有点不自然，回美国后想起当时的情景就是：“哦，我的生父原来是这样的。”

鸿清看到自己的妈妈则完全是个意外。姐姐蓁蓁一开始只说让他代劳招待自己国内来的好朋友，请他带着看看波士顿周边，见了面后才知道是自己生母从国内来看他。当他知道那个看着自己掉泪的姐姐“朋友”是自己生母后，他惊奇地感叹：“哇，自己的亲妈原来这么年轻，这么美！”

夏进鹏番外

白落梅有句话说：“这世上岂有真正不被更改的诺言？纵是山和水、天与地之间，也会有相看两厌、心生疲倦的一天。”可是，这世上又有几个人能在经历了情感变迁后，依然淡然心性，各安天命的呢？

男人和女人之间的缘和分很多时候并不是相连的，无情的时间会改变很多东西。夏进鹏刚回国时，很是以有欧阳蓁为妻而骄傲的。欧阳蓁漂亮，有学问，还有高收入。可不记得从什么时候开始，他的想法改变了。可能是有一次被问起，他说了欧阳蓁比他大五岁后，看到别人眼中的不解和对他的同情，也可能是参加了几次聚会后，他发现很多男人带的都是非常年轻的女人……

慢慢地，他觉得有个比自己大五岁的太太是一件不怎么有面子的事。再后来有了璐璐，而璐璐又有了他和他父母一直想要的孩子……

一月份他和璐璐的儿子出生，双方父母在预产期前就来了。

夏进鹏那一百多平方米的公寓一下子挤起来了。双方父母原本都说是来帮璐璐坐月子的。结果因为疫情，璐璐过了月子，他们都无法离开。现在疫情过去了，又都舍不得孙子，谁都不愿先离开。这几个月里，一个屋檐下住了三家人。

他能有孩子，最高兴的莫过于他的父母了。以前他和欧阳蓁没有孩子一直是他母亲心头的遗憾。至于璐璐的父母，虽然没说，但他知道，因为他没能在孩子出生前和璐璐举行婚礼，他们对他心有怨言。可他目前根本无暇顾及他们的感受，现在最让他头疼的是两家父母因为琐事频繁发生矛盾。

各自的母亲都认为自己的孩子最好，觉得对方配不上自己的孩子。他妈以前话里话外抱怨欧阳蓁和他不能生孩子，现在有了孙子，又看不起璐璐学历低，认为亲家是暴发户修养差。另一边心疼女儿受委屈，嫌他父母又土又穷，又爱装知识分子清高。至于吃饭口味，一个无辣不欢，一个讲究清淡，众口难调。

老话说，将军不见面，见面有死伤。他的母亲和璐璐的母亲都是强势的女人，在一个屋檐下还没待满一个月就开始起争执，而且愈演愈烈。每天家里如战场，搞得他一个头两个大。

这会儿他躲在卧室看着窗外发呆。前两天，他看到以前在美国的一位同事在微信朋友圈分享了一张照片。照片上是两个几个月大的宝宝，穿着一粉一蓝同款婴儿服，边上趴着的是他熟悉的蓁蓁父母家的两条狗。两个宝宝一边都有一条手臂扶着，其中一条手臂明显是蓁蓁的。还有一只手手指修长，骨节分明，一看就是男人的手。同事在照片上题字："见过可爱的宝宝，没见过这么可爱的龙凤胎！"他当时就将照片下载了。这两天他一个人在房间时禁不住打开看，那个女娃儿简直就是欧阳蓁的翻版，杏仁眼像宝石般纯净。男娃和女娃不像，长得虎头虎脑，眼睛炯炯有神。

外面厅里又起了争执，好像为孩子该吃多少意见不合。夏进鹏收起照片，叹了一口气。

家里矛盾不断，让他心烦意乱，晚上也睡不好，梦魇不断，梦到了很多事。和蓁蓁的过往，一幕又一幕地在脑海中闪现，挥之不去。昨天晚上，他梦到欧阳蓁和一个高大男人在波士顿的三一教堂（Trinity Church）举行婚礼。欧阳蓁穿着洁白的婚纱，挽着那个男人走进教堂。一脸幸福的蓁蓁脸颊晕红，双眸如星子般晶莹。那对双胞胎是小花童，提着小花篮，跟在长长的婚纱裙摆后面。

夏进鹏惊醒的时候，胸口似乎被压得透不过气。窗外月色朦胧，房间里光线暗淡，边上是璐璐轻轻的呼吸声。他感到说不出的孤独，黯然神伤。

他终究因为尘世间许许多多的诱惑，放开了那个曾经属于自己的世界上最美最好的女人。

大家都恭喜他喜得贵子，羡慕他娇妻相伴，他也曾为之陶醉满足。可又有谁知道他付出了多少，又失去了什么？

最美的爱情

《不道离情正苦》后记

“写完啦！”我放声跑下楼，满耳是老公和儿子的“Congratulations!”

这三个月我大做作家梦，怕本来就很少的灵感被打断，即使大白天都经常不许他们出声音。这下他们可以放开喉咙高呼哈利路亚了！哈哈！

去年11月《不道离情正苦》（网络名《离婚之后》）连载完篇时的欢呼声犹在耳边，如今纸质书又要出版了，果然生活天天有惊喜！更没想到的是，著名剧作家、第24届“飞天奖”（中国电视剧制作最高荣誉）一等奖获得者顾伟丽老师，竟然答应为我的拙作写序！她在第一时间看完我写的故事，并提出了宝贵的修改意见。十分感谢顾老师！感恩很多年前在上海师范大学与你共事的荣幸，也特别致谢我原来的领导王群老师，您的牵线搭桥使我得与顾老师再次结缘。

手捧完稿，还要感谢作家夏媪对作品的推荐，感谢好友孙兰女士、阿生先生、许彬老师和不愿被提及的何先生为这本书的出版所付出的辛劳！鞠躬！

2018年，刚刚找到初中高中同学群，昔日的同窗开口第一句话就是：“你还记得吗？我们那时好几个同学放学后不回家，聚在教室里听你讲故事……”于是涛声依旧的青葱岁月，幻化出了《闻君有两意》（网络名《回国之后》）的雏形。我将故事的完稿第一时间发在了同学群，想对他们说，老同学，这是专门给你们的礼物，希望你们喜欢。

《不道离情正苦》能敲下第一个字源于女儿的提议。去年7

月，我在开篇时这样写道：

“周三送女儿去机场的路上，女儿突然问我要不要一起写故事？而且说好，谁中途放弃就要为对方做一件事。我当时真是震惊无比，因为自她上一本书上架后我就一直期待她能继续她的高中系列。但孩子似乎也犯懒，根本没有开篇的计划。我提了两次后，人家不仅不理还有些生气。这次突然自己说要写了，而且告诉我已经在联系出版编辑了，这不是惊喜是什么？我这当妈的怎么能不舍命陪闺女呢？”

不过能坚持写完，大多是因为读者的厚爱。这里，还要感谢“文学城”给业余作者提供写作平台，感谢热情温暖的“文学城”读者！三个多月的连载期间，读者们的一路跟读、留言和鼓励，都化作了我笔耕不辍的动力。此处摘录一段读者东阳在故事大结局后的留言：“半夜两点半醒来，终于刷到！谢谢博主用丰盛超凡入圣的爱完美结局！仔细品享每一次读后的感觉，惊艳、赞叹、惊心动魄、五味杂陈全都有过，完全体验了爱之入骨的美丽爱情！”

最后想说，我一直喜欢读爱情故事，每每都在别人的悲欢离合里流泪欢笑，也曾迷茫于“山无陵，江水为竭，冬雷震震，夏雨雪，天地合，乃敢与君绝”是爱情本身还是爱情童话？

于是我尝试着写爱情小说，在生活里采撷灵感，在意念中推衍情节，写过短篇，如今还完成了中篇，可我仍旧惘然。这世上大多数人的婚姻都是因为“情”字走在一起，可真正在“情”字中坚守到最后的又有几人？

但无论是读他人作品还是自己写故事，无论是在青春年华还是如今两鬓染霜，我都毫不怀疑地相信：爱情千种万种，爱得一往情深，爱得义无反顾，就是最美的爱情！

波城冬日

2021.5.20于麻州

CPSIA information can be obtained
at www.ICGtesting.com
Printed in the USA
LVHW090531090821
694770LV00009B/1084

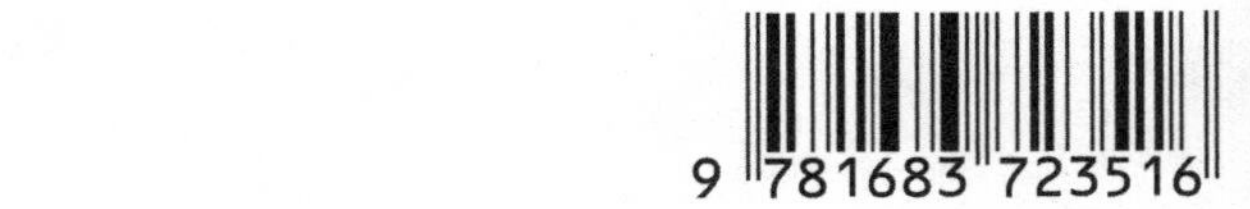

9 781683 723516